LHATTIE HANII

*La fille qui rêve d'avoir
la jambe pin-up !*

COMÉDIE ROMANTIQUE

Copyright © Édition originale 2018
Lhattie HANIEL, tous droits réservés
Édition brochée juin 2018
Independently published
Illustration de couverture : Lhattie HANIEL
Images de couverture : iStock/Lhattie HANIEL
ASIN : B07DVR7P8S
ISBN : 9781980994343

Du même Auteur

Les Historiques
Lady Rose & Miss Darcy, deux cœurs à prendre…
Pour que chaque jour compte, il était une fois…
Un Accord Incongru !
Violet Templeton, une Lady chapardeuse
Le Mystérieux Secret de Jane Austen
Saint Mary's Bay – Vol. 1
Saint Mary's Bay – Vol. 2
Victoria Hall - Vol. 1
Victoria Hall – Vol. 2
Lord Bettany

Les Contemporains
20 Secondes de Courage
La fille qui rêve d'avoir la jambe pin-up !
Berthe, 27 ans, 1m57, 50 kilos, rêve de rencontrer le Prince Charmant (au rayon patates-aubergines !)
Une amie qui vous veut du bien
KEEP CALM & ne tombe pas amoureuse de ton boss
D'un simple signe je t'aime
Le chat de Notting Hill (Éditions PRISMA)

Tous ces titres sont disponibles
au format numérique et au format papier

À mon adolescence,
Tu ne me manques nullement !

1
Meredith

Dépitée, je me saisis de mon iPhone et j'ouvre mon application *Note*. Le cœur en berne et avec une motivation qui ne dépasse pas le haut de mes socquettes, me voici à me créer une nouvelle *To do list* :

1 : Arrêter de pister le Facebook de Leo.
2 : Arrêter de flasher sur le voisin du rez-de-chaussée, il n'est pas pour moi !
3 : Arrêter également de flasher sur le voisin du 3e étage...
4 : Essayer de garder un homme plus d'une semaine dans ma vie.
5 : Chercher d'autres solutions pour éviter les mains baladeuses de mon Boss.
6 : Ne pas oublier de dire une fois par semaine à ma mère que je l'aime même si elle m'exaspère avec ses textos.
7 : Arrêter de pister le Facebook de Leo. Je sais, je l'ai noté deux fois, mais j'ai absolument besoin de m'en convaincre.
8 : Essayer de se faire du bien au moins deux fois par semaine (mais une fois, ce serait déjà bien, hein !)
9 : Arrêter de croire que le-baiser-jambe-pin-up existe !
10 : Trouver l'homme de ma vie et le garder !

J'aurais pu écrire cette liste sur le blog que je tiens depuis trois semaines, mais je ne le préfère pas. J'ai peur que l'unique abonnée arrête de me suivre et que je me retrouve à publier un texte qui ressemble à une femme aux abois. En revanche, j'ai parlé de mon point n°9 sur mon blog, car après tout, je suis certaine que des femmes se trouvent dans le même cas désespéré que moi !

En repensant à ce dernier point publié hâtivement sur mon blog, je me dis qu'il n'y a plus rien à tirer de ma personne… Je suis aux abois, en pleine crise existentielle !

J'avais dix ans lorsque j'ai vu pour la première fois le film *Princesse malgré elle* avec Anne Hathaway. C'était la première fois également que j'entendais parler du baiser-super-spécial-qui-donne-la-jambe-pin-up ! Mais, à cet âge, je n'étais absolument pas préparée de l'effet que cela aurait sur moi.

Avec du recul, je peux dire sans erreur que ce film aurait dû avoir un avertissement du genre : « certaines scènes de ce film peuvent perturber pour très longtemps la sensibilité de votre fille ! »

C'est véritablement ce que la bande-annonce aurait dû laisser paraître car, depuis, je rêve de ressentir ma jambe se relever toute seule lorsqu'un homme m'embrasse… J'ai beau avoir 25 ans, je ne désespère pas de trouver cet homme. Et comme ma mère me le dit souvent : « l'espoir fait vivre… »

Voilà, maintenant que j'ai écrit ce qu'il me reste à accomplir pour les trois prochaines semaines (oui, je sais, je suis prévoyante, mais seulement à court terme), je vais pouvoir souffler un peu. D'autant plus que ma colocataire, Clothilde, qui est aussi mon amie de bac à sable, mais surtout ma meilleure amie, m'agace au plus haut point. Je l'adore, c'est certain ! Mais ce qui m'insupporte chez elle, c'est sa perfection.

Elle a le petit ami parfait !
Le boulot parfait !
La mère parfaite !
La voiture parfaite !
Le physique parfait !
Enfin, vous l'aurez compris, elle a une vie parfaite !

Alors que la mienne en est bien éloignée ! Mes fréquentations qui se comptent sur les doigts d'une main n'ont jamais dépassé sept jours, car j'attire les mauvais garçons. En plus, j'accumule les petits boulots sans grand intérêt alors que je suis diplômée en marketing. Et que dire concernant ma mère qui me fatigue à m'appeler trois fois par jour, en plus des quinze textos qu'elle m'envoie pour me demander toujours la même chose : est-ce que tout va bien ? De plus, je roule en Vélib', car je n'ai pas les moyens de m'offrir une voiture comme mon amie. Quant à mon physique... eh bien, comme cette lecture n'est pas interdite aux moins de seize ans, je préfère taire cette partie !

Allongée sur mon lit, je pense à Leo. Leo qui m'a larguée il y a déjà trois semaines ! Leo que j'appréciais assez pour accepter de coucher avec lui. Il aurait été le premier. Oui, c'est pathétique ! J'ai vingt-cinq ans et je ne couche pas. J'accepte quelques caresses si le garçon sait embrasser. Mais je ne peux me perdre en couchant dès le premier soir. Ni au bout d'une semaine d'ailleurs ! Je ne peux absolument pas l'envisager. Pour moi, celui qui me donnera une petite mort sera l'homme de ma vie. OK ! Je ne l'ai pas encore trouvé, mais je ne désespère pas même si je pensais sincèrement que Leo aurait pu être cet homme. Seulement lorsque je lui ai fait comprendre que je ne coucherais pas tout de suite avec lui, il l'a vraiment mal pris. Le goujat m'a larguée par texto le soir même ! J'ai beau être vexée, je ne peux m'empêcher d'aller sur son Facebook pour voir ce qu'il fait. Surtout depuis que j'ai vu qu'il m'a remplacée dès le lendemain soir avec une sublime brune aux longues jambes et à la poitrine ronde qui se pavanait à ses côtés sur un rythme endiablé. Je suis certaine qu'elle porte un push-up ou des prothèses pour avoir un tel volume alors qu'elle est si mince ! Mais cela n'a pas l'air d'incommoder Leo. Bien au contraire, il semble ravi sur les nombreuses photos et petites vidéos qu'il poste avec sa Bimbo !

Clothilde a beau me dire que je dois passer à autre chose, je ne peux m'y résigner.

Je m'installe confortablement à moitié assise dans mon lit et arrange ma couette avant d'ouvrir mon Mac. Je vais directement sur les notifications de Facebook. Je recherche Leo qui est toujours enregistré dans mes amis. Je vois toute sa vie qu'il publie sans gêne. En trois semaines, j'ai l'impression qu'il a fait plus de mille photos avec cette fille. Je reçois, par jour, au moins dix notifications de sa part. Alors que moi, je n'ai rien posté depuis… À vrai dire, je ne suis pas une dingue des réseaux sociaux et je trouve que de se faire des amis virtuels n'a rien de bien passionnant, dixit la fille qui passe un temps fou à lire tous les posts qui arrivent sur son fil.

Au bout de trois quarts d'heure de réseaux sociaux, le résultat est affligeant : je suis énervée et dégoûtée d'avoir visionné toutes les photos que Leo a publiées ! Tant et si bien que je préfère refermer mon PC. Je me saisis de mon iPhone et j'ouvre mon application contenant toutes mes notes. Je relis la dernière enregistrée, il y a tout juste une heure. J'ai beau la relire et la lire de nouveau, hormis le point 8, je ne vois pas ce que je peux faire ce soir. Je me tente à faire quelque chose de mon corps, mais je suis trop tendue et les images de Cindy (c'est ainsi que se prénomme la nouvelle copine de Leo) me font me sentir si mal à l'aise que je n'ai aucune sensation de plaisir. Agacée d'être ainsi trahie par mon propre corps, j'attrape le livre sur ma table de chevet et je préfère encore m'enfermer dans une comédie romantique, certainement la seule chose qui me fasse m'évader de ma vie insipide depuis un bon moment...

Au petit matin, je me prépare rapidement pour me rendre à mon travail. Clothilde qui se trouve toujours prête avant moi a déjà quitté notre petit F2. Moi, je suis toujours en retard. Mais il paraît que ce sont les créatifs qui agissent toujours ainsi. Ou bien, peut-être est-ce parce que l'envie de me rendre à mon bureau ne me fait pas planer non plus. J'ai beau avoir un BTS marketing, je n'ai pas trouvé de job dans ma branche et ce n'est pas faute d'avoir eu un nombre incroyable de rendez-vous :

Vous êtes trop jeune ; pas assez d'expérience ; vous habitez trop loin ; vous êtes arrivée en retard à notre rendez-vous ; vous vous habillez toujours ainsi ? ; je suis à la recherche d'une carriériste et vous ne semblez pas en être une...

bref ! Certainement que mes tenues, peu glamours, y sont également pour beaucoup... Aussi, je me retrouve à bosser dans une petite société comme *assistante personnelle* d'un homme qui pense que je vais certainement finir par accepter ses avances. Ses mains baladeuses me répugnent, même si je suis devenue la Wonder Woman de l'esquive. Je suis passée maître dans le déplacement rapide sur très courte distance pour les éviter. Ce qui me donne une drôle d'allure, j'en conviens. Et cela fait bien rire mes autres collègues qui me trouvent divertissante, mais j'avoue ne plus trouver cela comique. Il me fait même peur, ce vieux pervers. Ça fait déjà trois mois que je tiens le coup, mais je recherche activement un autre job. Enfin, presque, si je ne passais pas autant de temps sur les réseaux sociaux en rentrant chez moi le soir…

Une fois ma journée terminée, je loue de nouveau un Vélib' pour rentrer chez moi. Puis, je le dépose comme tous les soirs de la semaine à la station placée à cinquante mètres de ma rue, puis je m'arrête sur le chemin au coin d'une avenue où se trouve une petite épicerie tenue par un couple de Pakistanais. Je leur achète des fruits et quelques légumes, que Clothilde nous transformera en un délicieux repas. Au passage, je fais un arrêt devant la boulangerie. Je regarde au travers de la vitrine les délicieuses pâtisseries et renonce, en voyant mon reflet, à entrer pour en acheter quelques-unes. Je poursuis mon chemin jusqu'à l'immense entrée de mon domicile, lieu classé aux Monuments Historiques, et m'engage dans le vieux hall les bras chargés de courses, pour rejoindre les escaliers et monter jusqu'au premier étage où je loge avec ma meilleure amie.

— Bonjour ! Vous avez besoin d'un coup de main ? me demande une voix rauque qui me donne aussitôt l'impression d'être la plus belle femme au monde.

Il s'agit de mon voisin du rez-de-chaussée. Il est très serviable en plus d'être méchamment beau. C'est un mélange de Tony Stark et Thor. Il doit avoir un peu plus de trente-cinq ans, mais ce mec est un appel à l'amour. J'ai déjà eu l'occasion de l'apercevoir en bas de survêtement sans T-shirt et, croyez-moi, on dirait du *Photoshop* ! Il a le corps parfaitement dessiné. Je ne sais pas s'il fait de la musculation, mais, moi qui ne pratique aucun sport, je serai bien capable de m'inscrire dans un club de sport rien que pour le voir soulever de la fonte.

Devant sa proposition que je m'empresse d'accepter, je ne peux m'empêcher de déambuler avec plus de sensualité. Je sens toutefois que je dois sourire bêtement. Mais il s'approche de moi et ôte de mes bras mes deux sacs en papier bien remplis. Je continue de le fixer en montant à ses côtés les escaliers en marbre et je ne peux m'empêcher de laisser ses bras frôler les miens. Ce qui me vaut de rater une marche. Je me récupère au mieux et fais comme si de rien n'était.

— Tout va bien ? dit-il d'une tonalité presque intime.

Ces trois petits mots sont dits avec une voix si masculine que cela pourrait me donner un orgasme s'il continuait à me parler ainsi. Je le regarde brièvement en rougissant et il répond à mon sourire naïf avec un sourire franc. On arrive sur mon palier et il me laisse le temps d'ouvrir ma porte d'entrée avant de me tendre mes sacs.

— Passez une bonne soirée, me souhaite-t-il avec une expression agréable sur le visage.

— Merci pour les courses, réponds-je, et bonne soirée à vous également ! ajouté-je d'une voix haut perchée.

Je claque ma porte avec un pied et m'affale le dos sur celle-ci. Je lâche un long soupir d'émotions en faisant passer en boucle dans ma tête sa voix si masculine. Je finis par me remettre de mon trouble surtout lorsque l'un de mes sacs se déchire et que tous mes légumes décident de prendre vie sur le sol. Je les ramasse en riant toute seule et les dépose sur le passe-plat en songeant qu'heureusement ce n'était pas l'autre sac qui s'était déchiré sinon j'étais bonne pour ramasser les morceaux de verre de mes deux bouteilles de smoothie.

Décidément, cet homme me fait vraiment de l'effet, mais je sais qu'il ne se passera jamais rien entre lui et moi. Il est 100% gay ! Mais, punaise, je ne peux m'empêcher de me dire qu'il est beau ! Je range mes courses, prépare la table et je n'ai plus qu'à attendre l'arrivée de Clothilde qui ne devrait plus tarder.

Comme chaque soir que nous passons ensemble, je vais l'écouter narrer sa journée agréable tout en l'aidant à faire la cuisine. Au moins, grâce à ma belle rencontre avec le beau gosse du rez-de-chaussée, j'aurai moi aussi quelques belles images dans la tête avant de m'endormir !

2
Meredith

Encore un samedi soir où je vais faire *tache* aux côtés de mes collègues de travail qui ont tous l'air d'avoir une vie formidable, à les entendre parler. Je me demande encore ce qui m'a pris d'accepter de me rendre à cette soirée. Un restaurant où l'on peut pendant le repas, apprendre à danser des danses exotiques.

Rien que ça !

Heureusement que mon affreux patron a décidé de faire une petite virée soi-disant familiale et se trouve normalement dans le sud de la France. Je n'aurais ainsi pas à m'inquiéter de ses mains baladeuses qui cherchent toujours à me tripoter les fesses ou les seins. Sa maîtresse du moment devrait assez le satisfaire pour qu'il me laisse tranquille dès lundi matin. Enfin, je l'espère…

Moins inquiète qu'il n'y paraît, j'ai beau réfléchir à ce que je vais porter, mais rien ne me vient en tête. Qui plus est, Clothilde ne sera pas là pour m'aider à choisir mes vêtements comme elle le fait habituellement car, ce soir, elle dîne avec son amoureux. Je sais ! Je suis un cas désespéré, car à mon âge, je suis nulle pour m'apprêter comme il convient. Je ne trouve jamais du premier coup ce qui pourrait m'aller comme un gant. Enfin, je parle ici plutôt d'un gant de toilette… De toute façon, je n'ai pas l'intention de sortir avec un nouvel homme alors mon choix devrait être simple. Au bout d'une heure, je me décide sur une tenue plutôt pratique si je dois me mettre à danser : jean, ballerines et T-shirt col princesse. J'adore ces hauts qui mettent en valeur ma taille et mon décolleté sans que j'aie l'impression que ma poitrine cherche à s'en extirper comme dans ces hauts qui me montent jusqu'au cou et qui donnent l'impression que mes seins hurlent : on étouffe, on est trop écrasé ! À l'aide, y'a quelqu'un ! C'est presque : *il faut sauver les soldats Ryan & Ryan !*

Mais j'évite de m'habiller justement ainsi au travail à cause de mon patron qui me dégoûte et qui ne rate jamais l'occasion de lorgner mon décolleté avec son regard libidineux.

J'opte également pour une coiffure plutôt rapide. Ce sera donc une queue de cheval ! Je me regarde dans ma glace et à moitié satisfaite de mon reflet, je me dis que cette petite touche féminine dans cette tenue n'est pas pour me déplaire. Pourtant, si mon haut me plaît, mon bas laisse à désirer. De toute façon, il est si rare que j'apprécie ma silhouette que ce ne sera pas ce soir que je vais commencer à penser le contraire. D'autant que je vais devoir passer toute la soirée à souffrir dans cet ensemble de sous-vêtements qui sont censés masquer mes rondeurs ! Pourtant, en admirant le résultat de ma silhouette dans ma glace sur pied, j'ai plutôt l'impression que ça en crée là où il n'y en avait pas ! Mais il est trop tard pour que je me change. Je suis déjà en retard pour me rendre au restaurant et le Uber que j'ai commandé m'a déjà sonnée deux fois. Tant pis pour les sous-vêtements glamour ! De toute manière, je ne compte pas rentrer, accompagnée. C'est ma devise…

J'arrive une vingtaine de minutes plus tard au restaurant *La Casa Del Sol*. L'entrée m'est sympathique et l'accueil du personnel me met tout de suite à l'aise. L'ambiance est toutefois quelque peu olé olé ! Je retrouve plusieurs de mes collègues déjà installés à de petites tables qui entourent la piste de danse, en attendant que tout le monde soit là pour monter diner à l'étage. Je me dirige directement vers ceux qui ont ma préférence.

— Salut ! dis-je à ma petite assemblée.

— Salut, la belle ! s'exclame Franck en m'attrapant par la taille.

Je le taquine d'un petit geste de la main pour son compliment et il m'embrasse affectueusement. J'apprécie énormément Franck qui me sort toujours des coups foireux de mon patron. J'embrasse également Sophie et Caroline ainsi que le bel Adam qui ne se trouve jamais bien loin de moi au travail. Pour les autres, un simple salut général me paraît suffisant puisque nous n'avons pas plus d'affinités habituellement. Je prends place à leurs côtés et nous entamons une discussion qui semble plus légère qu'elle n'y paraît. Certainement, parce qu'ils ont tous déjà bu un verre de caïpirinha. Alors qu'une tension sous-jacente se fait ressentir, je regarde Franck et je me demande quand il osera se déclarer auprès de Sophie. Il est si timide que j'en ai mal pour lui. Et en voyant Sophie lui jeter quelques œillades plus ou moins discrètes, je ne serais pas étonnée d'apprendre qu'elle en pince finalement pour lui !

J'accepte le verre que l'on me propose bien que je ne

boive généralement pas d'alcool. Seulement quelques verres de mojito avec Clothilde lorsque je suis un peu déprimée. Mais mon amie de toujours sait que je ne tiens pas l'alcool. Elle rajoute toujours plus de jus de citron que de rhum… Mais ce verre, *humm…*, est très très bon ! Je l'avale presque d'une traite ! Adam me regarde en souriant. Je l'imite et le serveur pose aussitôt un second verre devant moi. Je lui souris à lui aussi tout en me sentant légère.

— Houlala ! Doucement, Meredith, sinon tu ne vas pas finir la soirée ! s'exclame Adam en arrêtant mon geste tandis que je m'apprêtais à boire ce second et délicieux verre.

— C'est traître ! m'indique Sophie en me montrant d'un petit geste de la tête, deux autres collègues un tantinet déjà pompettes.

J'accepte de ne pas boire tout de suite ce second verre en me disant toutefois qu'il me faut la recette de ce cocktail ! C'est une tuerie !

Un cours de danse débute et mes amis m'enjoignent à me rendre avec eux sur la piste. J'accepte assez rapidement, je dois dire, et c'est sûrement à cause de cet alcool qui ne m'avait pas semblé en être à première vue. Je me sens bien, assez pour suivre les pas du prof de danses latines qui nous a rejoints. Je ne le trouve pas très beau, mais il sourit naturellement. Je me prête à son charme et finis par danser avec lui. Après une vingtaine de minutes, mes collègues et moi retournons à notre petite table et j'ai si soif que j'avale de nouveau d'une traite mon verre.

Aoutch ! Je me sens *hy-per* bien…

Nous montons aussitôt à l'étage et le dîner débute.

C'est alors que j'ai la désagréable surprise de voir arriver mon boss.

— Qu'est-ce qu'il fait là ? demandé-je.

— M. Bittoni est rentré plus tôt de son voyage familial ! me lance avec un air de suffisance la prétentieuse Anne-Laure, la pétasse numéro deux du bureau. Celle qui détient la palme étant Anne-Marie.

Je déteste ces deux femmes ! On a l'impression qu'elles se sont acheté un bâton et qu'elles se le sont fourré… Enfin, vous voyez ce que je veux dire.

Je bouillonne tellement que je ne peux m'empêcher de grommeler :

— Familial ! Plutôt de sa virée plan *hum ! Hum !*

Seuls Franck et Adam m'entendent et me lancent un regard mutin. Mais je n'arrive pas à leur sourire à mon tour. Je suis inquiète et je vois que les deux *Anne* s'en régalent.

— Dois-je te rappeler, Meredith, que c'est M. Bittoni qui nous a tous invités à cette soirée d'entreprise, ajoute Anne-Laure à qui j'aurais bien envie de lui faire ravaler son faciès de grue !

Pauvre oiseau ! Il ne mérite pourtant pas la comparaison ! Mais je n'ai ni le temps de jouer les *Greenpeace* avec ce volatile et encore moins de répondre à cette remarque désobligeante d'Anne-Laure, car mon boss se fait installer juste à mes côtés comme par hasard. Malgré le fait que j'ai la tête qui tourne et que mes idées ne soient plus très claires, il est hors de question de me laisser tripoter par cet homme.

— Me…re…dith ! s'exclame-t-il d'une intonation trainante. Quel plaisir de vous sentir si…proche ! ajoute-t-il d'un murmure en posant sa main sur ma cuisse.

Évidemment, personne ne peut la voir puisque celle-ci se trouve sous la table. Je la lui attrape néanmoins avec virulence pour la dégager de ma cuisse dont il était déjà en train de tâter les chairs. J'ai presque envie de rendre tant il m'écœure. Heureusement qu'un serveur nous apporte les menus. Comme il est obligé de se servir de ses deux mains, je devrais être tranquille quelques minutes.

La musique n'a pas cessé depuis que nous sommes montés et je me dis que ce rythme quelque peu endiablé doit stimuler mon boss. Je passe toute la durée du repas à repousser ses mains et ses pieds qu'il essaye d'enrouler d'une quelconque et bizarre façon autour de mes pieds. Je regrette de n'avoir pas mis de talons. Un bon coup sur les orteils lui calmerait peut-être ses ardeurs.

Je converse peu à table, car je n'ai pas trop envie de parler devant mon boss. J'estime qu'il n'a pas besoin de connaître ma vie privée. Mais c'est sans compter sur Anne-Marie, celle qui tient la palme de la connerie, rappelez-vous, qui me balance à l'autre bout de la table :

— Alors, Meredith, il paraît que vous êtes *encore* célibataire !

Vas-y ! Insiste sur le mot *encore*, conasse ! me dis-je en silence en serrant les dents.

Je ne me sens pas trop l'envie de lui répondre, surtout, devant eux tous qui ont pratiquement cessé de manger, comme un arrêt sur image, attendant certainement une réplique de ma part que je ne trouve pas. Je préfère leur présenter un petit sourire forcé en songeant que la moitié de ces personnes attablées sont des abrutis. Mais je suis loin de m'en sortir avec seulement cette petite grimace.

— *Humm,* mais c'est bon ça ! me souffle à l'oreille mon

patron en glissant sa main entre mes cuisses.

Je recule aussitôt ma chaise en me relevant brusquement.

— Je vais prendre un cours de danse ! lâché-je sottement tant je veux fuir cet homme.

Sans attendre une réponse de qui que ce soit, je descends rapidement les escaliers pour me retrouver au niveau de la piste de danse. C'est alors que je vois plusieurs de mes collègues me suivre ainsi que mon horrible et vicieux patron, qui n'a pas encore compris que je ne coucherai jamais avec lui !

Il me faut trouver une échappatoire. C'est alors qu'un miracle se produit. Je reconnais Leo, mon ex-copain que j'ai fini par détester, mais pas assez pour l'ignorer face à mon boss. Je ne me pose pas la question de ce qu'il fiche ici, et je le rejoins sur la piste de danse sans prendre la peine de répondre à certains de mes collègues qui me collent, soudainement au train, comme de la glu. Ils songent sans doute que je vais être la prochaine maîtresse du patron et me cirent déjà les pompes.

— Leo ! l'interpellé-je.

Il s'arrête de danser et écarquille les yeux surpris de me voir également ici.

— Meredith ? Mais qu'est-ce que tu fais là ? me demande-t-il en m'attrapant par la taille.

Si je survis à cette soirée, je promets de barrer sur ma liste le point sur Leo, me dis-je en croisant les doigts dans mon dos...

— Je suis avec des collègues pour une soirée boulot, dis-je en m'accrochant à lui comme une moule à son rocher. Alors, tu vois, je suis ici pour... apprendre à danser !

— Mets-toi ici, si tu veux bien ! me dit-il.

C'est alors que je comprends que Leo, qui se nomme véritablement Leonardo comme vient de le scander au micro le DJ, est le deuxième prof de danses latines du restaurant. C'est vrai qu'en sortant seulement quelques jours avec lui, je n'ai pas eu le temps d'apprendre grand-chose de sa vie. Pourtant, son accent aurait dû me mettre la puce à l'oreille. Toutefois, je comprends pourquoi il publie autant sur son Facebook. Il rencontre de nouvelles femmes fréquemment et en change certainement tous les week-ends. Sauf pour Cindy qui est encore avec lui. Je l'ai vue ce soir sur Facebook pendant que mon Uber m'emmenait ici. J'évite de me poser la question « Pourquoi est-il sorti avec moi ? » et je préfère suivre son cours, qui m'éloigne un tant soit peu de mon boss. Mais M. Bittoni n'est pas un homme qui lâche *l'affaire* aussi facilement. Je le sens juste derrière moi avec son visage botoxé pour paraître plus jeune, et je ne sais que faire pour échapper à son regard qui doit me lorgner les fesses. Je regrette presque d'avoir enfilé un jean !

Au bout de quelques minutes, la musique change de rythme et un DJ annonce que le cours est terminé et que tout le monde peut danser comme il l'entend. Leo se dirige vers moi et j'ai presque envie de l'embrasser tant il est mon sauveur.

— Tu viens, me dit-il tout simplement en me tendant la main.

J'acquiesce en répondant à son geste sans me retourner vers mon boss que j'entends souffler derrière mon dos. Je suis aux anges et je n'ai pas envie de penser à la sublime Cindy qui doit partager son lit.

Nous passons ensemble, main dans la main, devant les deux *Anne* et je jubile en voyant leur visage fermé. J'ai au moins réussi à claquer le bec à ces deux bécasses !

Pauvres échassiers ! Je n'ai toujours pas le temps de jouer les *Greenpeace*, car après quelques longues secondes, je me retrouve assise sur une petite banquette installée dans un recoin de la salle le plus assombri et à l'abri des regards. Mon cœur bat la chamade. Leo est terriblement beau, même s'il est plutôt terriblement crétin que beau. Mais je n'en ai que faire, en cet instant. Leo va m'embrasser, j'en suis sûre…

3
Meredith

Je suis un cas désespéré ! Samedi soir, j'ai bu plus que de raison avec Leo et il m'a embrassée. Ah ça, oui ! Il m'a embrassée avec passion et m'a complètement bouleversée ! Mais pas au point de me donner LA jambe pin-up. Il faut dire qu'avec une position semi-allongée sur la banquette, cela m'aurait été bien difficile… d'autant que je me trouvais prisonnière sous son corps bien ferme ! Cependant, il embrasse… *Humm !* Rien que d'y resonger, cela me donne quelques papillons dans le ventre. Mais s'il embrasse bien, il m'a également pelotée. J'ai aimé ça même s'il a eu du mal à atteindre *Ryan & Ryan*. Ce soutien-gorge est un blindé de la Seconde Guerre mondiale ! Et lorsqu'il a voulu glisser sa main, enfin vous savez où, l'accès lui a été refusé tout simplement. Impossible d'engager le moindre combat entre ce slip-de-la-mort et mon jean qui me boudinait les chairs. Mais là où je me suis sentie le plus mal, c'est lorsque Cindy, sa sublime nana a débarqué au restaurant et nous a retrouvés enlacés effrontément sur la minuscule banquette. J'ai aussitôt compris que Leo m'avait menti quelques minutes plus tôt en m'affirmant que c'était fini entre eux. Je crois d'ailleurs que c'est à ce moment précis que j'ai vomi sur le pantalon de Leo. La caïpirinha, ce n'est définitivement pas pour moi ! Autant dire que la soirée s'est légèrement interrompue et que Leo m'a collée dans un Uber avant de repartir avec sa dulcinée.

À cause de mon état lamentable dans lequel je me suis mise toute seule, j'ai été malade durant deux jours complets et je n'ai pas pu me rendre à mon travail le lundi matin. Je suis passée chez ma mère qui était heureuse de me savoir encore vivante et, comme d'habitude, elle m'a soignée avec ses produits naturels comme elle le fait depuis ma naissance. J'ai passé toute la journée chez elle et je l'ai sentie heureuse de m'avoir à ses côtés bien que je ne sois pas en grande forme. Bien évidemment, j'ai évité de lui parler de Leo et de son échec dans le sauvetage de *Ryan & Ryan* ainsi que de mon addiction à la caïpirinha ce samedi soir. Elle se serait encore inquiétée et je déteste la savoir soucieuse même si je ne fais rien pour faire le contraire.

Je ne suis pas rentrée chez moi trop tard le soir, et j'ai retrouvé Clothilde à qui j'ai confié quelques-uns de mes déboires. Mais à aucun moment, je ne lui ai soufflé mot à elle aussi à propos d'un certain sauvetage…

Je me réveille ce matin, plus en forme que jamais. Ma mère a toujours su me remettre sur les rails rapidement. C'est mon super médecin personnel ! Je lui envoie un petit texto pour lui dire que je vais mieux et je sais que cela va égayer toute sa journée. Elle est si attentionnée et m'aime tant que je ne peux que l'aimer en retour, dixit la fille qui grognera en fin de journée après avoir reçu une vingtaine de textos de sa mère…

Je retrouve Clothilde qui chantonne dans notre kitchenette en nous préparant le petit-déjeuner.

— Tu as bien dormi ! dis-je en l'attrapant par-derrière et en me serrant autour de sa taille comme une petite fille accrochée à son jouet préféré.

En riant, elle se retourne pour me faire front et me serre à son tour dans ses bras bien que ses mains soient occupées par une tartine de pain frais à moitié beurrée et un couteau dans le même état que la tartine. J'aime vraiment Clothilde comme la sœur que je n'ai jamais eue. Elle m'embrasse bruyamment sur la joue et je ris des chatouilles que cela m'occasionne. On se désenlace et je la laisse nous servir. Elle fait cela bien mieux que moi et surtout, plus rapidement.

— Comment va Charles ? dis-je en portant mon bol de lait chocolaté à mes lèvres.

— Il va très bien.

— Hmm… Que veut dire ce *très* bien ? demandé-je, en me pourléchant la lèvre supérieure envahie de lait.

— Eh bien…

Elle ne m'en dit pas plus, mais secoue son poignet devant mes yeux.

— Waouh ! Il est magnifique ! m'exclamé-je, en attrapant son poignet au vol pour contempler le somptueux bracelet que je présume en or. Et c'est pour quelle occasion ?

— Aucune ! C'est juste comme ça, pour me faire plaisir.

— Juste comme ça ! Tu parles d'une chance ! Il est amoureux, oui !

— Je l'espère, car je l'aime beaucoup.

Heureuse pour mon amie d'enfance, je me lève et l'étreins affectueusement. Une légère inquiétude me traverse lorsque je songe qu'elle risque de me quitter prochainement pour se mettre en ménage. Mais je ne préfère pas gâcher cet instant en balançant ce sujet sur la table.

— Vas-y, fais-moi rêver ! Raconte-moi comment il te l'a offert, préféré-je lui demander.

— Eh bien, je l'ai vu en vitrine la semaine dernière et pourtant je ne lui ai rien dit. Et samedi soir, il m'a offert un livre et lorsque je l'ai ouvert, il y avait un trou dans les feuilles et une boîte rouge cachée au-dedans.

— Waouh ! Cet homme est mon héros ! Ne le quitte surtout pas sinon je prends une option dessus ! dis-je en éclatant de rire.

Ce qui donne un petit rire nerveux à Clothilde. On regarde l'heure qui a tourné et l'on abrège notre petit-déjeuner pour aller se préparer.

Une fois apprêtées, nous nous séparons pour la journée afin de nous rendre à nos bureaux respectifs.

Arrivée devant mon boulot, je nourris quelques appréhensions, surtout en passant devant le bureau d'Anne-Laure. Mais j'ai l'agréable surprise d'apprendre aussitôt qu'elle ne sera pas présente de la journée.

Je guette rapidement si mon boss se trouve dans les parages et je le vois au travers de la vitre qui sépare nos bureaux. Comme il fait dos à la porte d'entrée, je pénètre sans faire de bruit dans mon *enclos d'infortune*. J'allume mon PC et me connecte aussitôt à mon blog. Deux abonnés seulement. Ça craint ! Mais je referme rapidement mon site, car M. Bittoni a déjà raccroché et se dirige vers moi d'un pas rapide.

— Ah, ma petite Meredith ! Vous êtes là ! C'est bien !

dit-il en s'approchant de moi comme si j'étais la dinde de Noël et qu'il s'apprêtait à festoyer.

— Bonjour, Monsieur Bittoni ! dis-je en guise de réponse en tendant mon bras vers lui en espérant que cela va arrêter son pas.

Mais il s'empare de ma main et au lieu de la serrer comme il le fait habituellement, il la porte à ses lèvres qui, à cause d'un abus de Botox, ressemblent plus à une chambre à air dégonflée qu'à une bouche d'homme. De l'angle où je me trouve, j'ai la malchance de la voir s'écraser comme un mauvais ralenti sur ma main. Ce baiser est baveux et m'occasionne aussitôt un frisson de répugnance.

— *À moi ! Je crois que je vais avoir besoin de désinfectant et d'une piqûre antirabique !* me dis-je en silence, avec ma bouche qui se contracte et mes narines qui doivent blanchir tant, que mon visage se ferme de dégoût.

Ce vieux est un chaud lapin et j'ai du mal à me dégager de son emprise. J'y arrive dès lors que Franck pénètre dans mon bureau et nous interrompt brusquement.

— *Merci, Franck,* dis-je en articulant juste des lèvres ces mots sans qu'aucun son sorte de ma bouche toujours pincée.

Mon collègue me regarde en souriant tout en m'envoyant discrètement un clin d'œil ! Notre boss s'étant détourné de moi, j'en profite pour prendre discrètement une lingette désinfectante et m'essuyer le dessus de ma main contaminée.

M. Bittoni est agacé par cet interlude et envoie balader Franck en lui disant de se débrouiller tout seul avec la machine à café. Je remercie une nouvelle fois Franck du regard, car je sais qu'il est venu jusqu'à moi uniquement pour me sauver. Mais je n'aurais eu un répit que de quelques secondes, car mon boss me fait front de nouveau.

— Ouvrez l'e-mail que je vous ai envoyé ! me dit-il sans autre politesse.

Je m'exécute avec un frisson dans le dos en le voyant faire le tour de mon bureau pour se placer derrière moi.

N'y a-t-il personne pour lui faire entendre raison ? J'ai envie de hurler et de quitter sur un coup de tête mon poste, mais je sais aussi que je risque de le regretter. D'autant qu'en cet instant, je suis paralysée par la peur et que bouger ma main qui tient la souris est déjà un exploit. M. Bittoni, trouvant toutefois que je ne m'exécute pas assez rapidement pose sa main sur la mienne et s'attèle à faire bouger la souris, tout en émettant de drôles de bruits de gorge. Je sens que je vais vomir.

— Voilà ! Cliquez ici ! m'ordonne-t-il en le faisant lui-même puisqu'il a toujours sa grosse main velue posée sur la mienne.

Je déglutis en lisant l'e-mail. J'apprends qu'il prévoit de partir durant toute une semaine en Angleterre et que je dois lui préparer son voyage. Jusque-là, tout va bien ! Sept jours sans lui, c'est le paradis ! Mais la suite m'indispose. Il veut que, dès son retour, je me rende avec lui à un congrès à Nice, et ce, du lundi au vendredi. Je suis au bout de ma vie !

— Euh… Je ne peux pas m'absenter, Monsieur Bittoni.

— Pourquoi ? s'insurge-t-il en se redressant.

Dégagé de son poids bedonnant qui pesait sur le dos de ma chaise, je peux à nouveau respirer normalement.

— Euh… parce que mon père est malade, dis-je dans un gros mensonge puisque je n'ai pas eu la chance de le connaître.

Mais je sais que d'où il se trouve, il me pardonnera de mentir ainsi. Il en va de ma survie tout de même !

— Meredith, je suis navré pour vous, mais cela n'est pas négociable ! D'autant que c'est un déplacement qui aura lieu dans une dizaine de jours. D'ici là, votre père sera sans doute rétabli !

Et il s'en retourne dans son bureau fort énervé. Je ne sais si je dois me sentir soulagée de l'apprendre ou si je dois me faire du souci pour mon avenir dans cette société quand il découvrira que je n'ai pas de père. Peu importe ! Il se trouve assez éloigné de moi pour que je puisse reprendre une vie à peu près normale.

Depuis que M. Bittoni a demandé à Franck de me laisser tranquille, je n'ai vu personne de la journée. Cet homme est un mufle et terrorise tout le monde. Même mon repas, j'ai dû le prendre seule, car ils étaient déjà tous partis déjeuner à l'extérieur. Comme mon boss avait un déjeuner d'affaires, j'ai pu prendre le mien dans la petite cuisine du bureau. Mais je dois dire que la salade de la veille n'était pas une merveille.

Finalement, après avoir trié ce qui me plaisait de ce que je trouvais suspect dans cette salade, je me rends compte en me saisissant de la barquette pour la jeter, que la date mentionnée dessus était celle de vendredi dernier et que nous sommes déjà mardi. Je sens déjà qu'il va falloir que je me rende rapidement aux toilettes pour aller vomir.

Quelques minutes plus tard, en ressortant de ces lieux peu intimes, car les w.c. ici sont mixtes, je me dis en me rinçant la bouche qu'il va vraiment falloir que je m'organise un peu plus si je ne veux pas m'empoisonner toute seule. C'est alors que je regarde l'écran de mon mobile. Dix messages de ma mère depuis ce matin ! Elle veut ma mort, elle aussi…

4
Meredith

Je viens de passer la semaine de travail la plus horrible de ma vie — si je mets entre parenthèses le fait que mon voyage à Nice n'a pas encore eu lieu. M. Bittoni est si odieux que personne n'a osé venir dans mon bureau et Franck encore moins que les autres depuis qu'il s'est fait reléguer à faire du rangement dans la salle informatique au lieu de faire du commerce comme son contrat l'indique. Mais nous sommes enfin vendredi soir, et même si je me retrouve toute seule chez moi, je n'ai plus à penser à mes collègues de travail.

J'ouvre mon Mac et je me rends par automatisme sur Facebook. Sans réfléchir, j'annule mon lien d'amitié avec Leo. En me rendant compte qu'il risque de s'en rendre compte, je me trouve interdite et mes pensées s'affolent. Je réappuie sur *ami* et une nouvelle demande lui parvient sans aucun doute ! Je suis une véritable cruche !

Je me connecte à mon blog sur lequel je parle d'amour, de relations pures et j'insiste auprès des femmes pour qu'elles ne se laissent pas embobiner par les hommes et surtout pas par leur patron ! Je suis alors contente en voyant deux nouvelles abonnées. Lorsque j'ouvre leur profil, je vois leur date de naissance et par habitude, je m'exécute dans un calcul mental rapide pour me rendre compte que l'une d'elles n'a que treize ans et l'autre n'a que deux ans de plus ! Dégoûtée, je referme mon Mac en me disant que je perds mon temps avec ce blog qui n'intéresse que des midinettes.

Tout en me préparant une tisane, je me décide à répondre à ma mère. Je dois avoir un reliquat de cinquante textos avec elle, rien que pour les trois derniers jours. Comme d'habitude, ses petits messages à rallonge me rassurent et je lui souhaite bonne nuit avec plein de cœurs. Je pose ma tisane sur un petit plateau en bois exotique et ajoute quelques sucreries avant d'emporter le tout dans le petit salon. Puis, je m'installe sur le sofa devant l'un de mes dessins animés préférés. Je sais, on ne dirait pas que j'ai vingt-cinq ans ! Cependant, *Cendrillon* fera, ce soir, très bien l'affaire avec mon état d'esprit actuel…

Je me suis réveillée tardivement tant j'ai fait des cauchemars sur mon boss. Même la nuit, il ne me laisse aucun répit, ce vicieux !

Clothilde n'est pas rentrée de la nuit. Je me sens nostalgique en préparant mon petit-déjeuner. Je le veux copieux, car je n'ai pas l'intention de déjeuner aujourd'hui. Je prends le temps de manger doucement en lisant mes e-mails et les posts qui tombent sur mon fil Facebook. J'arrive même pour la première fois à ouvrir mon blog sur mon mobile. Bon, pour ce dernier, rien de bien plaisant, car j'ai perdu ma première abonnée qui avait plus de quarante ans ! Je me dis qu'il me reste toujours les deux gamines… Je referme toutes mes applications et je fonce me laver les dents. Mais au lieu de me vêtir pour sortir, je préfère de loin me recoucher aussitôt. Je ne trouve pas l'envie de faire quoi que ce soit si ce n'est que de prendre mon nouveau livre et de poursuivre l'histoire que j'ai commencée, il y a deux jours.

En fin d'après-midi, je reçois un texto de Clothilde ce qui me fait reposer le livre que j'ai pratiquement terminé. Clothilde m'annonce que ce soir, nous sommes invitées chez nos amis communs que nous avons connus à la Fac. Cela fait au moins quatre mois que je n'en ai vu certains et plus de six mois pour Cédric. En repensant à Cédric, un petit pincement surgit dans mon cœur et, inquiète, je demande aussitôt par texto à Clothilde qui sera présent à ce dîner. Dans sa réponse, je suis ravie de savoir que Cédric ne sera pas des nôtres. Et c'est tant mieux pour moi, bien que nous ne soyons jamais sortis ensemble ! D'ailleurs, cela ne me serait jamais venu à l'idée ! Bon, peut-être en le voyant la toute première fois, mais ce ne fut qu'un moment fugace. L'instant de la nouveauté sans doute quelques minutes avant que je ne comprenne qu'il aime s'amuser avec les filles.

Je reçois un nouveau texto et il s'agit de ma mère. C'est alors que je me rends compte de l'heure tardive. Clothilde aurait pu me prévenir plus tôt ! Il est déjà tard, mais je ne peux pas me rendre à cette soirée, Cédric ou pas Cédric, sans passer par la douche. Je fonce en songeant que si Clothilde n'arrive pas prête à la maison, il ne lui faudra qu'une petite trentaine de minutes à tout casser pour se préparer. Et je ne parle pas de s'apprêter en grande pompe, puisqu'elle l'est toujours ! Clothilde ressemble toujours à ces Stars qui foulent le tapis rouge du Festival de Cannes alors que moi, il va me falloir une heure de plus qu'elle rien que pour choisir ma tenue en espérant avoir un résultat à peu près convenable. Même pour faire mon brushing, je vais avoir besoin de plus de temps pour dompter ma tignasse folle et bouclée. Il est hors de question que j'arrive chez nos amis, simplement coiffée d'une queue de cheval. Ce n'est pas ce qu'il y a de plus glamour tout de même !

Tout en ressortant de ma douche, je m'affole un peu plus en étant certaine qu'ils vont tous être tirés à quatre épingles et les filles auront leurs cheveux lissés et parfaitement coiffés comme d'habitude. Tout en ronchonnant de ce temps imparti que je n'ai pas, je déballe toutes les affaires de mon armoire afin de trouver ZE *tenue* qui ne me fera pas ressembler à un mannequin de chez *Damart*. Non, encore une fois, je déteste sortir lorsque je ne me sens pas trop en forme ! Pourtant, des formes, c'est ce que j'ai le plus. Certains hommes apprécient mes rondeurs, tandis que d'autres, comme mes deux premiers ex-copains avec qui je ne suis pourtant sortie que très peu de temps, m'en ont fait la remarque lorsqu'ils m'ont invitée au restaurant. Ils pensaient sans doute que je mangeais comme quatre. Ce qui n'est pas mon cas ! Heureusement, sinon je n'ose savoir à quoi je ressemblerais…

Voilà, j'hésite encore une fois devant une tenue noire qui avantagera plus mes courbes et une plus claire qui a nettement ma préférence… J'en ai assez du noir, j'ai l'impression d'être quotidiennement en deuil… Et puis, j'ai envie de faire bonne impression en revoyant mes amis de la Fac. J'aimerais pour une fois que l'un d'eux ne me taquine pas en me revoyant. Je vais attendre Clothilde et lui demander ce qu'elle en pense une fois qu'elle sera de retour.

En fin de compte, je n'ai pas le temps de me saisir de ma brosse à cheveux pour commencer mon brushing car, justement, j'entends déjà Clothilde ouvrir notre porte d'entrée et m'annoncer, du fin fond de notre petit couloir, sa présence des fois que je pourrais imaginer que ce soit quelqu'un d'autre…

— Meredith ! s'exclame-t-elle d'une voix contrariée en me rejoignant devant mon petit dressing car, évidemment, elle voit bien que je ne suis pas encore prête.

En me retournant vers elle, je ne peux m'empêcher de lâcher un petit sifflement d'admiration. Elle est… Comment dire ? Délicieusement belle !

— Où as-tu trouvé une telle tenue ? demandé-je.

— Oh, cette vieille tenue ? Je l'ai récupérée chez ma mère hier soir. C'était à elle et elle m'a demandé, avant de la donner aux bonnes œuvres, si je la voulais.

Aux bonnes œuvres ? Elles plaisantent toutes les deux, j'espère ! me dis-je en silence. On dirait que cet ensemble sort tout juste d'un magasin de luxe. Ah ! C'est clair que ce n'est pas chez ma mère, que je trouverai une telle tenue. Chez ma mère, c'est plutôt large avec des motifs à fleurs colorées et quelques élastiques à la ceinture ! Clothilde fait à peine un 36 alors que moi je fais un bon 40 et que je suis sur la voie de ressembler de plus en plus à ma mère ! La nature n'a pas gâté tout le monde de la même manière, va ! Heureusement que j'ai tout de même pour moi un visage de poupée. Non pas celui d'une Barbie, bienheureusement pour moi, car elle m'a toujours intriguée dans le mauvais sens du terme, celle-là ! Je me suis toujours demandé si je la voyais un jour, en chair et en os, quelle serait la taille de ses yeux ! Lorsque je vois la proportion de son visage, je me dis que si j'avais le même regard qu'elle, j'aurais les yeux au niveau de la mâchoire et une tête de poisson tant ses pommettes sont taillées et bien hautes. Heureusement que la nature m'a toutefois dotée d'un joli visage qui me vaut quelques regards masculins, tout de même !

— Meredith ?

— Oh, excuse-moi, Clothilde, lui réponds-je. Je songeais que ce soir, tu vas encore faire des ravages, habillée ainsi, lui mens-je sans scrupule pour excuser mon silence.

— Oh, tu dis n'importe quoi, ma biche ! Mais tu n'es pas encore prête, ajoute-t-elle d'une voix radoucie.

— Non ! Je t'attendais pour avoir ton avis sur la tenue que j'allais mettre. La noire ou la blanche ? demandé-je, en secouant délibérément la tenue blanche.

— Tu sais que si tu mets la blanche, ma chérie, tu vas le regretter dès que tu t'installeras dans ma voiture…

Décidément, elle me connaît mieux que moi !

— Va pour la tenue noire alors ! dis-je avec un air contrarié.

Clothilde s'approche aussitôt de moi et me serre dans ses bras. Je suis vraiment bien tombée avec elle. Elle est aussi tactile que moi et encore plus câline que je ne l'aurais espéré. Je me sens toujours rassurée lorsqu'elle agit ainsi. Elle me relâche et propose de m'aider à me préparer. En moins de trente minutes, je suis superbement coiffée et maquillée. Je n'ai plus qu'à enfiler la tenue noire tant détestée !

Une vingtaine de minutes plus tard, nous arrivons chez Max et Annie. Jérôme, Patrick et Charles sont déjà installés dans l'immense canapé d'angle tandis que Carole, Valérie et Annie sont dans la cuisine en train de finir de préparer des petits plateaux apéritifs. Max nous débarrasse de nos manteaux et je vois dans son regard une admiration pour Clothilde. Je pense qu'avant de sortir avec Annie, Max en pinçait pour Clothilde. Mais la vie vous fait parfois prendre des chemins différents ! Cependant, Max n'a pas l'air malheureux avec Annie. Mais il reste un homme et ne peut s'empêcher de regarder *ce* qui est beau... Ce qui me fait tout de suite me sentir mal à l'aise. Lorsque nous pénétrons dans le salon, Charles se relève du canapé immédiatement pour aller embrasser Clothilde. Après tout, cela fait déjà dix longs mois qu'ils sortent ensemble. Et depuis qu'il lui a offert ce magnifique bracelet, je crains chaque matin que Clothilde ne m'annonce qu'elle me quitte pour se mettre en ménage avec lui. Mais je ne pourrai pas le lui en vouloir. Après tout, c'est dans l'ordre des choses.

— Bonjour, les garçons ! dis-je en m'approchant d'eux trois.

— Salut ! me répond Charles en me faisant la bise.

Les deux autres l'imitent avant de reprendre leur discussion comme si je n'étais pas là. Voilà ce que c'est que d'être une petite employée insignifiante au milieu de personnes qui ont réussi leur carrière !

Valérie et Carole arrivent à leur tour dans le salon avec de longs plateaux ornés de choses délicieuses — et j'ai faim ; je vous rappelle que je n'ai pas mangé ce midi ! — tandis qu'Annie se dirige vers la porte d'entrée, car quelqu'un vient de sonner.

— On attend quelqu'un d'autre ? demandé-je, surprise, en embrassant chacune de mes amies.

— Oui, me répond Carole en déposant son plateau sur la table basse.

— Qui ? m'aventuré-je à demander.

— Vincent et Cédric sont là ! piaille Annie du hall d'entrée, répondant ainsi sans l'avoir prévu, à ma question.

En entendant le prénom de ce dernier énergumène, je regrette amèrement d'avoir accepté de venir à cette soirée. Cédric et moi, c'est comme chien et chat. On ne se supporte pas plus de deux minutes si ce n'est moins. Quant à Vincent, c'est un adorable charmeur qui me donne toujours l'impression d'avoir un grand frère à mes côtés lorsqu'il est présent. D'autant plus que je suis fille unique. Mais lui aussi n'est pas ce qu'il y a de plus respectueux envers les femmes. Cela fait plusieurs mois que je ne les ai vus et à vrai dire, je ne m'en portais pas plus mal. Surtout pour Cédric ! Ce sont deux célibataires par choix et ils collectionnent les filles comme on collectionne des amis sur Facebook. C'est-à-dire sans lien réel et sans moyen d'être enquiquiné par la suite, car aucun d'eux ne communique leur véritable 06.

Tous s'avancent vers eux pour les saluer. Moi je reste quelques pas en arrière comme si le risque était grand. Au bout de quelques minutes, et dès lors que tous se décident à s'asseoir, Cédric et Vincent se rendent compte de ma présence. Mais je me tiens sur mes gardes surtout lorsque Cédric s'approche de moi avec un regard que je ne lui connais pas. Il hésite à me toucher pour me saluer, puis comme s'il se résignait, il me fait la bise sans un mot. Je reste à nouveau sur mes gardes. Je m'attends, à tout moment, à ce qu'il me lance une pique. Mais il ne dit rien et cela m'inquiète quelque peu. Ce n'est pas dans son habitude de ne pas me chercher aussitôt. Vincent est toutefois plus agréable et a toujours des mots gentils à mon égard en m'attrapant par la taille et en me soulevant pour m'embrasser.

— Comment vas-tu, ma belle ? me dit-il avec son large sourire charmeur en me reposant au sol.

— Bien et toi, Vincent ? demandé-je en fixant brièvement Cédric afin de lui montrer son indélicatesse à mon sujet.

Après tout, je suis une femme et je ne l'ai pas vu depuis un bon moment ! Mais il semble ailleurs bien que je sente soudainement son regard se poser sur moi. Et il y a quelque chose dedans que je ne m'explique pas. Vincent poursuit notre petite discussion avant que tous les autres se mettent à leur poser des questions sur leur vie. Pas très à l'aise avec le regard de Cédric qui ne me lâche plus, je me détourne de lui et ferme les yeux afin de reprendre mon souffle. D'autant que je me sens compressée dans mon nouveau soutien-gorge. J'aurais peut-être dû prendre une taille au-dessus. Je rêve ou il m'allait encore parfaitement bien la semaine dernière… Le fait que je n'ai pas de petit ami me donne l'envie de me jeter sur la nourriture. Mais ce ne sont que des envies que je n'assouvis même pas ! Ça me dégoûte de gonfler comme un poisson-lune sans avaler aucune sucrerie ! Surtout en voyant les filles ce soir. Elles sont toutes superbement élancées et aucune d'elles ne présente un reliquat de graisse quelque part. De quoi être envieuse !

En plus, pas véritablement de beaux gosses dans ma vie depuis Leo dont je ne compte pas nos brèves retrouvailles. Pratiquement trois semaines sans homme ! Tout de même, à mon âge, ce n'est pas humain !

Je regarde mes amis et je me demande ce qu'ils peuvent bien penser de moi. Après réflexion, je me dis que je m'en moque. Puis, je finis par espérer qu'ils ne pensent rien de mal à mon sujet. Enfin, l'espoir fait vivre… Surtout lorsque Cédric décide de s'adresser à moi !

— Alors, Meredith, dit-il en prenant un petit canapé que je suppose au fromage, toujours célibataire ?

— Et toi, toujours aussi c…

Je retiens de justesse ce gros mot qui me brûle les lèvres. Entre Cédric et moi, ça a toujours été ainsi. Plus jeune, je l'aimais beaucoup, mais parfois, ce qu'il peut être con ! Je me décide à lui répondre. Autre chose, bien sûr !

— À moins que tu n'aies un frère plus beau que toi et bien plus intelligent, je préfère de loin rester seule. Pour le moment, ajouté-je avec un petit sourire mesquin.

Il l'a bien cherché après tout ! Mais je crois que cette remarque ne fait rire que moi. Tous me regardent sans un mot. Ce silence s'installe cinq bonnes et longues secondes avant que tous reprennent leur conversation respective comme si je n'existais pas. Et voilà donc ce que c'est que d'être contrainte au célibat au milieu de couples qui respirent le bonheur, sans compter Cédric et Vincent qui ont l'air d'être heureux ainsi… Je n'existe pas pour eux, ou si peu ! Je me sens encore plus piteuse que quelques instants plus tôt. La seule chose qu'il me reste à faire, c'est de prendre à mon tour un petit canapé et de le mettre dans ma bouche. Je ferme les yeux en l'engloutissant et ne peux m'empêcher de pourlécher ma lèvre supérieure d'une petite sauce rose constituée de jus de betterave qui s'y est accrochée. Lorsque j'ouvre les yeux à nouveau, je vois Cédric qui ne peut s'empêcher de me dévorer du regard le visage marqué d'une expression que je ne lui ai jamais vue.

Du moins me concernant !

Je m'empourpre comme jamais avant de tousser légèrement et de me relever de ma place. Je pars en hâtant le pas afin de m'enfuir dans la salle de bain. Lorsque je m'y enferme, je me sens drôle, bizarre et pas vraiment dans mon assiette.

— Qu'est-ce qu'il vient de m'arriver ? m'interrogé-je en me regardant dans le miroir placé au-dessus du lavabo.

Sans réponse à cette interrogation, je tarde à retourner dans le salon. La peur saisit mes entrailles et je ne saurais pas comment expliquer même dans un mensonge, ce qui vient de m'arriver. Je me rince la bouche et avale une gorgée d'eau au passage. Je finis par ressortir des lieux et me retrouve nez à nez avec… Cédric !

— Tout va bien ! me demande-t-il d'une voix plutôt sérieuse et rauque.

Mais je m'attends à tout moment à ce qu'il se moque de moi comme d'habitude.

— Ça va ! T'inquiète ! J'ai juste avalé de travers.

— Ça, pour avoir avalé…, lâche-t-il sans se rendre compte de sa phrase.

— C'est bon ! T'as fini de te foutre de ma…

C'est alors que je ne m'y attends pas. Cédric écrase ses lèvres sur les miennes et m'embrasse comme jamais je n'ai été embrassée. Sa langue pénètre ma bouche avec douceur et possessivité en même temps. C'est… Waouh ! Je me sens décoller du sol. J'ai même la jambe pin-up ! Au bout de plusieurs longues secondes, il détache sa bouche de la mienne et je frissonne déjà de cette séparation. Cédric me caresse la joue avec douceur et replace une mèche de mes cheveux derrière mon oreille gauche. Je ferme brièvement les yeux sans pouvoir dire quoi que ce soit. Lorsque je les rouvre, Cédric pose son index sur mes lèvres.

— Ce sera notre petit secret…

Il s'en retourne en me laissant toute seule, avec une myriade d'émotions qui m'assaille et me dévore le ventre. Je me sens même vibrer plus bas avec une envie impatiente qu'il me serre de nouveau dans ses bras et surtout m'embrasse avec cette passion que je n'avais jamais ressentie avant cet instant. Je ne peux m'empêcher de laisser un petit rire nerveux s'échapper de ma bouche et une joie, étreindre mon cœur, en pensant que j'ai eu pour la première fois de ma vie, la jambe pin-up !

Merci, Anne Hathaway !

Je retourne à l'intérieur de la salle de bain et en ressort après m'être assurée d'avoir réajusté ma tenue et mon maquillage. Mes joues me brûlent et je ne sais pas ce que je vais bien pouvoir dire pour expliquer mon état.

— Ça va ? me demande Annie tandis que je me rassois sur un fauteuil.

— Oui, je vais bien. J'ai juste avalé, dis-je en fixant brièvement Cédric du regard avant de me détourner de lui et continuer de répondre à Annie, un petit canapé aux crevettes et tu sais que je suis allergique aux fruits de mer.

— Mais il n'y en a pas, tu penses bien ! Je ne prendrais pas le risque de te tuer ! s'exclame-t-elle avec bienveillance.

Carole et Valérie explosent de rire spontanément, ce qui amène un rire général à mon égard.

— C'est vrai que maintenant que je te regarde, tu sembles bizarre, lâche Cédric avec un petit sourire que j'ai du mal à déchiffrer.

Il se moque de moi ou qu'est-ce ? Il vient de me donner un baiser renversant et voilà qu'il fait comme si de rien n'était, comme s'il ne s'était rien passé entre nous. Un doute me submerge aussitôt, et je me demande s'il agit ainsi parce qu'il n'a pas apprécié m'embrasser. C'est encore pis que ce que je pensais. La soirée va s'annoncer longue, je le sens. J'ai juste envie de tous les fuir et plus particulièrement Cédric, et d'aller me cacher sous ma couette. Mais il faut que j'arrive à récupérer ma contenance. Je me force à faire un sourire qui ressemble plus, j'en suis certaine, à une grimace. Mais je ne peux laisser entrevoir à Cédric qu'il m'a touchée.

— J'ai cru que c'était des crevettes ! Pas de quoi en faire tout un plat ! dis-je d'une voix haut perchée en essayant de garder mon calme alors que je n'ai qu'une envie, c'est de me saisir d'un plateau encore garni de petits fours afin de l'écraser sur la trombine de Cédric qui ne m'a pas quittée du regard.

Puis, mon regard s'accroche au sien et je ne sais que penser.

— Tout va bien, Meredith ? me demande Clothilde.

— Oui, oui ! Bien sûr ! réponds-je en papillonnant des yeux tant je suis soufflée par le culot de cet homme.

Mais pas le temps de m'attarder plus sur son cas ou le mien, d'ailleurs ! Charles et Vincent ont déjà repris une conversation qu'ils avaient dû commencer certainement pendant ma brève absence dont je suis, bien malgré moi, incapable de comprendre tant mes oreilles bourdonnent.

Pourtant, je fais comme si c'était limpide dans ma tête. Je me mets même à rire avant tout le monde ce qui me vaut quelques regards soupçonneux. Je finis par regarder toute notre petite assemblée qui me fixe avec des yeux de merlan frit et annonce clairement et surtout avec stupidité, que cette histoire fait écho à une autre histoire qui m'est arrivée il y a quelque temps. Je soupire discrètement. Je crois que certains y ont cru…

Le dîner se présente mieux puisque j'ai décidé de ne répondre en aucun cas à toute phrase de Cédric. Je mange à satiété, certainement à cause de ma nervosité, tout en regardant mes amis autour de la table.

Valérie vient de décrocher son téléphone et sans prendre la peine de sortir de table ou de s'excuser de parler à voix haute — ce qui ferait sortir de ses gonds ma chère mère — elle répond à la personne à l'autre bout du fil. Nous la regardons tous et elle finit par raccrocher.

— Ah ces assistantes ! On ne peut pas compter sur elles ! J'ai pourtant bien précisé à la mienne que je voulais un aller-retour Paris/Bruxelles pour la journée de mercredi. Eh bien, non ! Elle n'a pas trouvé de vol…

Je regarde l'heure et ne peux m'empêcher de m'exclamer :

— *Euh…* T'es sérieuse, Valérie ? On est samedi soir et il est 21 heures…

— Ah, c'est vrai que tu es de nouveau une assistante personnelle ! me rétorque-t-elle. Enfin, je dis ça, je dis rien, hein !

Je plisse le regard afin d'essayer de comprendre le sous-entendu qu'elle vient de faire. Mais alors que je m'apprête à lui rétorquer à mon tour une réponse cinglante, Jérôme lui fait une remarque à voix basse. Je vois bien que cela ne lui plaît guère. Elle lui répond à son tour quelque chose que personne ne peut entendre et je m'aperçois comme tout le monde qu'il y a soudain un froid entre eux.

Annie et Max annoncent le dessert afin de couper court à ce début de dispute. Je reste vexée par les propos de Valérie, mais je ne voudrais gâcher pour rien au monde cette soirée organisée avec gentillesse. Alors, je préfère m'abstenir de rouvrir les hostilités. Annie sert le dessert et celui-ci calme mes contrariétés. Il faut dire que je suis une gourmande notoire.

Cédric, qui s'était installé autour de la table, en face de ma chaise n'a pas cessé de me lancer des œillades auxquelles je n'ai pas souhaité répondre et encore plus depuis cet interlude avec Valérie. J'ai l'impression qu'il me juge lui aussi sur mon job. Et je ne sais pas à quel jeu il joue avec moi, mais cela ne me plaît pas et je compte bien le lui montrer jusqu'à la fin de la soirée. Cet imbécile ne s'est même pas rendu compte qu'il m'a tourneboulé le cœur avec son incroyable baiser.

C'est de réconfort que j'ai besoin en cet instant alors je repense à cet instant volé devant la salle de bain et cela suffit à me donner des papillons dans le ventre. C'est si intense que je ne peux m'empêcher de fermer les yeux brièvement tandis qu'une volupté de plaisir se déverse dans mon corps à ce récent souvenir. C'est alors que, sous la table, je sens le pied de Cédric rechercher le mien. Bon Dieu ! Mais qu'est-ce qu'il lui prend à cet idiot ? Je le laisse toutefois caresser mon pied. Eh bien oui ! Ça me fait quelque chose tout de même ! Mais en fixant son regard de mec qui pense avoir gagné, cela m'agace à l'évidence. Je balance mon pied dans le vide et lui envoie un coup net dans le tibia. Il pousse un petit juron en me fixant. Son regard s'est froncé tandis que tout le monde se demande ce qu'il lui arrive.

— Rien ! Je me suis cogné contre le pied de la table, ment-il par peur d'être découvert.

— Ben voyons ! m'exclamé-je d'une voix étonnamment basse alors que j'avais véritablement envie que tout le monde m'entende.

Mais à croire que les Dieux ont décidé de ne pas être de mon côté ce soir. Cédric me fixe et son regard a l'air de me dire *tu ne perds rien pour attendre…*

Et effectivement, je ne m'attendais pas à ce que mes amis décident de jouer au jeu Action ou Vérité ! Franchement ! Ils ont quel âge ! Cédric se frotte les mains et ses yeux expriment une certaine joie.

— Est-ce celui qui est *hot* ? demande Vincent avec un sourire mutin.

— Pourquoi ? Il y a plusieurs genres ? demandé-je avec un air surpris.

— Oui ! Enfin, nul besoin d'avoir le jeu, intervient Max. On pourra ainsi poser les questions qui nous bottent, dit-il en fixant Annie d'un regard gourmand.

Comme toujours, Max et Annie ne se gênent nullement pour nous faire comprendre qu'ils aiment les relations charnelles qu'ils partagent. Si nous n'étions pas présents, ils seraient déjà en train de *copuler* dans le salon, j'en suis certaine ! Ils se relèvent toutefois ensemble de table pour installer des poufs autour de la table basse afin que le jeu soit plus convivial. Je sais alors que je vais encore passer un sale quart d'heure si ce n'est plus. Pendant la première demi-heure où nous jouons, mon tour n'est pas encore venu.

Les questions tombent : *quel est ton fantasme ? As-tu déjà fait du sexe à trois ? As-tu déjà envoyé des photos de toi nue ? As-tu déjà fait l'amour sur ton lieu de travail ? Es-tu capable d'ôter ton pull ?*

Mais je sais qu'il ne me reste plus que quelques secondes de survie. Et voilà ! C'est à mon tour de répondre…

— Action ou vérité ? me demande Valérie.

— *Euh…*

— Allez, Meredith ! Tu dois répondre, insiste Jérôme que je n'avais pratiquement plus entendu depuis qu'il s'est fait rabrouer à table par sa femme.

J'avais presque oublié qu'il jouait avec nous, c'est pour dire…

— Vérité ! bramé-je d'une voix de crécelle.

Cédric me regarde avec un sourire en coin. C'est à lui de me poser la question. Aïe ! Je sens qu'elle ne va pas me plaire…

— Est-ce que tu t'es déjà caressé la praline ?

Mes yeux s'écarquillent autant qu'il m'est possible de le faire.

— La praline ? demande Valérie qui semble ne pas avoir compris l'endroit géographique de la chose…

— Nan, mais t'as quel âge, Cédric ? On dirait un demeuré à poser une telle question ! criaillé-je excédée avec l'intention de ne pas répondre.

Mais c'est sans compter sur sa ténacité !

— Allez ! Tu es obligée de répondre, me rétorque-t-il.

— T'es sérieux ?

— *Humm,* marmonnent en chœur tous les autres avec un sourire accroché à leurs bouches tandis que Valérie qui vient de comprendre la question laisse échapper dans les airs un petit cri aigu.

Comment avouer un tel péché sans avoir la honte de ma vie, songé-je en rougissant violemment.

Je finis par lâcher entre mes lèvres pincées un semblant de « oui ».

— Qu'est-ce que tu as dit ? me demande Cédric qui a très bien entendu ma réponse puisqu'il se trouve juste à mes côtés.

— J'ai dit oui ! m'égosillé-je presque à m'en étrangler.

Je tousse aussitôt et j'ai besoin de boire pour faire passer cette envie. Je me saisis de mon mug pour le porter à mes lèvres. Tout en avalant une gorgée de mon thé refroidi, je regarde par-dessus le rebord de mon mug. C'est alors que je vois le regard de Cédric briller comme jamais. Le mufle ! Il jubile de mon mal-être. Mais ça va être à mon tour de lui poser une question et je ne vais pas le rater, croyez-moi !

— Action ou vérité ? lui demande Carole puisqu'avec Valérie, elles se sont donné la directive de poser cette question pour tout le jeu.

— Vérité ! répond-il avec une joie évidente comme pour me contrarier un peu plus.

— Honneur à toi ! s'exclame Vincent en me laissant l'opportunité de lui poser une question.

Je prends une longue inspiration en ressentant une joie intense au fond de moi.

— T'es-tu masturbé aujourd'hui ?

— Hmmm… Pas encore…, rétorque-t-il aussitôt avec un sourire coquin en me dévisageant de la tête aux pieds.

Un éclat de rire général saisit mes amis tandis que je m'empourpre encore plus que lorsque j'ai eu l'idée idiote de lui poser cette question. Je me demande de quoi je me plains alors que je lui ai donné un bâton pour me battre.

Le jeu reprend déjà, bien que je ne sois pas encore remise de mes émotions. Les vérités s'arrêtent pour laisser place aux actions.

Es-tu capable de m'embrasser pendant cinq minutes ?

OK, je vous laisse deviner à qui Max a posé cette question !

Es-tu capable de nous montrer tes seins ?

Je finis par ne plus entendre les autres questions tant la peur me saisit le ventre. Qu'est-ce qu'ils vont bien pouvoir trouver à me demander ? m'interrogé-je en silence. Puis, c'est à mon tour de répondre. Si je dis vérité, je vais me faire lyncher.

— Action ! crié-je d'une voix suraigüe.

J'ai l'impression d'être Valérie, une demi-heure plus tôt...

Cédric me regarde fixement de nouveau avant de me poser sa question. Il semble persuadé de savoir ce que je vais faire...

— Es-tu capable d'embrasser l'un de nous ?

Je sens mon cœur battre à tout rompre dans ma poitrine. S'imagine-t-il que je vais le choisir lui et l'embrasser devant tout le monde ? Je me dois d'être forte et résister à mon envie de sentir ses lèvres sur les miennes. Je me lève et me place en face de lui. Je pose mes mains sur ses genoux et j'approche mon visage du sien. Je le sens retenir sa respiration et une certaine surprise marque soudainement ses beaux traits. Je crois bien que c'est la première fois que je le trouve si beau.

J'entends tous les autres émettre de petites exclamations de surprise, mais je me redresse sans avoir donné à Cédric ce qu'il attend, j'en suis certaine. Je me réjouis de voir son regard se plisser lorsque je me dirige vers Clothilde, car je continue de le fixer moi aussi. Puis, je détourne le regard pour faire front à ma copine d'enfance. On s'observe avec un sourire complice, car elle pense certainement que je ne vais pas le faire et me dégonfler au dernier moment, comme j'ai l'habitude de le faire pour tout. Mais je me penche vers elle et lui donne un baiser langoureux. J'y prends du plaisir. Elle aussi, je le ressens. Pourtant, c'est la première fois que l'on s'adonne à ce genre de chose. Lorsque je relève la tête, tous nous regardent. Vincent émet un petit sifflement d'admiration et Jérôme ne peut s'empêcher de continuer d'applaudir.

— Waouh ! Tu m'as bluffée, Meredith ! s'exclame Vincent toujours admiratif.

— Vous m'avez excité, petites coquines ! dit Max avec des yeux toujours aussi gourmands en jetant une œillade à Annie.

— À moi aussi ! ajoute Charles en regardant d'un regard nouveau Clothilde. Je ne savais pas que tu aimais les femmes.

— Oh, non ! Ce n'est pas ça. Hein, Meredith ! Dis-lui ! Dis-lui que c'est la première fois que l'on fait ça ! insiste-t-elle soudainement inquiète.

— Ne t'inquiète pas pour ça, lui chuchote Charles dans l'oreille même si tout le monde l'entend lui dire. J'aime assez l'idée, à vrai dire…, continue-t-il de lui dire avant de l'embrasser sur la joue avec tendresse.

Je vous l'avais dit, cet homme est parfait !

Je retourne m'asseoir à ma place avec toujours des rougeurs sur les joues qui finissent par me brûler la peau. Cédric me regarde en secouant la tête comme si ce que je venais de faire était un exploit. Je m'installe avec difficulté à ses côtés tant je me trouve proche de son corps. Il se penche vers moi et me murmure à l'oreille :

— Tu as la réponse à ta question de tout à l'heure… Tu sais maintenant ce que je vais faire ce soir en rentrant…

Je déglutis en retenant un frisson qui me saisit de nouveau les entrailles. Ce mec est incroyable. La première fois que je l'ai vu, je suis tombée sous son charme immédiatement. Mais lui avait décidé que notre relation ne serait qu'amicale et de mon côté, trop brève pour que je tente de sortir avec lui. Il m'a taquinée aussitôt et nous nous sommes toujours entendus en nous chamaillant. Puis, à chaque fois que l'un de nous était libre, l'autre était pris. Ce qui fait que l'on n'a jamais été célibataire en même temps. Alors est-ce parce que c'est notre cas aujourd'hui qu'il agit ainsi ? C'est la première fois qu'il m'embrassait un peu plus tôt ce soir, et c'était aussi une première de me poser autant de questions intimes. Je trouve qu'il prend trop d'intérêt à ma petite personne et je ne tiens pas à souffrir. D'autant que je suis au courant qu'il n'arrive pas à garder une fille plus d'un mois. Remarque, un mois ce n'est pas si mal comparé à moi. Si j'arrivais à garder un homme auprès de moi plus d'une semaine, ce serait déjà un exploit !

La soirée arrive à sa fin, car il est déjà deux heures du matin et que Vincent doit se lever à six heures pour aller travailler même si nous sommes dimanche. Clothilde a envie de prolonger la soirée et de se rendre chez Charles qui lui a proposé un peu plus tôt de passer la nuit chez lui. Je me rends compte que mon petit spectacle lesbien les a tous plus ou moins excités ! Je sens que je vais devoir appeler un Uber, songé-je en balayant du regard notre petite assemblée.

— Je peux te ramener, si tu veux, me propose Cédric.

Punaise ! Voilà qu'il lit dans mes pensées.

— Non merci ! grommelé-je entre mes dents. Vincent, tu passes bien devant chez moi ? l'interrogé-je avec un large sourire, en espérant qu'il habite toujours au sud de chez moi et surtout, qu'il va me dire oui.

Pourtant, au fond de moi, j'ai envie de rentrer avec Cédric, mais j'ai peur aussi de ce qu'il pourrait arriver. S'il m'embrassait à nouveau comme quelques heures plus tôt, je pourrais faire des bêtises avec lui. Il me plaît, il m'a toujours plu ! Je me rends compte que même pour la première fois, je n'ai pas repensé à mon ex-copain et à son incroyable copine d'un mètre quatre-vingt aux jambes fines et longues qu'elle entoure certainement autour de son corps lorsqu'ils font l'amour. C'est alors que je suis distraite de mes pensées par Vincent qui accepte de me déposer.

Je regarde Cédric et je le sens déçu. Je déteste décevoir les gens qui m'entourent et j'ai soudain envie de l'enlacer pour lui avouer mon attirance pour lui. Mais déjà, il se détourne de moi pour faire la bise à tout le monde. Lorsqu'il s'approche de moi, mon cœur bat la chamade comme jamais. Que va-t-il faire ? m'interrogé-je en silence.

— Bye, Meredith ! lâche-t-il tout simplement.

Pourtant les baisers qu'il dépose sur mes joues sont bien réels. Et sa dernière bise s'écrase en partie sur la moitié de mes lèvres. C'est chaud, c'est doux, c'est... *humm*... un délice.

— Dire que si tu avais accepté que je te raccompagne, je t'aurais de nouveau embrassée, chuchote-t-il à mon oreille. Je sais que tu as aimé ça, comme moi...

Ce qui me vaut de frissonner, évidemment. Cet homme reste une énigme pour moi. Un mystère qui me happe entièrement depuis que j'ai croisé son regard cinq ans plus tôt...

5
Clothilde

J'ai encore passé une belle journée au travail aujourd'hui, seulement, il me tarde de rentrer pour retrouver Meredith. Je sais que je devrais plutôt être pressée de me loger dans les bras de mon beau Charles, mais depuis la soirée que nous avons passée chez Max et Annie, depuis que Meredith m'a embrassée langoureusement, je n'arrête pas de penser à elle. Même si elle n'a pas prêté plus d'importance à son geste, moi, depuis, je suis complètement chamboulée. J'aime Charles, c'est certain ! J'aime comment il m'embrasse, comment il me fait l'amour, comment il prend soin de moi. Mais le baiser de Meredith a ouvert une porte en moi. Comme si être avec une fille n'était pas impossible pour moi.

Seulement, si ma mère venait à l'apprendre, elle me déshériterait sur-le-champ ! Bon, allez ! Il vaut mieux pour moi arrêter de supputer ce que pourrait penser ma mère de mon attitude alors que je n'ai encore rien fait de mal…

— Coucou, Meredith ! dis-je en entrant dans notre appartement.

Elle arrive aussitôt et se jette dans mes bras. Ce geste qu'elle fait quotidiennement à chaque fois que nous nous retrouvons a pris un autre sens pour moi depuis notre geste intime. Elle s'accroche à moi en ronchonnant et pourtant, je ne peux la repousser. J'aime la sentir contre moi depuis toujours.

— Qu'est-ce que tu as ? dis-je en relevant les cheveux fous qui encadrent son beau visage.

— J'ai encore dû esquiver les mains baladeuses de mon patron.

— Pourquoi ne donnes-tu pas ta démission ?

— Parce que je ne veux pas que l'on perde cette location ! s'exclame-t-elle en m'embrassant sur la joue avec affection.

Ce qui me donne quelques frissons inattendus. Je déglutis et elle s'en rend compte aussitôt.

— Qu'est-ce qu'il y a ?

— Oh, rien, réponds-je en me détachant de ses bras.

— Hep ! hep ! s'écrie-t-elle. Reviens ici ! Je sais que tu me caches quelque chose, ajoute-t-elle en m'attrapant par la taille.

Ce qui me perturbe encore plus.

— Je vais prendre une douche pour me délasser et ensuite on discute, si tu le souhaites, dis-je avec un petit sourire.

Elle acquiesce avant d'ajouter :

— Veux-tu que je te fasse un massage ?

— *Euh…*, non, je ne préfère pas.

— Regarde-moi ça comme tu es tendue, me dit-elle en caressant mon dos avant de poser ses mains sur mes épaules.

Elle a toujours été douée pour les massages. Mais si jamais je la laisse continuer de me toucher, je risque de ne plus répondre de mon corps. Et s'il y a bien quelqu'un dans ma vie parfaite que je ne souhaite absolument pas perdre, c'est bien elle ! Cependant, je ne peux m'empêcher de laisser échapper de ma bouche un soupir de plaisir.

— Tu vois, s'exclame-t-elle, tu as besoin de te détendre ! Je vais te faire couler un bain…

J'acquiesce de la tête et je la sens heureuse de me rendre ce service. J'espère juste qu'elle n'aura pas l'idée de m'y rejoindre comme nous avons l'habitude de faire…

Ce que je craignais arriva. Alors que je me prélasse dans l'eau chaude de mon bain depuis plusieurs minutes déjà, Meredith arrive en culotte dans la salle de bain.

— J'aaariiiive ! brame-t-elle en retirant son slip.

Puis, elle s'installe à un bout de notre incroyable baignoire Spa en forme de triangle. D'ailleurs, si nous avons signé le bail de cet appartement, c'était parce que la salle de bain était somptueuse.

Je n'ai pas le temps de réfléchir plus longuement. Meredith s'approche de moi et me demande de lui tourner le dos. Puis, elle s'engage dans un massage qui réveille mon corps engourdi par les tensions. Je finis par me sentir totalement relaxée entre ses bras. Mon dos s'appuie sur sa poitrine généreuse et je me sens vraiment bien. L'eau a refroidi quelque peu, alors Meredith appuie sur un bouton et des bulles chaudes jaillissent. C'est un bonheur. Elle prend alors du shampoing dans ses mains et décide de me laver les cheveux. Je me laisse faire et je commence même à sentir mon corps se charger de quelques frissons plaisants. Elle continue en m'appliquant un masque sur les cheveux puis reprend du savon pour me laver le dos. Je ne sais combien de temps je peux tenir ainsi. Mais il est hors de question pour moi de faire une bêtise que je ne me pardonnerai jamais.

On finit par se rincer et elle ressort la première de la baignoire. De la voir ainsi nue debout devant moi alors que ce n'est pas la première fois, me donne quelques idées que je n'aurais jamais cru pouvoir avoir un jour pour une femme. Je la laisse enfiler son peignoir avant de ressortir à mon tour de la baignoire. Elle me crie dans le couloir quelques mots qui m'informent qu'elle va se préparer dans sa chambre comme d'habitude. Je m'en vais à mon tour dans la mienne, mais une tension au creux de mon ventre continue de m'assaillir. Les seuls mots que je m'oblige à me dire sont :

— Pense à Charles ! Pense à Charles…

6
Meredith

Je m'allonge sur mon lit avec mon peignoir et songe que même si je me suis occupée de ma copine chérie, j'ai une folle envie qu'un homme s'occupe de moi de cette façon-là. Je pense aussitôt à Cédric. C'est dommage qu'il n'ait pas de compte Facebook. J'ouvre mon profil sur mon Mac et je vois une nouvelle notification. Merd…credi ! C'est Leo ! Ce qui veut dire qu'il a vu que je l'avais zappé et réinvité aussitôt. Quelle cruche je fais ! J'ouvre son message dans lequel je peux lire qu'il me donne rendez-vous au restaurant *La Casa Del Sol*, samedi prochain.

— Eh bien, dis donc ! Il n'est pas rancunier le garçon ! me dis-je avec un sourire.

J'hésite néanmoins quelques minutes avant de lui donner ma réponse. Je suis faible, mais pas au point de me faire surprendre une deuxième fois par Cindy ! Elle me dépasse de deux têtes tout de même ! Je préfère retourner sur le profil de Leo pour voir ce qu'il a posté dernièrement. C'est alors que je me rends compte qu'il a changé de copine et qu'il a déjà eu deux autres aventures.

— Quelle crétine je fais ! piaillé-je contre moi-même, alors que j'étais pratiquement prête à replonger dans nos brèves relations.

— Que se passe-t-il ? me demande Clothilde qui passe dans le couloir au même moment.

Elle rentre dans ma chambre et s'approche de mon lit sur lequel je me suis légèrement relevée.

— Leo a déjà une nouvelle copine ! dis-je avec une moue boudeuse.

En voyant son visage perplexe, je rajoute :

— Une nouvelle-nouvelle copine ! Il a déjà dû larguer la belle Cindy ! À moins que ce ne soit elle…, dis-je avec le regard froncé.

— Ce qui serait étonnant ! lâche-t-elle en relevant les sourcils. Mais, bon ! Rêver n'est pas interdit !

Clothilde a toujours le don de me faire sourire et plus souvent même, de me faire rire lorsque la situation me semble désespérée.

— Je te l'ai déjà dit ! Il ne te méritait pas ! ajoute-t-elle en me donnant un large sourire qui découvre ses belles dents blanches.

— Oui ! Eh bien, j'aimerais bien savoir qui me mérite ! dis-je en songeant à Cédric.

En vrai, il n'a pas quitté mon esprit depuis qu'il m'a embrassée chez Max. J'ai toujours un petit regret de ne pas l'avoir laissé me raccompagner chez moi. Je rêve d'avoir encore la jambe pin-up. C'est alors que je songe que je ne suis pas retournée sur mon blog pour annoncer cette nouvelle. Clothilde me fait ressortir de mes pensées en me demandant ce que j'aimerais bien manger ce soir. C'est vrai qu'il est tard et que nous nous trouvons toujours en peignoir.

— *Humm* ! Alors, je prendrai un mètre quatre-vingt d'homme bien bâti comme notre voisin du dessus, avec un soupçon de cheveux châtains comme moi et... un supplément de bras doux pour les entourer autour de mon corps généreux ! m'exclamé-je avant d'éclater de rire.

Ce qui a le don de faire rire Clothilde. Je me décide alors à l'attraper et démarrer une bataille de polochons. On fait ça depuis nos soirées *pyjamas* du primaire et j'ai toujours eu le dessus sur elle. Pourtant, en cet instant, je me sens prise au piège entre ses bras et ses jambes.

— Tu as gagné ! dis-je à moitié étouffée par son corps.

— Et qu'ai-je gagné ?

— Hmm ! Je fais la vaisselle pendant deux jours !

— Trois !

— OK pour trois ! m'exclamé-je en me sentant libérée de mon amie.

Clothilde s'allonge à mes côtés et nous nous prenons la main naturellement. Elle se retourne vers moi et me regarde. Je me retourne à mon tour et fixe ses beaux yeux verts.

— Tu es très belle ce soir, me dit-elle.

Je pouffe de rire, mais elle non.

— Je suis très sérieuse, ma chérie. Je te trouve vraiment très belle.

Puis, sans que je m'y attende, elle pose ses lèvres sur les miennes. Je ne bouge plus et me sens même toute chose. Une fois l'effarement passé, je la laisse m'embrasser. J'y prends même du plaisir, je crois. C'est parce que j'ai fermé les yeux et que je pense à Cédric.

Humm, Cédric...

Je plonge ma langue dans sa bouche et l'embrasse avec passion. Clothilde prend mon visage en coupe dans ses mains et c'est à ce moment-là que je me rends compte de ce que je fais avec elle.

Merd…credi ! Cédric n'est là que dans mes pensées !

Je me détache doucement d'elle, car j'aime vraiment Clothilde, mais peut-être pas comme elle semble vouloir me le démontrer avec son baiser.

— Je t'aime, Clothilde, mais je ne peux pas faire ça avec toi.

— Tu n'as pris aucun plaisir ? me demande-t-elle inquiète.

Je ne peux lui mentir, même si j'en ai l'envie.

— Si, et tu sais à quel point je t'aime. J'aime être proche de toi, te caresser pour te détendre, t'embrasser sur la joue comme on le fait depuis que l'on est toutes petites. Mais, là…

Elle ne me laisse pas le temps de terminer. Elle m'embrasse de nouveau et je réponds à son baiser.

Bon Dieu ! Qu'est-ce qui ne tourne pas rond chez moi ? songé-je en silence.

Clothilde se détache de moi et se relève de mon lit. Elle me sourit de son plus beau rictus. Elle est très belle avec ses joues toutes rougies. Je sens que les miennes ne sont guère mieux.

— Je te prie de m'excuser, Meredith, mais j'en avais trop envie.

— Il n'y a rien à excuser, ma bichette ! J'ai ouvert le bal, chez Max et Annie, et voilà tout ! dis-je sur un ton théâtral afin de dédramatiser la situation.

Clothilde me regarde avec son visage bienveillant comme toujours.

— Tu as sans doute raison, mais j'aime être avec toi.

— Moi aussi !

Elle se penche et m'embrasse sur le front cette fois-ci.

— Ça ne se reproduira plus, me chuchote-t-elle avant de replonger timidement son regard dans le mien.

— C'est ce que l'on verra ! dis-je en attrapant mon polochon. Et ça ! Tu ne l'as pas vu venir, hein !

Et je lui balance mon coussin sur l'épaule. Elle éclate de rire et je sens que j'ai récupéré la situation. Cela m'aurait trop coûté de perdre ma meilleure amie. On se chamaille cette fois-ci en bonnes copines et après quelques minutes, Clothilde m'annonce qu'il est l'heure pour elle d'aller cuisiner et pour moi, de mettre la table.

Nous passons la soirée devant une nouvelle série découverte sur Netflix. Punaise ! Ce Kurt Seyit est le plus beau des acteurs que je n'ai jamais vu ! Et je crois bien que Clothilde est totalement d'accord avec moi, puisqu'il est deux heures du matin et que nous venons de regarder cinq épisodes d'affilée !

7
Cédric

Revoir Meredith m'a vraiment plu. J'adore cette fille. Pourtant, depuis que je la connais, je ne peux m'empêcher d'agir comme un sot avec elle. Pourquoi ? Je n'en sais fichtrement rien ! Mais la revoir, l'autre soir chez Max et Annie, m'a donné quelques sueurs. Je l'ai trouvée sublime et ses formes m'ont toujours fait fantasmer. Elle est naturelle et sa poitrine me donne quelques tensions. Mais ce que je préfère chez elle, c'est son regard. Ses grands yeux noisette, souvent plus naïfs que calculateurs, me font la désirer depuis toujours. Oui, elle me plaît vachement ! En y réfléchissant bien, je pense que j'agis avec stupidité avec elle, tout simplement parce qu'elle n'a jamais été célibataire en même temps que moi et que je ne pouvais donc l'avoir pour moi tout seul. Mais lorsque Max m'a dit qu'elle serait là, et en plus totalement célibataire, je me suis fait des plans avec elle. Oui, je la désire comme jamais !

Ce midi, je me décide à me rendre devant son boulot. J'en connais l'adresse grâce à Vincent qui l'a apprise en raccompagnant Meredith à *ma* place. Ils ont tapé la causette dans la voiture et comme j'ai revu Vincent hier soir, il m'a donné cette information sans même s'en rendre compte.

Évidemment, il n'est pas au courant que Meredith m'affole le cœur et aussi l'entrejambe si je veux être honnête avec moi-même. Après tout, je ne suis qu'un homme et elle, *La Femme* dans toute sa splendeur. Elle est étonnamment attirante et je ne comprends d'ailleurs pas qu'elle ne soit pas déjà en couple avec un homme. Si c'était moi qui sortais avec elle, il est clair que je n'attendrais pas des mois pour vivre sous le même toit qu'elle ! Elle me met des idées en tête que je n'ai jamais eues pour une femme, et me donne surtout des envies de stabilité. Je n'aurais jamais pu croire dire ça un jour et surtout pas en songeant à Meredith. Non pas qu'elle ne m'ait pas tapé dans l'œil dès l'instant où je l'ai rencontrée. Mais plutôt parce que je croyais que, en moins de temps qu'il en faut pour le dire, elle serait déjà mariée depuis au moins trois ans, avec un enfant à venir ou déjà né. Peut-être est-elle comme moi, en ne voulant pas s'attacher le cœur d'une personne, préférant sa liberté ? Quoique, de mon côté, je vois ma liberté différemment depuis que je l'ai revue. Et encore plus en la voyant sortir de son bureau à cet instant précis !

— Meredith ! l'interpellé-je.

Elle se retourne vers moi et semble surprise. Je ne sais si je dois m'en réjouir ou m'en inquiéter. Je me dirige dans sa direction et elle en profite pour dire deux mots à ses collègues qui s'en vont finalement sans elle.

— Qu'est-ce que tu fiches ici ?

Son ton n'est pas avenant. Méchamment surpris, je réfléchis rapidement à comment le prendre.

— Merci pour l'accueil ! dis-je avec le visage un peu pincé.

Pourtant, elle ne tourne pas les talons. J'en profite pour

m'approcher un peu plus d'elle.

— Bonjour...

Mon ton est radouci et je lui souris en ravalant ma fierté. Je prends même le risque de me rapprocher un peu plus d'elle, assez pour l'embrasser sur les joues. Elle se laisse faire sans un mot et je la sens même un peu rassérénée. Lorsque je la regarde de nouveau, elle a encore les yeux fermés. Je ne me suis pas rendu compte de l'effet que je venais de lui faire, mais je ressens bien précisément celui qu'elle me fait sur mon entrejambe. Avec une telle beauté, ce n'est pas étonnant !

— Tu vas bien ? demandé-je d'une voix un peu haut perchée.

— Tu m'agaces...

— Oh ! Si ce n'est que ça alors, tout n'est pas perdu ! m'exclamé-je avec un large sourire tant je suis heureux.

Elle essaye de ne pas me sourire à son tour, mais je sens que cela lui est difficile.

— Souris et tu verras, tu te sentiras mieux ! dis-je en lui tendant la main.

Elle n'hésite que brièvement à la prendre en laissant un sourire s'échapper de sa jolie bouche. Je sens que je viens de marquer un tout petit point !

Nous marchons en silence jusqu'à ma voiture et je lui ouvre la portière passagère. Elle monte avec un certain ravissement du fait de ma galanterie. C'est vrai que ce n'est pas dans mes habitudes, mais je l'ai fait instinctivement et je n'en suis pas déçu. Bien au contraire, je viens de marquer un second point...

— Tu veux que l'on aille déjeuner dans le coin ?

— Oui, je préfère, car je n'ai qu'une heure.

Elle me parle comme si nous nous étions vus la veille et cela me plaît plutôt bien. Je continue de la regarder tout en démarrant ma *Smart* tandis qu'elle jette brièvement un œil sur son mobile.

— En fait, j'ai plutôt cinquante minutes !
— Tu ne mets toujours pas de montre...
— Tu t'en souviens ! s'étonne-t-elle avec surprise.
— Bien sûr ! Je me souviens que tu détestes avoir quelque chose aux poignets.

Elle continue de regarder devant elle, mais je vois les commissures de sa bouche s'incurver vers le haut. Je crois que je viens de marquer un troisième point. Si après ça je ne sors pas avec elle, c'est que je ne suis vraiment qu'un crétin !

On roule tandis qu'un air de violoncelle s'élève dans le petit habitacle de ma voiture. J'adore ce morceau vibrant sans pour autant écorcher mes oreilles. J'ai toujours aimé la musique classique et surtout celle jouée par des musiciens de *heavy metal* qui explorent toutes les sonorités offertes par un violoncelle...

— Tu écoutes toujours ce genre de musique !
— Tu t'en souviens !
— Oui ! Comment oublier tes albums d'*Apocalyptica* ?

Je me sens soudain encore plus heureux qu'elle s'en soit souvenue, tant que je ne peux m'empêcher de prendre sa main dans la mienne. Elle se laisse faire et je sens une forte tension qui me traverse le corps. J'ai envie de lui dire des mots gentils. J'ai énormément aussi envie de l'embrasser. Elle n'a aucune idée de la façon qu'elle a de tourner sa langue comme elle l'a fait lorsque je l'ai embrassée pour la première fois l'autre soir. *Pfou !* Il faut que je me reconcentre sur la route si je ne veux pas créer un accident.

Je stoppe mon véhicule à peine quelques minutes plus tard sur le parking d'un restaurant. Je défais ma ceinture de sécurité et je regarde Meredith qui reste sans bouger et surtout silencieuse. Je sens que sa tête est remplie de réflexions et qu'elle se demande sans doute ce qu'elle fait là avec moi. Je soupire et me tourne vers elle. Elle ne bouge toujours pas et je ressens la tension qui l'habite.

J'en suis envahi moi aussi.

J'approche ma main vers son siège et je défais délicatement sa ceinture de sécurité que j'accompagne jusqu'en haut de la portière. Ce qui fait que je me retrouve le visage, à quelques centimètres du sien. Je la taquine avec le bout de mon nez et elle laisse échapper un petit rire nerveux. J'adore son rire et son sourire, mais je n'ai plus envie de réfléchir. J'effleure ses lèvres et elle ferme les yeux. Je me sens aussi perdu qu'elle lorsque je l'embrasse. Je pose ma main sur sa nuque et elle m'enlace aussitôt de ses bras. Je ne sais pas combien de temps je reste ainsi à l'embrasser et à la caresser, mais l'heure tourne et soudain, un klaxon nous fait revenir dans le monde réel.

Merd…credi ! s'exclame-t-elle en voyant l'heure sur son mobile. Je vais être en retard !

Elle se réajuste pendant que je démarre en trombe. Heureusement que nous ne sommes qu'à quelques minutes de son boulot. Je la dépose devant l'entrée et elle me dit juste en sortant *à plus tard*.

Je redémarre mon véhicule avec un large sourire et je reprends la route, le cœur et la tête emballés par cet instant magique passé avec elle.

Je crois bien pouvoir dire que je suis totalement amoureux d'elle…

8
Meredith

Je me sens toute légère lorsque je m'installe de nouveau à mon bureau. Et ce n'est pas parce que j'ai sauté mon déjeuner. Cédric a le don de savoir embrasser. Je ferme les yeux et laisse les émotions m'envahir de nouveau…

— Tiens ! Vous êtes enfin de retour ! s'exclame mon boss que je n'ai pas vu pénétrer dans mon bureau.

Je me redresse spontanément sur mon siège avec l'impression aussitôt de prendre une douche froide.

— Alors, Meredith, on fait des choses entre midi et deux !

Je déglutis à cette phrase que je trouve déplacée. Mais aucun de mes collègues n'est présent pour témoigner de son écart ou que je puisse me rebeller. Je décide toutefois de lui dire le fond de mes pensées.

— Monsieur Bittoni, ce que je fais durant ma pause-déjeuner ne vous regarde pas !

— Oh, ça ne me regarde pas si vous n'arrivez pas en retard…

— C'est la première fois que cela m'arrive ! rétorqué-je tellement je me sens consternée par sa remarque.

C'est vrai après tout ! Je n'ai eu que dix minutes de

retard depuis que je travaille pour lui et il fallait que cela m'arrive aujourd'hui ! Mince ! Je n'ai vraiment pas de chance…

Je déglutis bruyamment de nouveau en le voyant s'approcher dangereusement de moi en contournant mon bureau. Je grimace lorsqu'il pose ses mains grassouillettes sur mes épaules et me dit à l'oreille :

— Mais ne vous inquiétez pas, Meredith, je vais garder pour moi l'image de ces roseurs que vous avez sur les joues…

Puis, il laisse ses mains glisser à moitié sur mes épaules avant de quitter mon bureau.

Le frisson désagréable que cela m'occasionne, m'envahit entièrement et j'en ai presque la tête qui tourne. Cet homme est ce qu'il y a de plus vil que je connaisse. Je retire aussitôt ma veste comme si elle venait d'être contaminée par le virus Ebola et je me secoue comme un petit chien pour effacer les marques invisibles que son geste a imprimé sur mes épaules. Il faut absolument que je me trouve un autre travail. J'ouvre aussitôt l'application *Notes* sur mon mobile et reprends ma liste en cours. J'y inscris un nouveau point :

5 bis : chercher de toute urgence un nouveau job !

Comme d'habitude, lorsque je ne vais absolument pas bien ou que quelque chose me tracasse, j'appelle ma mère. Au moins, je me dis que je vais faire une heureuse aujourd'hui, en entendant la sonnerie à l'autre bout du fil !

— Maman…

— Ma fille ! Oh, comme c'est gentil de te rappeler que tu as une mère…, me lâche-t-elle sur un ton taquin.

— Mamaaaaan ! dis-je sur un ton de contrariété en allongeant ce mot.

— Est-ce que tout va bien ? me demande-t-elle de sa voix douce qui me rassure aussitôt.

— Oui…, ça peut aller. Et toi ?

— Toi, d'abord ! Tu ne m'appelles jamais quand tout va bien. Qu'est-ce qu'il y a ?

— Oh, rien de bien grave. C'est mon job qui ne me plaît pas !

— Je m'en doute bien ! Faire des études de marketing pour finir assistante dans une entreprise familiale telle que *Bittoni & cie*, cela n'a rien de bien plaisant, ma fille ! Cette boîte perd de l'argent au lieu d'en gagner.

— Oui, c'est clair ! Pourtant, mon boss fait comme si tout allait bien !

— S'il ne dépose pas le bilan d'ici la fin de l'année, c'est que je suis devenue une bien piètre analyste !

— Et toi, ton boulot ? Ça va ? demandé-je, à mon tour.

— Comme d'habitude. Ce qui compte, c'est que le salaire tombe à chaque fin de mois et que je peux continuer à garder mon train de vie !

Oui, mais toi tu n'as pas un patron qui cherche à te tripoter, me dis-je en silence avant d'ajouter de vive voix :

— Tu as raison, maman !

Je préfère ne pas l'inquiéter inutilement, sinon, de quinze textos par jour, elle risque de doubler la dose…

— Tiens ! Il faut que je te dise que j'ai un nouveau passetemps. Je me suis inscrite la semaine dernière à des cours de tricotages.

— Oh, mais c'est bien ça ! m'exclamé-je avec joie, car cela lui permettra au moins de voir un peu de monde autre que ses collègues avec qui elle bosse depuis une vingtaine d'années.

Elle a une vie si solitaire que je ne lui ai jamais connu d'homme depuis ma naissance. J'aimerais qu'un jour, elle trouve quelqu'un de bien, cela me rassurerait un peu et elle serait sans doute, un peu moins sur mon dos.

Je secoue légèrement la tête, de gauche à droite, d'avoir une telle pensée à son égard. Elle est si gentille et prend tant soin de moi et de mon compte bancaire que je me dis que parfois, je ne la mérite pas !

— Oui, si l'on veut, ajoute-t-elle. Ça occupe mes journées de solitude !

Je souris à ça en songeant que j'ai tapé dans le mille. Mais elle poursuit déjà la conversation.

— Et puis le jour où tu auras des enfants, je pourrai leur confectionner de petits habits…

— Mamaaaaan ! m'exclamé-je de nouveau.

Je l'entends rire à l'autre bout du fil et cela finit par me faire sourire également. Elle a toujours eu un rire communicatif.

— Bon ! J'ai compris, ce n'est pas demain la veille que je pourrai pouponner !

— Rhooo ! Maman ! Si c'est pour me dire ça, je raccroche, hein !

Je n'entends plus rien et cela m'inquiète.

— Maman ?

— Oui, je suis là, dit-elle d'une voix chevrotante.

Je sens que j'ai encore réussi à lui faire monter les larmes aux yeux.

— Il faut que je raccroche, maman, dis-je en voyant mon boss me faire des signes au travers de la cloison vitrée qui sépare nos deux bureaux. Mais je passerai ce soir en sortant du travail, si tu veux.

— Est-ce que tu resteras à dîner ? me demande-t-elle incertaine de ma réponse.

— Si cela te fait plaisir, maman, bien sûr que oui ! Il faut que je raccroche ! Je t'aime, je t'aime, je t'aime !

— Je t'aime moi aussi, ma fille !

Et l'on s'envoie encore plein de petits bisous sonores avant que je m'oblige à raccrocher en entendant mon boss cogner à nouveau trois petits coups nets à la vitre qui nous sépare (heureusement !)

Je n'ai que du mépris pour cet homme !

— Merci d'être venue si rapidement, lâche-t-il d'un ton moqueur, lorsque je pénètre dans son bureau avec mon petit cahier de notes et mon stylo bleu à paillettes.

Je sais, c'est puéril, mais j'adore écrire avec ces stylos depuis que je suis toute petite !

— Que puis-je pour vous, Monsieur ?

Je me demande ce qu'il m'a pris de lui dire ça, car je vois son regard lubrique s'enflammer un peu plus.

— *Humm*, rien que je ne pourrais vous faire ici…

Je digère cette phrase qui me terrifie. C'est alors qu'il frappe avec ses deux mains le dessus de son bureau tout en se relevant rapidement. Ce qui me fait sursauter et reculer d'un pas, presque à m'en faire tomber à la renverse. Il s'approche de moi et je reste figée par la peur. Il se baisse jusqu'à la hauteur de mes jambes et je me tiens prête à lui envoyer mon genou dans les mâchoires. C'est alors qu'il tend le bras pour ouvrir son armoire basse. Je respire de nouveau tout en restant sur mes gardes. Il me terrifie tellement que je recule toutefois de quelques pas.

— Miss, vous pourriez vous pencher pour me donner les deux dossiers sur l'étagère du bas ?

— *Euh…* Je ne préfère pas, dis-je en restant droite comme un piquet tout en détestant qu'il me nomme ainsi.

D'autant que je sais qu'il ne me le demande que pour reluquer mon postérieur. Mais je ne lui donnerai pas cette satisfaction.

— Mon p'tit, ce n'était pas une question !

Pour ne pas lui faire plaisir, je m'exécute contre mon gré à la vitesse de la lumière, tout en grommelant qu'il n'y a jamais personne pour le voir agir ainsi avec moi. Même pas un syndicat machin-chose pour lui mettre un avertissement de conduite avec son personnel féminin ! Quelle boîte de merd… credi !

Je lui donne les deux dossiers en les lui tendant au plus loin qu'il me soit possible de le faire afin qu'il n'ait pas à se rapprocher de moi. Il les prend, les observe en silence avant de me tendre l'un d'eux

— Celui-ci est pour vous et celui-là, pour moi ! brame-t-il de sa voix la plus grasse.

— Qu'est-ce que c'est ? dis-je avec dégoût en ouvrant la chemise cartonnée d'une couleur rouge vif.

J'écarquille mes yeux au maximum qu'il m'est possible de le faire, et je sens que mes jambes ne vont pas me retenir bien longtemps.

— Oh ! Quel ballot je fais ! s'exclame-t-il. Celui-ci est pour vous et celui-là pour ma femme, ajoute-t-il avec un rire que je trouve écœurant.

Puis, voyant que je reste figée de peur, c'est lui qui m'ôte des mains le dossier rouge pour me remettre le dossier bleu que je saisis de mes mains qui tremblent sans que j'arrive à les contrôler.

Je suis certaine qu'il a fait exprès de se tromper. J'ouvre ce second dossier sans précipitation et je respire normalement à nouveau.

Enfin, presque ! Car, s'il ne s'agit pas de massages érotiques comme dans le premier, il est sujet de mon déplacement avec lui dès le lundi qui arrive. J'avais complètement zappé que je devais me rendre à Nice avec lui ! Je ne tiendrais pas dix secondes dans le même hôtel que lui. Il faut que je trouve une solution !

Mais mon cerveau refuse de penser en cet instant. Je soupire en me disant que j'en parlerai à Clothilde ce soir. Je me rappelle alors que j'ai promis à ma mère de venir manger avec elle. Si j'annule, elle ne me le pardonnera jamais ! Je me sens profondément agacée de ne pas arriver à garder le contrôle de ma vie. J'ai l'impression que tout m'échappe.

— Vérifiez que tout est OK pour nous ! s'exclame mon boss, ce qui me fait ressortir de mes désagréables pensées.

— Bien ! Ce sera tout ! dis-je sur un ton que je ne me connaissais pas, du moins, avec lui.

— *Humm* ! Arrogante ! J'aime ça, ajoute-t-il en me reluquant de la tête au pied.

J'ai l'impression soudaine d'être nue devant lui.

— C'est bon pour moi ! ajoute-t-il en se rasseyant sur son luxueux fauteuil.

Je quitte rapidement son bureau avec l'image d'un vieux mafioso assis sur son fauteuil en cuir coûtant une petite fortune et qui se tape de la midinette à la pelle. Il me débecte !

J'essaye de repenser à Cédric, mais ma tête est trop imprimée par des pensées contradictoires. Je préfère alors réserver le souvenir de ce bel instant partagé avec lui ce midi, pour lorsque je me coucherai ce soir…

9
Rose

Je raccroche de ma conversation avec Meredith tout en papillonnant des yeux pour retenir les larmes qui y sont montées. Cette enfant va me rendre dingue ! Elle peut être si adorable et à la fois un véritable petit démon. J'ouvre mon tiroir pour prendre un mouchoir afin de m'essuyer les yeux et éviter ainsi à mon maquillage de couler.

C'est alors que Boris, qui est arrivé dans la société il y a environ quatre mois et qui surtout ne me laisse vraiment pas indifférente, frappe quelques coups à la porte de mon bureau, avant d'entrer. Cet homme est d'une politesse délicieuse.

— Tout va bien, Rose ? me demande-t-il aussitôt en faisant quelques pas vers moi, tout en restant à une distance respectueuse.

S'il arrive à respecter mon cercle intime, il est encore plus plaisant que je ne le pensais.

— Oui, je vous remercie, Boris. Ça va aller, arrivé-je à lui dire tant il m'impressionne.

Il faut dire qu'il est grand, élancé, avec les cheveux bruns dont les tempes se sont blanchies avec panache. Et pour couronner le tout, ses yeux gris métal me transpercent l'âme à chaque fois qu'il me regarde comme maintenant.

J'ai l'impression d'avoir vingt ans !

Mais, même si je suis célibataire, je ne me sens pas très à l'aise d'être courtisée à mon âge. Pourtant, mon cœur a l'air de fortement apprécier la chose…

— Ce n'est pas l'impression que vous me donnez, Rose, mais je ne veux pas me montrer indiscret.

Mon cœur bat terriblement la chamade comme une écolière et je sens que je suis à la limite de me pâmer.

Comment un homme si délicieux peut-il dire une telle phrase sans que l'on ait l'envie de se jeter à son cou ?

Silencieusement et toujours plongée dans mes réflexions, je continue de le fixer avant de me rendre compte qu'il attend une réponse de ma part.

— Oh, ce n'est rien ! Les enfants, vous savez ! m'exclamé-je sottement tant il me bouleverse.

Je me demande pourquoi j'ai dit cela. Mais déjà, il me répond, ce qui me rassure aussitôt.

— J'ai eu, moi aussi, mon quota avec mes deux filles, lâche-t-il avec un sourire qui découvre ses belles dents.

Je lui souris comme une bécasse tant il m'émeut. Un homme selon mon cœur… C'est alors qu'il s'approche à peine d'un pas de plus, respectant toujours une distance courtoise entre nous.

— N'hésitez pas à venir me voir si vous avez besoin d'échanger sur le sujet. Ma porte sera toujours grande ouverte pour vous, ajoute-t-il d'une voix basse, mais terriblement rauque.

Avant qu'il ne ressorte sans un bruit de mon bureau, je le remercie, mais je ne sais comment et avec quels mots tant je me sens légère. Si je savais ce qu'était exactement un orgasme, je pourrais dire qu'il vient de m'en donner un.

Est-il possible de tomber amoureuse à quarante-trois ans ?

De nouveau seule dans mon bureau, je pousse un long soupir et avale une gorgée de ma bouteille d'eau dont je ne me sépare jamais. Il faut que je me ressaisisse. J'ai ma fille qui vient dîner ce soir.

Je songe alors qu'il me reste tout l'après-midi pour m'organiser. Je n'ai plus qu'à aller voir les ressources humaines et poser mon après-midi afin de me rendre en courses sans avoir à courir. Ma fille vient si rarement dîner à la maison que je compte bien lui préparer son plat préféré. Comme ça, si l'on se chamaille comme toujours, je garderais en tête qu'elle se couchera ce soir avec le ventre bien garni !

Lorsque Meredith arrive enfin à la maison, je la regarde faire et j'ai l'impression qu'elle ne l'a jamais véritablement quittée. Elle est toujours aussi à l'aise dans ses déplacements, aucune gêne ne la bloque et j'aime qu'elle s'y sente toujours chez elle.

Pour la première fois, ma fille me parle de sa vie, de ce dont elle en attend réellement et je comprends qu'il y a un homme qui ne la laisse pas indifférente. Je sens aussi qu'elle hésite à s'ouvrir à cet homme. Mais quand elle me dit que c'est plutôt un coureur de jupons, j'avoue ne pas trop savoir comment l'aiguiller dans son choix. Pourtant, je ne peux m'empêcher de lui dire qu'elle mérite ce qu'il y a de mieux au monde et surtout un homme qui la respecte.

Tard dans la soirée, je finis par apprendre qu'elle a embrassé son amie d'enfance, Clothilde, lors d'un jeu et que Clothilde, par la suite, l'a embrassée sans raison apparente.

Bien que je ne sois pas fermée à toutes sortes de relations, je suis surprise de l'apprendre. Je ne voyais pas Clothilde ainsi et ma fille n'a jamais démontré d'attirance de la sorte. Mais déjà, Meredith m'annonce que ce n'était qu'une sorte d'expérience. Je pense qu'elle a peur que je me fasse du souci. C'est vrai qu'un rien m'inquiète lorsqu'il s'agit d'elle.

Nous finissons la soirée devant un film que nous apprécions toutes deux énormément. Mais lorsque Francesca Johnson jouée par Meryl Streep dit adieu pour toujours à Robert Kincaid joué par Clint Eastwood, je finis en larmes comme toujours. Meredith n'est guère mieux, mais je crois que c'est surtout de me voir pleurer qui la met dans le même état que moi.

— Maman, il faut que tu arrêtes de regarder *Sur la route de Madison !* s'exclame-t-elle.

— Oui, tu as raison, arrivé-je à dire en hoquetant. J'ai eu trop d'émotions pour la journée ! ajouté-je en appuyant sur le bouton d'arrêt de ma télécommande.

L'écran se noircit et Meredith se blottit un peu plus contre moi.

— Alors comme ça, tu as eu des émotions, aujourd'hui, me dit-elle soudain, me prenant au dépourvu.

— *Euh…* non, mens-je en ayant aussitôt une pensée pour mon collègue Boris.

Je lui caresse les cheveux et elle se met à fredonner la berceuse que je lui chantais petite lorsque je voulais l'endormir. Je prends soudain le relais et, à cet instant précis, je suis la plus heureuse des mères, même si j'ai les yeux encore remplis de larmes et un secret que je lui cache depuis bien trop longtemps…

10
Meredith

Je me lève ce vendredi matin sans avoir trop d'appétit. Il faut dire que la veille, je me suis empiffrée chez ma mère. Un gratin dauphinois et un gâteau à l'ananas ! Mes mets préférés !

Je regarde soudain l'heure et je me rends compte que je suis en retard. Pourtant, Clothilde était bien venue dans ma chambre une demi-heure plus tôt pour me réveiller comme tous les matins.

— Meredith ! Debout ! s'égosille-t-elle de la cuisine.

— J'aaariiiiive ! réponds-je à mon tour en riant.

Clothilde est vraiment une seconde mère pour moi. Non pas que la mienne ait un manquement en quoi que ce soit dans son statut de mère. D'ailleurs, hier, je l'ai trouvée très belle. Son nouveau maquillage et même sa tenue étaient différents. Et lorsque je lui en ai fait la remarque, je l'ai même vue rougir un peu. Ce qui m'a fait comprendre que quelque chose se passait de son côté, mais elle n'a pas voulu s'épancher plus sur le sujet. Je suis certaine qu'elle a dû rencontrer quelqu'un à ses cours de tricotage. Mais comme elle ne m'a rien lâché, je n'ai pas voulu la gêner.

Après tout, discuter de relations avec sa propre mère, cela fait bizarre tout de même !

— Meredith ! s'écrie à nouveau Clothilde.

— Hé, hé ! Je suis là ! m'exclamé-je en la faisant sursauter.

On s'enlace comme par habitude et je l'embrasse sur la joue afin de lui montrer que notre relation amicale n'a pas perdu une seule miette de son aura.

— Ça s'est bien passé, hier, chez ta mère ?

— Oui. Je l'ai trouvée en grande forme et rayonnante comme jamais !

— Ah, mais c'est super, ça ! Crois-tu qu'elle voit quelqu'un ?

— Non ! m'exclamé-je aussitôt avec une petite pointe de jalousie dans le cœur.

Après tout, son amour exclusif est à moi depuis ma naissance, et même si je ne souhaite que son bonheur, j'ai toutefois l'impression égoïste que je suis celui-ci.

— Oh ! Oh ! Toi, tu es jalouse !

— Mais non ! Qu'est-ce que tu vas t'imaginer là ? Je m'inquiète seulement pour elle !

— Mais bien sûr ! Maintenant, c'est toi qui t'inquiètes pour ta mère !

— Bon, si on changeait de sujet ! Comment va Charles ?

— Bien.

— Bien ? Ce n'est pas une réponse ça !

— Eh bien ! Ce sera la seule que tu auras !

— Oh, non, Clothilde ! Aller ! Sois sympa avec moi ! Fais-moi rêver !

Je sais qu'elle ne va pas tarder à craquer, car j'insiste lourdement comme je sais si bien le faire lorsque je veux quelque chose.

— OK ! finit-elle par lâcher en fronçant quelque peu le regard.

— Quelque chose ne va pas ? lui demandé-je aussitôt d'un ton radouci.

— Eh bien… depuis notre soirée chez Max et Annie… enfin, depuis qu'il t'a pris l'idée de m'embrasser devant tous nos amis, Charles a quelque peu changé.

— T'embrasser, t'embrasser ! dis-je sur un ton théâtral. Cela ne t'a pas empêchée d'en faire tout autant, hein !

Voyant que mon amie ne rigole pas à ma boutade, je rajoute :

— Comment ça, il a changé !

— Eh bien, niveau relations, j'ai l'impression qu'il attend de moi des choses plus… enfin, plus… tu vois ce que je veux dire ?

— *Euh*… Absolument pas ! réponds-je en explosant de rire.

— C'est nul de me faire ça ! Tu as très bien compris !

— Oui, et je ne vois pas ce qu'il y a de mal à ça. Tu l'aimes, il t'aime ! Il est fort probable qu'il te demande un jour de l'épouser, alors si vos galipettes se transforment en pirouettes, ce n'est pas bien grave…

— Ma pauvre Meredith ! Tu es un concept à toi toute seule ! Je comprends pourquoi tu ne gardes aucun homme dans ta vie !

À ces mots, je me renferme instantanément comme une huître.

— Excuse-moi ! s'exclame-t-elle aussitôt en venant m'enlacer. Ce n'est absolument pas ce que je pense.

— Bien sûr que si !

Je me retourne vers elle et ajoute :

— Tu as sans doute raison, en plus ! C'est bien ça mon problème !

— Non ! Ton problème est que tant que tu croiras que lever la jambe lorsque l'on t'embrasse existe, tu n'avanceras pas dans tes relations amoureuses.

— Qu'est-ce que tu en sais ?

— Je suis amoureuse de Charles, et je n'ai jamais eu la jambe pin-up pour m'en persuader ! Tu ferais mieux de t'attacher une ficelle et un ballon à la cheville si tu souhaites que cela se produise…

— Eh bien, ce n'est pas parce que cela ne t'est *jamais* arrivé que cela ne m'est *jamais* arrivé à moi aussi !

— Quoi ? Tu as déjà eu la jambe pin-up et tu ne me l'as jamais dit ?

J'opine simplement du chef, ce qui attise encore plus son intérêt.

— Allez ! Vas-y ! Crache le morceau ! Qui est-ce ?

J'hésite toutefois à le lui dire.

— S'il te plaît…, lâche-t-elle avec une petite moue sur la bouche tout en papillonnant des yeux afin d'imiter la trombine d'un petit chien abandonné.

Elle a toujours su me prendre par les sentiments.

— Alleeeeez ! Dis-le-moi ! C'est…

— Dric…, la coupé-je en finissant sa phrase.

Je sais, c'est puéril, mais on fait ça depuis notre petite enfance !

— Dric ? s'interloque-t-elle en écarquillant les yeux.

— Mais non, idiote ! Cédric !

— Cédric qui ?

— Tu connais beaucoup de Cédric, toi !

— Non ! Non ? Tu me fais marcher ! C'est impossible !

— Si c'est possible !
— Mais vous vous détestez !
— C'est ce que je croyais aussi avant qu'il ne m'embrasse…
— Il t'a embrassée et ce n'est que maintenant que tu me le dis !

Et sans trop rentrer dans les détails, je raconte à ma meilleure amie tout l'effet que cet homme me fait depuis toujours.

Bien évidemment, elle n'en revient pas même si je la sens heureuse d'apprendre notre histoire. Enfin, *histoire* qui pour l'instant n'a pas dépassé théoriquement plus d'une heure…

J'ai passé un vendredi tranquille au travail, car les deux *Anne* et mon boss étaient absents. C'est ainsi que j'ai pu déjeuner avec Franck, Adam et Caroline. La pauvre Sophie est malade depuis trois jours avec une gastro-entérite carabinée. La pauvre. Et surtout, pauvre Franck qui se morfond de sa personne. J'aimerais bien jouer les entremetteuses, mais le week-end arrive et je ne sais pas vraiment comment faire. Mais déjà, Franck me rassure en me disant qu'il compte passer chez elle, car attendre que le week-end s'écoule avant d'avoir de ses nouvelles lui est insupportable. Et comme je le comprends, moi qui attends des nouvelles de Cédric…

Le week-end vient de s'écouler et le temps a déjà avalé le lundi alors que le mardi pointe déjà son nez. Je me dis alors que Cédric n'a même pas pris la peine de me laisser un seul message en quatre jours. Je crois pouvoir dire sans me tromper que notre histoire, c'est le Titanic !

11
Cédric

Je viens de passer le week-end et les deux derniers jours en réunion et j'avoue que je suis épuisé. Mais hier encore, je ne savais pas que je prendrais l'avion aujourd'hui pour m'envoler vers l'Espagne, sinon, j'aurais tout fait pour voir Meredith avant mon départ. Heureusement qu'il s'agit d'un aller-retour dans la journée. Je n'ai même pas eu une seconde à moi et comme je ne suis pas tout seul dans ce trajet, je ne peux appeler Meredith pour lui dire que je pars. Notre histoire est trop ambiguë pour que je l'appelle juste pour la prévenir. Je risque de me prendre un râteau et je préfère alors ne pas avoir de témoin de cette discussion que je redoute. Au mieux, je trouverai une petite minute une fois mon enregistrement fait à l'aéroport pour le lui dire et m'excuser de ne pas l'avoir appelée plus tôt.

J'ai tellement envie de la revoir que cela m'en fait mal. Je rêve d'elle depuis que je l'ai revue et je dois me forcer à ne pas penser à elle durant mes heures de travail. Mais ce n'est pas facile…

D'autant que j'ai un job qui m'accapare autant mon temps que mon esprit, surtout depuis que je suis passé Manager au rayon luxe. Cela fait déjà six mois que mes patrons me font confiance et je ne veux pas les décevoir.

Alors, lorsque Renato m'a demandé d'aller superviser l'ouverture d'un magasin en plein centre de Madrid, je ne pouvais pas lui dire « non ».

D'autant que l'un d'eux, Juan, qui s'est déplacé sur Paris vendredi dernier et que j'ai dû balader tout le week-end en visites de musée et autres lieux cultes de Paris, m'accompagne aujourd'hui sur mon vol. Il est un peu plus âgé que moi, mais totalement gay, comme la plupart de notre direction, d'ailleurs. Ce sont tous des quadragénaires à la beauté surprenante et ce qui est assez insolite chez eux, comme chez Juan, c'est qu'ils ont tant de classe avec leurs costumes trois-pièces confectionnés sur mesure que les femmes ne peuvent s'empêcher de se retourner sur eux. Mais quand je vois Juan comme en cet instant — en traversant notre magasin pour prendre notre taxi — qui ne semble pas intéressé le moins du monde par elles, je ris intérieurement. Tant d'hommes donneraient cher pour avoir un tel regard posé sur eux ! Mais moi je sais de source sûre, puisque c'est lui qui s'en est confessé, qu'il est marié et que son homme l'attend chez eux à Madrid.

Ce qui me vaut d'être totalement serein sans avoir à risquer un problème de cuissage de sa part…

La circulation est si dense que l'on arrive en retard à l'aéroport. On descend enfin du taxi le plus rapidement possible pour nous diriger vers notre vol. Je n'ai pas de bagage, mais mon patron en a deux. Il les enregistre et on embarque aussitôt. Je me dis que je vais être enfin tranquille pour passer un petit coup de fil à Meredith. C'est alors que je me mets à la recherche de mon portable… Au bout d'une dizaine de minutes, il me faut me rendre à l'évidence :

je l'ai perdu ! Mais où ? Je l'ai certainement laissé dans le taxi.

— Juan ?
— Sí¡[1]
— Perdí mi teléfono móvil. ¿Podrías prestarme el tuyo para llamar a la compañía de taxis?

Il accepte aussitôt, en me tendant son mobile. Mais une hôtesse de l'air me fait signe d'éteindre l'appareil que j'ai aussitôt porté à mon oreille. Je regrette de ne pas avoir été plus discret.

Contrarié, je me rassois sur mon siège et m'attache comme on vient de me le demander, si aimablement. Je ferme les yeux et me dicte en tête tout ce qu'il va me falloir faire pour récupérer mon mobile. Comme un imbécile, j'ai oublié de faire une sauvegarde, ce qui veut dire que si je ne retrouve pas mon iPhone, je ne pourrais appeler personne, car je ne connais aucun numéro par cœur...

Nous sommes en plein ciel et je devrais penser à ce qui m'attend en Espagne. Mais les seules images, que j'ai en tête, sont celles de Meredith me fixant avec ses magnifiques prunelles couleur noisette qui me font tant craquer.

Je sens que cette journée va me paraître bien longue...

---

[1] En espagnol dans le texte :
— Oui !
— J'ai égaré mon téléphone portable. Pourriez-vous me prêter le vôtre pour que j'appelle la compagnie de taxi ?

12
Meredith

J'étais surprise ce midi en me rendant compte que Cédric n'est toujours pas revenu me voir à mon bureau. Je rêve les yeux ouverts qu'il m'embrasse de nouveau comme la dernière fois. Je rêve également de lui la nuit. Mais je ne peux le dire à personne. Mon dernier rêve était bien trop érotique pour en révéler le moindre détail à ma meilleure amie et certainement pas à ma mère qui, d'ailleurs, n'a pas répondu à mon dernier texto.

Le chemin que prennent mes réflexions me ramène totalement à ma mère et un doute subsiste dans mon esprit.

Tiens ! C'est vrai que c'est la première fois qu'elle ne dégaine pas aussitôt une réponse comme elle a l'habitude de le faire, me dis-je à voix haute en regardant l'écran de mon mobile.

Des fois, j'ai l'impression qu'elle me répond avant même de recevoir mon message ! Mais peut-être a-t-elle un problème de batterie… Je regarde l'heure que mon écran m'indique et m'aperçois qu'il est déjà dix-sept heures trente. Je pense qu'elle doit déjà être chez elle, car son travail se trouve à quelques minutes de son domicile et qu'elle finit toujours vers dix-sept heures. Je décide donc de lui passer un petit coup de fil sur son vieux mobile à clapet, persuadée qu'elle l'a mis en charge aussitôt arrivée chez elle au cas où justement, je l'appellerais ! Mais je tombe directement sur son répondeur.

— Allo ! Maman ! C'est moi ! Ta fille ! Bon, tu n'es pas là ! C'était juste pour savoir comment tu allais et te rappeler que c'est demain que je pars pour Nice, toute la semaine ! Toute la semaine, hein ? Tu entends ? Tu ne décroches toujours pas ? Allo ! Bon eh bien, à plus tard. Je t'aime, je t'aime, je t'aime. Au cas où tu te le demandes, c'était ta fille unique…

Lorsque je raccroche, une inquiétude continue de me tarauder la tête. Je ne me sens pas trop bien. C'est la première fois qu'elle ne répond pas à mon appel.

Ben alors ! L'appel du poussin qui réclame sa mère ! C'est bien ce qu'il y a de marqué dans l'éducation animale ! me fais-je aussitôt la réflexion en essayant de sourire à ma propre bêtise. La mère poule répond toujours au cri de son poussin, non ? ajouté-je pour moi seule, en riant.

C'est là que je me dis qu'un rien m'amuse…

Le visage toutefois resté marqué par cette déception de n'avoir pu parler à ma mère et une inquiétude que je ne peux tout bonnement pas faire disparaître, je décide de passer par chez elle avant de rentrer. On ne sait jamais !

Une vingtaine de minutes plus tard, à l'arrêt au coin de la rue de son domicile, j'ai le souffle coupé. Non pas parce que je viens de pédaler pendant un long moment en manquant plus d'une fois de me rétamer la trombine sur le sol, mais tout bonnement parce que je vois ma mère et qu'elle n'est pas seule. Et j'entends par là qu'elle n'est pas accompagnée d'une copine, hein !

J'en suis bouche bée en tombant presque de mon

Vélib' en voyant cet homme refermer la portière passagère qu'il vient d'ouvrir à ma mère tout en continuant de lui tenir la main pour l'aider à se rendre sur le trottoir. Ma mère ! Ma mère *à moi* et uniquement *à moi* est là devant mes yeux avec un homme qui l'aide comme si elle ne savait pas marcher ! Et pourquoi ne lui lâche-t-il toujours pas la main ? Elle ne va pas tomber, tout de même ! Je sens bien qu'il se passe quelque chose entre eux tant ils se regardent sans un mot. Ils restent là, plongés dans le regard l'un de l'autre. Moi aussi, je le regarde plus précisément. Je lui trouve aussitôt tous les défauts du monde : vieux, moche, avec des cheveux légèrement blanchis sur les tempes. Et, avec un costume noir, il se la joue à la George Clooney ou quoi ?

Mais tu vas lâcher la main de ma mère, à la fin ! m'écrié-je, figée sur place.

Ce qui me vaut de recevoir le regard noir d'un passant qui doit me prendre pour une folle, ainsi, à l'arrêt dans l'angle de la rue, mon vélo en biais entre les jambes, car je ne touche pas le trottoir des deux pieds en même temps. Je les observe encore deux secondes avant qu'ils ne fassent quelques pas jusqu'au portail de la demeure de ma mère. Si bien que je ne les distingue plus à cause des voitures stationnées entre eux et moi. Sans bouger de ma position, je me penche un peu plus.

Mais qu'est-ce qu'il lui fait ?

Aïe ! Merd…credi !

Je me suis trop inclinée et je viens de m'écraser sur place, entraînant avec moi mon vélo. Mais je n'ai pas le temps de m'apitoyer sur mon sort. J'ai rêvé ou bien cet homme vient de se pencher pour embrasser ma mère sur *sa* joue. Ou bien était-ce sur *sa bouche ?* Non ! C'était la joue, c'était la joue ! répété-je, en relevant mon engin qui m'a blessée au mollet. Bien entendu, ce n'est qu'une petite éraflure, mais j'ai l'impression que l'on m'a coupé la jambe.

— Maman ! Maman ! m'époumoné-je en me dirigeant vers elle tandis que l'homme était déjà remonté dans son magnifique et luxueux véhicule et avait eu le temps de filer avant que je ne le rencontre.

Voilà ! Pas d'inquiétude ! me dis-je en silence. Il n'est question que de belles voitures. Maman a toujours adoré les beaux véhicules !

— Meredith ! Que fais-tu ici ? dit-elle, tout en rougissant plus qu'elle ne l'est déjà, certainement surprise de me voir.

— Eh bien, je m'inquiétais ! rétorqué-je, le regard suspicieux.

— Et pourquoi donc ? rétorque-t-elle à son tour en déglutissant.

— Parce que tu ne réponds ni à mes textos ni à mes appels !

Je la vois aussitôt chercher dans son sac à main son téléphone portable. Lorsqu'elle le déverrouille, je la vois changer de couleurs.

— Oh, je n'avais pas vu ton appel, ma puce !

— A priori, tu n'as pas vu également mon texto, dis-je sur un ton contrarié.

Elle me serre aussitôt dans ses bras comme pour se faire pardonner. Je me rends compte que j'ai peut-être été un peu trop loin.

— Bon, tu es toujours vivante, et c'est ce qui compte ! Ce n'est pas comme moi, dis-je en lui montrant ma jambe.

Après tout, j'adore quand elle prend soin de moi !

Nous déposons ensemble mon vélo à la station Vélib qui se trouve à une dizaine de mètres de nous avant que je ne la suive chez elle afin qu'elle soigne ma *terrible* blessure...

Tout en grignotant une petite collation confectionnée avec amour par ma mère qui, elle, n'avait pas vraiment faim, je tente de savoir qui est le George Clooney avec qui elle se trouvait.

— C'est un ami de tricotage ? demandé-je en croquant dans une petite brioche au beurre.

— *Euh*, non ! J'ai décidé d'arrêter la couture.

— Ah, bon ! Pourquoi ?

— Parce que je préfère m'occuper de mes fleurs, de mes pousses et des graines que je plante. Tu sais, cela me prend beaucoup de temps.

En marmonnant un « d'accord », je continue d'enfourner dans ma bouche le dernier morceau de brioche tout en épiant d'un œil, ma mère.

Si tu crois que tu vas t'en tirer comme ça avec tes graines, ma poulette, tu te trompes ! me dis-je en plissant le regard avec une envie de rire à ma bêtise silencieuse.

— Alors ?

— Alors, quoi ?

— C'est qui ?

— Oh... Un simple collègue, me rétorque-t-elle presque sur la défensive.

Déjà, le mot *simple* me semble suspect et devrait m'alerter...

— Et il t'a *simplement* raccompagnée à la maison.

— Bien évidemment, Meredith !

Houlala ! Elle dit mon prénom, et ça, ce n'est pas bon

signe ! Je lui en fais la remarque, mais je la sens très nerveuse. Je décide de ne rien dire de plus, car je pars demain en voyage et je ne veux pas me chamailler avec elle avant mon départ.

— Bon, ben, s'il n'est qu'un *simple* collègue, ça me va !

Je la sens soulagée et plus encore lorsque je décide de rentrer chez moi. J'ai soudain l'impression que je la dérange et cela me fait une sensation bizarre dans le ventre.

Il est à peine dix-neuf heures passées lorsque je pénètre dans mon appartement. Je songe alors que c'est la première fois que ma mère ne me retient même pas pour passer la soirée avec elle. Légèrement contrariée par ce constat, je m'époumone du prénom de ma colocataire et amie adorée, afin qu'elle vienne me rassurer. Mais il n'y a aucun signe d'elle dans notre chez-nous. Je retrouve alors collé sur le miroir de ma coiffeuse un post-it rose fluo. Je le décolle aussitôt pour le lire.

« Pas là ce soir, ma biche ! Il y a un *Tupp* dans le frigo avec un bon petit plat pour toi. Je t'emmène toujours à Orly demain à 7 h... Mille baisers, Clo »

Au moins, l'une de nous va bien s'amuser ce soir ! J'essaye de penser à Cédric, mais l'image de ma mère avec son *simple* collègue m'apparaît aussi vite que l'éclatement d'un pop-corn dans la tête.

— *Rhaaaaaa !* Mais c'est horrible ! me dis-je en enfonçant mon visage dans un coussin pour hurler.

Puis, je le rejette aussitôt sur le sofa, d'où je venais de le prendre.

Je me saisis d'un stylo et dessine des cœurs tout autour du petit mot de Clothilde que j'avais conservé collé sur le dessus de ma main. Je me rends ensuite dans sa chambre et le colle sur le cadre de son miroir avec un petit sourire, qui en cet instant doit plus ressembler à une grimace, en me disant qu'elle verra ma réponse lorsqu'elle rentrera. Et si elle ne le voit pas tout de suite, elle le verra lorsque je serai déjà dans l'avion pour Nice…

Je repense soudain à ma mère, puis je revois cet homme se pencher vers elle pour l'embrasser. Je finis même par imaginer des choses.

Quelle horreur ! C'est ma mère tout de même !

Je décide de me connecter à mon blog pour me changer les idées et voir ce qu'il y a de nouveau.

Deux abonnées de plus ! Waouh ! Je m'impressionne ! me dis-je avec une petite fierté en ouvrant le premier profil de mes deux nouvelles amies virtuelles.

Oh, merd…credi ! Non, mais, ce n'est pas possible ! m'exclamé-je.

L'une d'elles est ma mère ! Comment connaît-elle mon blog d'autant qu'il n'y a que mon prénom et que ma photo de profil, c'est Anne Hathaway !

Je referme mon PC à la vitesse de la lumière et je me saisis de mon mobile. J'ai soudain l'envie de parler avec Cédric. Mais je n'ai toujours pas son numéro et je ne peux pas déranger Clothilde pour le lui demander, alors qu'elle se trouve avec Charles en amoureux. En plus, si ça se trouve, elle n'a pas non plus ses coordonnées.

C'est alors que je me dis qu'Annie doit sans doute les avoir pour l'avoir invité chez elle. Tout en me dirigeant vers les toilettes, je me décide à l'appeler. Je n'ai pas le temps de m'installer sur la cuvette des w.c. que j'entends une première sonnerie retentir. C'est alors que je songe qu'Annie va certainement me demander pourquoi je veux le numéro de Cédric avec qui je suis censée ne pas m'entendre. Restée debout et complètement apeurée par ce constat surtout, en reconnaissant la voix d'Annie s'écrier à l'autre bout « Allo ! », je préfère carrément lui raccrocher au nez. Mais, dans la précipitation, je m'emmêle les doigts sans y parvenir. C'est alors que j'entends un énorme *plouf* dans les w.c.

Oh ! Merd… credi !

Mon iPhone gît dans l'eau bleutée au fond de ma cuvette et je vois toujours l'appel en cours avec Annie. Puis, le contact avec l'eau ne doit pas plaire à mon mobile. Il clignote comme une guirlande de Noël avant de s'éteindre. Quelle horreur ! C'est bien ma veine !

Heureusement que nous avons une ligne fixe…

— Allo, Mounette !
— Oui, ma fille. Ça va ?
— *Euh*… oui…
— Qu'est-ce qu'il t'arrive pour que tu m'appelles alors que l'on s'est vues, il y a à peine une demi-heure ?
— Rhooo ! Eh bien, ça fait plaisir !
— Alors ? me dit-elle sans se démonter à l'entente de mes paroles.
— J'ai fait tomber mon téléphone portable dans les toilettes…
— Bon, il n'est pas encore vingt heures. Je te rappelle dans quinze minutes !

Quarante minutes plus tard, ma mère sonne à ma porte

d'entrée et me remet une boîte dans les mains.

C'est le dernier iPhone. Je ne sais pas comment elle a fait, mais comme toujours, rien n'est impossible pour elle.

— Je n'ai pas pu te faire de portabilité à l'heure qu'il était et ce modèle n'était disponible qu'avec un nouvel abonnement. Alors, tu as un nouveau numéro. J'espère que cela ne te dérange pas, ma puce.

— Tu es la meilleure, Mounette ! C'est parfait !

— Je m'occuperai de résilier ton ancienne ligne lundi matin, ajoute-t-elle avant de me serrer dans ses bras pour me dire au revoir.

Elle préfère rentrer chez elle plutôt que de prendre une tisane avec moi, car je crois comprendre qu'elle a peur que je l'interroge encore à propos de son *simple* collègue…

13
Cédric

Aussitôt arrivé en Espagne, j'ai bien essayé de récupérer mon portable oublié dans le taxi. Mais le Central m'a informé qu'il n'y avait eu aucun objet trouvé dans les véhicules ce jour-là. Je me suis dit : « soit le chauffeur est un voyou, soit un client l'a trouvé et s'est fait plaisir… » La seule chose que j'ai pu faire, par la suite, c'est bloquer ma ligne et commander un nouveau téléphone portable chez Apple. Mais je ne pourrai même pas le récupérer en boutique à Paris, comme je me l'étais imaginé, car je suis encore en Espagne. J'avais prévu un retour pour avant-hier soir, mais un souci d'importance m'a obligé à prolonger mon séjour à Madrid. Et ce matin, je viens d'apprendre que je dois même y passer toute la semaine. Heureusement que je travaille pour une chaîne de vêtements masculins, ainsi, je n'ai eu qu'à choisir dans les rayons ce que je désirai porter les prochains jours. Ce qui a son avantage également, c'est qu'en Espagne, un pressing travaille pour ma boîte. De fait, je me retrouve avec un linge plus que parfait lorsque j'enfile ce troisième jour, une chemise d'un blanc immaculé qui ne présente aucun faux pli !

En rentrant à mon hôtel, je me connecte avec le PC de

Juan. Il me l'a prêté pour la soirée, car je suis parti si vite des locaux de ma boîte que j'en ai oublié mon sac avec mon PC dedans. Je me demande s'ils ont bien raison de me confier autant de responsabilités. Mais je crois surtout que je suis tête en l'air à cause de Meredith. Elle occupe énormément mon esprit.

Je décide de manger dans ma chambre et ainsi, pouvoir consulter mes e-mails professionnels, mais également ceux qui sont d'ordre privé. Ce qui me permettra de voir si Max a répondu à mon appel à l'aide. Mais je dois me rendre à l'évidence, mon opérateur d'e-mails perso a bloqué mon accès et me demande de déverrouiller celui-ci après avoir rentré le code qui vient de m'être envoyé sur mon portable. Je me trouve très irrité de me sentir pris au piège par tout ce système virtuel ! Fait chier !

Je me couche en prenant mon mal en patience. Plus que trois jours et je serai de retour à Paris !

Mais le lendemain matin, en me rendant au nouveau magasin dont l'ouverture est décalée d'un jour, je rencontre une de mes ex-copines. J'essaye de l'éviter, mais trop tard, elle m'a vu !

— Hola, Cédriiiiic ! piaille-t-elle en laissant mon prénom glisser longuement sur son palais avec un léger accent espagnol.

Pourtant, Karine est bien Française. Je n'ai pas le temps de lui demander ce qu'elle fait là, qu'elle me prend au dépourvu en accrochant ses bras autour de mon cou.

— Tu m'as tant manqué ! ajoute-t-elle en m'embrassant.

Bon, sur l'instant, je ne sais que faire pour me dégager de ses bras tentaculaires qui, quelques mois plus tôt m'avaient bien ravi. Mais là, aujourd'hui, c'est Meredith que j'aime et je ne veux surtout pas recommencer mes conneries à sortir à tout-va avec des filles pour des histoires sans lendemain. Quoique, avec Karine, il y a eu tout de même plusieurs lendemains. Mais bon ! Il est temps pour moi d'être clair sur le sujet.

J'arrive à me désenlacer de ses bras, mais elle attrape ma main gauche dans la sienne et ne compte pas, a priori, la relâcher. Je jette un rapide coup d'œil à Juan qui m'attend sur le même trottoir, mais qui s'est reculé de quelques mètres. Celui-ci me fait signe qu'il n'y a pas de problème tandis que Karine continue de me parler.

— Alors, tu es là pour quelques jours ?

— Oui, enfin, non. Je suis là pour le boulot.

— *Rhooo !* Moi aussi ! On peut sans doute se voir ce soir, qu'en dis-tu ?

— Écoute, je n'ai pas trop le temps de discuter, là, maintenant, mais on en reparle plus tard. Il faut que je file, ajouté-je, en lui montrant mon chef d'un signe de tête.

— Ah, d'accoooord ! lâche-t-elle avec un petit sourire mutin et le regard plissé plein de sous-entendus.

Au moment où je pense m'être dégagé de sa main, elle me tire de nouveau vers elle en murmurant :

— Je te retrouve à ton hôtel ? Le Ritz, si mes souvenirs sont bons, ajoute-t-elle en passant sa langue sur ses lèvres magnifiquement maquillées d'un rouge baiser.

Ses lèvres qui m'ont fait… Voilà que je m'égare…

— Oui, *euh*, non ! Écoute, je file et je t'appelle, rétorqué-je en reculant.

Quel con ! me dis-je pour moi-même en m'éloignant d'elle, d'un pas alerte. Tu n'es qu'un imbécile ! ajouté-je toujours pour moi, en retrouvant Juan qui me sourit.

— Creo que deberías quitar este rastro de pintalabios de tu boca.[2]

J'écarquille les yeux tout en acceptant le mouchoir en papier qu'il me tend.

Oh, putain ! La honte ! me dis-je en silence, en m'apercevant qu'il a totalement raison en voyant le mouchoir se parer de traces d'une belle couleur rouge baiser.

Franchement, je me demande si un jour il va m'être possible de me déplacer dans Paris comme dans un pays sans tomber sur une de mes ex-copines ! Mais au vu du nombre de relations sans lendemain que j'ai eues, je crois que j'ai plutôt intérêt à faire de la chirurgie esthétique pour changer de visage.

Heureusement que Meredith n'a pas assisté à cette scène. Notre histoire se serait terminée avant même de commencer...

---

[2] En espagnol dans le texte : Je crois que vous devriez ôter cette trace de rouge à lèvres de votre bouche.

14
Meredith

Je regarde l'heure et je sens que je vais devoir m'affoler un peu si je ne veux pas louper mon vol. Il est cinq heures passées et je n'ai pas encore fait ma valise.

C'est pour dire à quel point j'ai hâte de m'envoler pour Nice !

Il faut dire que j'ai aussi passé la nuit à mettre en marche mon nouvel iPhone. J'ai testé un tas d'applications et j'en ai ajouté tout autant ! J'ai même réussi à mettre mon blog dessus ! C'est ainsi que j'ai vu que ma mère faisait toujours partie de mes deux uniques abonnées !

— Hey ! *Y-a* quelqu'un ! criaille Clothilde en ouvrant la porte de notre domicile.

— Je suis là ! J'arrive !

On s'embrasse affectueusement avant que Clothilde ne m'informe qu'il nous faut déjà prendre la route.

— J'oublie tout le temps qu'il faut arriver une heure avant l'embarquement !

— Je le sais, c'est pourquoi je m'en souviens pour toi !

— Je t'adore !

— Moi aussi, s'exclame-t-elle en me serrant de nouveau dans ses bras.

En me détachant d'elle, je lui raconte que j'ai fait

tomber mon mobile dans les w.c. en évitant de lui raconter que c'était pour raccrocher au nez d'Annie. Elle risquerait de ne pas comprendre ou bien de me poser trop de questions sur Cédric…

— Tu l'as plongé dans des grains de riz secs !

— Oui, mais il ne s'est pas encore rallumé.

— Tu vas partir sans téléphone ? s'insurge-t-elle aussitôt.

— Non ! Ma mère m'en a ramené un tout neuf ! Regarde !

— Waouh !

— Tiens ! À tout hasard, tu n'aurais pas le numéro de portable de Cédric ? demandé-je tandis qu'elle admire mon superbe téléphone portable.

— Comment ? Tu ne l'as pas !

— Ben, non ! Sinon, je ne te le demanderai pas ! dis-je en faisant une petite grimace.

— Oui, c'est clair ! Mais non, je ne l'ai pas ! Appelle Annie ou Max, l'un d'eux doit l'avoir…

— Ah ben, tiens ! Je n'y avais pas pensé ! rétorqué-je en rougissant toutefois légèrement d'un tel mensonge. Est-ce que je peux appeler Max avec ton mobile, car je n'ai pas encore récupéré mon répertoire ? Ma mère n'a pas pu conserver mon ancien numéro. Si tu veux, j'en profite pour le rentrer dans ton répertoire…

— Oui, vas-y pendant que je change rapidement de chaussures.

En fin de compte, je profite de la courte absence de Clothilde pour appeler Max et lui monter tout un bobard pour qu'il me communique le numéro de Cédric sans poser de question. Une histoire de vêtements chics pour un de mes collègues qui doit se marier passe comme une lettre à la poste ! J'enregistre aussitôt dans mon répertoire, le numéro de téléphone de Cédric tandis que Clothilde ressort de sa chambre en parlant tout haut.

— Qu'est-ce que tu disais ? lui demandé-je.

— Je te disais que tu pouvais toujours utiliser ton ancienne carte Sim pour récupérer au moins ton répertoire.

Je lui souris niaisement car, évidemment, à aucun moment, cela ne m'a traversé l'esprit... Mais je suis trop contente d'avoir le numéro de Cédric, alors je monte en voiture avec Clothilde sans perdre une seule fois mon sourire. Trente minutes plus tard, Clothilde me dépose à l'aéroport d'Orly.

— Passe un bon séjour !

— Tu parles ! L'éclate en vérité ! dis-je en l'embrassant de nouveau très fort.

Et c'est si vrai ! Malgré la joie qui étreint mon cœur vis-à-vis de Cédric, je sens déjà que je vais passer la pire semaine de ma vie en faisant signe d'un au revoir solennel à Clothilde.

Tout en traînant ma valise derrière moi comme si je me rendais à l'échafaud, je traverse les couloirs avant de retrouver à la porte d'embarquement mon boss que je hais tant. De ma main, je lui dis bonjour du bout des doigts, mais il s'en empare et la conserve entre ses doigts grassouillets tout en me tirant quelque peu vers lui.

— Alors, prête pour cette semaine ! me dit-il d'une voix basse qui me donne un des plus désagréables frissons que je n'ai jamais eu.

Je lui réponds avec une petite grimace de dégoût, qui n'a pas l'air de le décevoir plus que ça. J'ai l'impression que plus je le repousse, plus il aime ça ! Quand soudain, je m'interloque toute seule.

— Tiens ! Qu'est-ce qu'elle fiche ici, celle-là ?

Cette pétasse d'Anne-Laure se trouve à une dizaine de mètres de nous et me regarde avec un petit sourire de… pétasse en se dirigeant vers… nous !

M. Bittoni se charge alors de répondre à ma question.

— J'ai demandé à Anne-Laure de nous accompagner pour assister au congrès avec nous.

— Ah bon !

Il n'y a que ces mots qui me viennent en tête. Non pas que je ne sois pas soulagée de ne pas partir seule avec mon boss, mais c'est Anne-Laure tout de même !

Merd…credi !

— Vous savez que vous n'êtes pas très bonne pour la prise de notes rapides, et j'ai besoin d'avoir quelqu'un qui le fait correctement pendant le discours du directeur de chez Spartak.

Vexée comme un pou (il faudra un jour que je demande à ma mère ce que veut dire véritablement cette expression), je réponds au salut d'Anne-Laure du bout des lèvres. Puis, je ferme brièvement les yeux presque comme si je me trouvais en transe.

Pfff ! Ces cinq jours vont être les plus longs de ma *life* !

Comme je me retrouve assise entre eux deux dans l'avion, je ne cesse de me rendre aux toilettes. Ainsi, j'ai le sentiment de passer le moins de temps possible avec eux et surtout, avec la main gauche de mon boss qui s'égare plus d'une fois sur ma cuisse.

Deux heures et demie plus tard, je peux enfin m'allonger dans le lit de ma chambre d'hôtel. Mon esprit s'apaise quelque peu et mes pensées s'égarent soudain sur cet homme que j'ai vu avec ma mère.

Merd…credi !

Je me relève aussitôt en songeant à ma mère qui me tuerait si elle savait que je me suis allongée sur le lit, entièrement habillée de mes vêtements de voyage, et que je profane ainsi les draps de millions de microbes !

J'aimerais parfois me dire qu'elle a des tocs, mais je pense qu'en cet instant, elle a sûrement raison !

Je fonce prendre une douche. Je me détends longuement sous ses jets délicieux et je ne peux m'empêcher de penser à Cédric. Même si mon esprit est quelque peu perturbé par ma mère ainsi que par ce voyage de travail, j'ai hâte de le revoir. Pourtant, il n'a répondu à aucun des messages textos que je lui ai envoyés en douce des toilettes de l'avion…

Peut-être a-t-il changé d'avis ? Je préfère juste me rappeler ses baisers échangés dans sa voiture. *Humm…* Un délice, songé-je en passant le savon sur mon corps.

En ressortant de la salle de bain, je peux enfin cocher le point 8 de ma liste !

Yes ! Je me sens en pleine forme !

Je commande un dîner léger afin de ne pas avoir à ressortir de ma chambre pour la soirée. Mais c'est sans compter sur Anne-Laure qui rapplique avec son : « Coucou ! C'est moi ! *Hihihi !* M. Bittoni nous invite à prendre un verre au pub juste à côté de la salle des congrès ! »

Si j'avais de l'argent à perdre, je m'achèterais Anne-Laure pour lui mettre des claques ! Je prends toutefois sur moi pour lui répondre d'un ton courtois.

— *Euh,* comme tu vois, Anne-Laure, je suis en peignoir et je ne vais pas tarder à aller me coucher. *Hihihi, t'as compris, conasse,* ajouté-je dans ma tête avec un sourire aussi faux que celui qu'elle me présente.

— *Hihihi !* Ce n'était pas une question, Meredith ! dit-elle avec sa voix de crécelle.

Je souffle en lui refermant la porte au nez.

— Je repasse dans cinq minutes te prendre ! s'écrie-t-elle au travers de la porte qui nous sépare, et heureusement pour elle, car cette femme me donne des envies de meurtres !

Je m'apprête avec la rapidité de Flash. Oui, je sais, j'adore les *Comics* bien que je sois plus *Marvel* ! Puis, je me rends dans le hall de l'hôtel pour y retrouver mes *délicieux* collègues…

Je me réveille ce matin avec un mal de crâne. J'ai peu dormi en fait. Il faut dire qu'hier soir, dès que mon boss a commencé à tripoter effrontément Anne-Laure devant moi, je me suis sentie si mal à l'aise que je ne savais plus où me mettre dans ce pub qui ressemblait plus à un lieu de perdition. Puis, quand il s'est mis dans l'idée de passer son bras autour de mon cou en essayant de toucher *Ryan & Ryan*, j'ai bien tenté de le repousser. Je croyais d'ailleurs, y être parvenue ! Mais il m'a fait croire qu'il allait me laisser tranquille en relâchant son étreinte. C'est à ce moment-là que j'ai baissé ma garde et qu'il en a profité pour retenter de me caresser un sein tout en posant son horrible bouche baveuse sur la mienne. Je m'en suis sortie en lui balançant un coup de coude, je ne sais comment. Rien que de resonger à ses lèvres botoxées, j'en ai encore des haut-le-cœur ! Mais ce n'est pas tout. Je me suis enfuie de ce lieu et je suis retournée dans ma chambre. Seulement, vers deux heures du matin, mon boss s'est pointé à moitié ivre, insistant pour que je lui ouvre ma porte. Bien entendu, je n'ai rien fait de tel si ce n'est que je lui ai dit d'aller se faire foutre !

J'ai reçu aussitôt un texto de sa part me disant que si je ne lui ouvrais pas, je pouvais faire mes valises. Ce qui en soi m'arrangeait bien, car je ne l'avais pas vraiment défaite.

Pourtant, ce matin, à huit heures moins le quart, Anne-Laure est venue me chercher comme si de rien n'était. Mais je n'étais pas du tout disposée à la suivre. C'est alors qu'en me rendant vingt minutes plus tard à la conciergerie, je suis tombée nez à nez avec M. Bittoni qui rouspétait que l'on était déjà en retard.

— En retard pour aller où ? m'étonné-je en le regardant tout en gardant mes distances avec lui.

— En retard pour le salon ! brame-t-il. Et allez reposer votre valise ! Et dépêchez-vous !

Son ton est d'une autorité écrasante, aussi je m'exécute par automatisme sans vraiment savoir ce que je fais véritablement. J'étais si soulagée quelques minutes plus tôt en rendant les clés de ma chambre à la conciergerie que là, maintenant, j'ai l'impression de me retrouver de nouveau, prise au piège. Et cette crécelle d'Anne-Laure, qui se colle à lui comme une sangsue qui a trouvé une veine, m'indispose comme jamais. Je crois qu'il faut absolument que je quitte cette boîte au plus tard vendredi. Je réfléchis et j'en conviens qu'une démission le dernier jour sera plus convenable pour moi. Déjà que je n'arrive pas à trouver du boulot dans ma branche, si en plus mon futur potentiel employeur appelle M. Bittoni ou tombe sur les deux pétasses d'*Anne*, il est certain que je ne serai plus jamais embauchée nulle part.

Je prends sur moi en ressortant de ma chambre dont j'ai récupéré la clé quelques minutes plus tôt. Je sens que la journée va être plus longue que prévu. Je regarde mon mobile. Hormis un message de ma mère, je n'en ai reçu aucun autre. Cédric m'a définitivement oubliée et cela me met le moral à zéro !

Je passe les trois soirées restantes à éviter de sortir avec mes deux collègues même si l'un d'eux agit avec une autorité paternelle que je ne lui reconnais pas puisqu'il n'est que mon boss. Et il a beau me menacer à chaque fois que je refuse la moindre avance de sa part, je résiste en me disant qu'il me reste un jour de moins que la veille à le supporter.

Finalement, je retrouve tardivement vendredi soir à l'aéroport, ma chère mère qui avait insisté pour venir me chercher. Je la rassure en lui disant que tout s'est bien passé même si je n'en pense pas un mot. Elle doute de ce que je lui dis vu la tête horrible que j'ai. Elle aussi est comme Cédric et lit en moi comme dans un livre ouvert.

Ça y est ! Cela me reprend ! Je repense à Cédric qui n'a pas vraiment quitté mes pensées depuis que l'on s'est quitté brusquement sur le parking de mon boulot. Je me sens vraiment un cas désespéré.

Pendant que ma mère conduit, je l'observe du coin de l'œil. Elle s'est fait couper les cheveux et fait faire une couleur. Je poursuis mon inquisition discrètement. Sa tenue est différente et lui va beaucoup mieux que toutes ses autres tenues qui lui donnent quinze années de plus. Je me demande si c'est bien le moment de lui en faire la remarque. Après une longue seconde, je me dis que oui !

— Tu as changé de coiffure !

— *Euh*... Ah, oui ! Ça te plaît ? me demande-t-elle en rougissant.

— Tu es très belle ainsi. Est-ce qu'il y aurait une raison particulière ?

— Non ! me rétorque-t-elle aussitôt ce qui m'interpelle.

— Ça aurait pu !

— Mais non ! Il n'y a aucune raison ! J'ai... j'ai vu cette coupe dans Marie Claire et je me suis dit qu'elle pourrait m'aller.

— Tu as bien fait, ma p'tite mère ! lui réponds-je en attrapant sa main posée sur l'accoudoir central, car sa voiture est une boite automatique.

Mais bon, je ne conduis pas et je ne sais pas vraiment où moi-même je poserai ma main si c'était le cas !

Certainement sur le levier de vitesse ! me rétorque une petite voix dans ma tête. Voilà que ma conscience décide de se moquer de moi...

Ma mère et moi gardons toutes les deux le silence en ayant les yeux rivés sur la route. Je l'entends soudain soupirer comme si elle venait de passer un test de survie. Je souris et décide de ne pas l'enquiquiner plus pour l'instant. Mais je compte bien savoir plus tard, ce qui se passe dans sa petite vie lorsque je ne suis pas avec elle...

Lorsqu'elle me dépose au pied de chez moi, je l'embrasse en lui disant simplement que je la trouve très jolie. Elle rougit de nouveau avec les yeux qui brillent. Je brûle d'envie de lui demander ce qu'il lui arrive, mais il est trop tard pour recevoir d'elle quelques explications.

Encore faudrait-il qu'elle accepte de m'éclairer plus que durant le trajet du retour ! Elle m'embrasse et s'en retourne chez elle, tandis que moi, je rentre épuisée chez moi.

Il fait nuit depuis un moment, mais cela ne m'empêche pas de tomber nez à nez avec mon voisin du premier. Je ne vous l'ai pas encore dit, mais il est encore plus beau que celui du rez-de-chaussée. Bon, aussi un peu plus jeune, mais il n'y a rien à *jeter*. Comme il rentre lui aussi, chez lui, il me propose de monter ma valise. Je sens quelques vapeurs me prendre au dépourvu surtout lorsque sa main se pose sur la mienne pour saisir la poignée de ma valise. Je suis certaine qu'il l'a fait exprès. Mais je lui pardonne tant il est beau. Je souris bêtement à son beau faciès masculin et je me prête à le suivre en inhalant son parfum terriblement envoûtant. Je soupire d'extase et il pense certainement que je n'arrive pas à monter.

— Venez ! me dit-il en me tendant sa main.

J'écarquille les yeux, un dixième de secondes, avant de lui tendre ma main qu'il enveloppe totalement. La chaleur qui s'en dégage me fait frissonner. Il me tire tout en tenant ma valise de son autre main. Je suis complètement sous le charme, même si Cédric vient affoler mes pensées. Je ne peux m'empêcher d'imaginer que c'est lui qui me tient la main.

— Voilà ! s'exclame-t-il en s'arrêtant sur mon palier.

Déjà ! songé-je déçue qu'il relâche ma main.

Mais il est tard et je ne suis pas en état de faire la conversation, surtout, après la semaine qui vient de s'écouler. Mon voisin me salue avec un petit sourire mutin. Je suis certaine qu'il sait l'effet qu'il fait aux femmes et surtout sur moi. Mais bon ! Cédric me fait bien plus d'effets et même s'il ne m'a pas donné signe de vie, je ne peux me résigner à me dire que c'est déjà fini entre nous…

15
Rose

Je m'en veux de mentir ainsi à ma fille. Comment lui avouer que j'ai des sentiments grandissants pour Boris ? Elle ne comprendrait pas, j'en suis certaine. Elle a beau jouer les femmes fortes, elle reste une enfant pour moi, avec son caractère enjoué et capricieux. Si les choses avancent comme je l'espère avec Boris, je reste sceptique concernant l'avis de ma fille à son propos. Si elle ne l'acceptait pas, je crois que j'en souffrirais mille morts et ne pourrais m'en remettre. Je viens de passer la plus belle semaine de ma vie si je ne compte pas l'instant où j'ai tenu Meredith pour la première fois dans mes bras. Boris est un homme charmant, galant et tendre. Il a toutes les qualités requises qu'une femme comme moi peut attendre même si dans mon cas, c'est un rêve qui se réalise pour la première fois. Avoir un homme qui me regarde, m'embrasse, me touche comme si j'étais la plus belle femme au monde est quelque chose d'inattendu et presque d'irréel. Il est si patient que je m'en veux de ne lui avoir rien dit à lui non plus. Peut-être qu'il est temps pour moi de faire quelques confessions. Mais j'ai si peur de tout gâcher entre nous que je ne sais comment m'y prendre. De toute façon, je ne saurais tarder à être fixée puisque, au travers de la fenêtre de mon salon, je vois Boris garer son véhicule devant chez moi...

Lorsque je lui ouvre, je vois son regard d'émerveillement se poser sur moi et je me sens tout chose.

— Vous êtes magnifique, Rose, dit-il en se penchant sur mon visage.

Il dépose un léger baiser qui m'émoustille totalement. Cet homme est un prince charmant et j'ai l'impression d'avoir vingt ans pour la première fois, à chacune de nos retrouvailles.

— Ceci est pour vous, ajoute-t-il d'une voix rauque en me tendant un joli bouquet champêtre.

Je rougis en songeant qu'il s'est souvenu de notre conversation sur les fleurs.

— Ce sont mes préférées !
— Oui. Je le sais.

Mon bouquet de fleurs en main, je l'invite à entrer. Au passage, je me saisis d'un joli vase en cristal dans lequel je glisse depuis des années, uniquement les fleurs que m'offre ma fille. Je suis bienheureuse d'y arranger pour la première fois celles d'un homme..., car c'est la première fois aussi qu'un homme pénètre mon *sanctuaire* de célibataire.

Boris et moi, nous sommes déjà vus plusieurs fois cette semaine, mais uniquement à l'extérieur. Deux jours plus tôt, nous étions au cinéma et hier soir au restaurant. D'ailleurs, j'étais tant sous son charme que j'ai failli en oublier d'aller chercher Meredith à l'aéroport.

— Le voyage de votre fille s'est bien passé ? me demande-t-il en me faisant ressortir de mes réflexions silencieuses tandis que je continue d'arranger les magnifiques et nombreuses fleurs offertes.

— Oui, c'est ce qu'elle m'a dit.

Je m'interromps subrepticement, mais cela ne lui échappe pas, bien que je poursuive notre conversation en contemplant mon joli bouquet.

— Mais je lui ai toutefois trouvé une petite mine, dis-je la gorge un peu serrée.

— Quelque chose ne va pas, Rose ?

Je n'ai pas le temps de lui répondre que je le sens se rapprocher de moi tout en restant debout, derrière mon dos. Je me retourne pour lui faire front en essayant de lui sourire, le vase en main.

— Ne vous inquiétez pas, Boris, tout va bien ! rétorqué-je, car je ne veux pas gâcher notre soirée avec une inquiétude certainement infondée.

J'espère seulement au fond de moi que tout se passe réellement bien du côté de ma fille.

Boris me retire le vase des mains et le dépose sur une petite console, exactement là où j'avais l'intention de le placer. Même si cela me donne l'esquisse d'un sourire, je sens que mon visage reste marqué d'une petite appréhension.

— Vous en êtes certaine, Rose ? Je vous sens véritablement soucieuse.

— Un peu, mais… c'est parce que je n'ai qu'elle.

Il me sourit en me tendant la main comme si ce geste voulait dire : « maintenant, vous m'avez moi aussi ». Je lui souris aussitôt et son sourire s'élargit plus encore alors qu'il conserve ma main dans la sienne, si large qu'elle recouvre entièrement la mienne. Je regarde nos doigts qui s'entrelacent naturellement. Je suis surprise en n'arrivant pas à distinguer les siens des miens. Ça me réchauffe le cœur et j'y vois là un signe du destin.

Peut-être que Boris est l'être qui m'est destiné, moi qui n'ai jamais connu l'amour et l'intimité d'un homme ?

Boris m'attire à lui et je le laisse m'étreindre avec un immense plaisir au fond de moi. Il me caresse la joue avec le revers de sa main et arrange mes cheveux derrière mon oreille gauche. Puis, il dépose un baiser sur ma joue, non loin de ma commissure. Puis un autre près de mon oreille. J'entends un subtil grognement qui s'est échappé de sa gorge et je ne contrôle plus les papillons qui ont pris possession de mon corps. Je me sens perdue lorsqu'il m'embrasse avec passion. Mais j'ai une légère retenue et il doit s'en rendre compte, car il me dit d'une voix rauque :

— Je serai patient, Rose. Aussi longtemps que vous le souhaiterez.

Je me serre dans ses bras qui m'enlacent naturellement. Je me sens bien. Terriblement bien. Il est peut-être temps pour moi de vivre véritablement mon rôle de femme…

16
Meredith

Clothilde et Charles sont partis faire une petite escapade amoureuse. Afin de ne pas passer le week-end toute seule, je décide d'appeler ma mère. Je pense aller manger chez elle ce midi et que l'on aille ensuite faire quelques magasins ensemble. Ainsi, je pourrai apprendre un peu ce qu'il s'est passé cette semaine dans sa vie sans moi…

— Hein ? Mais tu rentres quand ?
— Oh, je ne sais pas, Meredith. Sans doute lundi.

Elle vient encore de m'appeler Meredith. Ce n'est définitivement pas bon signe…

— Mais tu ne vas pas déménager ta collègue tout le week-end, quand même !
— Eh bien, d'abord, ce n'est pas une collègue, mais une amie !
— Ah, bon ! C'est qui ?
— Tu ne la connais pas.
— Qu'est-ce que tu en sais ?
— Je le sais, Meredith, car c'est une nouvelle amie que j'ai rencontrée à mon cours de tricotage.
— Je croyais que tu n'y allais plus ?
— Oui, enfin, j'ai gardé le contact !
— Et elle habite où cette nouvelle amie ?

— Elle habite la campagne, alors j'ai prévu de dormir chez elle.

— C'est toi qui conduis pour y aller ?

— *Euh…*, oui, bien sûr !

— Et il y aura qui d'autre ?

— Mais je n'en sais rien, Meredith, à la fin ! C'est quoi toutes ces questions ? On dirait moi !

Je finis par rire avec elle, même si je suis certaine qu'elle vient de m'embobiner comme jamais. Tout en raccrochant, je me sens complètement dépitée. Même ma mère me laisse tomber après Cédric ! Et lui qui ne me rappelle même pas !

Je suis dégoûtée. Moi qui avais tant besoin de parler avec ma mère. Je veux donner ma démission, mais je ne suis pas sûre de bien faire. Je me rends compte que j'ai besoin d'elle plus que je ne saurais me l'avouer, voire l'avouer tout court…

Mais si je lui avais dit le moindre mot à ce sujet par téléphone, elle aurait annulé son week-end, je le sais. À cette idée, je me ressaisis de mon mobile pour la rappeler.

— Oui, ma puce ?

— *Euh…*, non, rien, maman. Je voulais juste te dire que je t'aime. Tu ne me l'as pas dit en raccrochant.

— Tu sais que je t'aime, ma fille. Tu es la prunelle de mes yeux.

— Oui, je le sais. C'est simplement que j'avais encore envie d'entendre ta voix.

— Quelque chose ne va pas ? Tu veux que je vienne.

— Non, maman. Je vais bien et je veux que tu profites de ton week-end avec ta nouvelle amie. *Euh…* si c'était un homme, tu me le dirais, hein !

— Mais qu'est-ce que tu vas encore te mettre en tête,

Meredith ? Ne sois pas ridicule ! À mon âge, on n'a plus le temps pour cela !

Je me rends compte qu'elle n'arrête pas de me prénommer et je ne sais plus si c'est véritablement bon signe. Je décide de la laisser tranquille. Elle aussi doit avoir quelques démons à tuer même si j'étais persuadée, il y a encore une minute, que je savais tout d'elle…

Alors que je me rends à ma boîte aux lettres, je tombe sur mon super voisin du rez-de-chaussée.
— Bonjour, voisine !
— Bonjour, voisin ! rétorqué-je en riant.
Cet homme est beau comme un Dieu et très drôle, même s'il est gay, rappelez vous ! On tape la discussion quelques minutes et puisque lui comme moi ne faisons rien de spécial ce samedi après-midi, il décide de m'inviter en tout bien tout honneur au cinéma.
— On pourra dîner en ressortant, si cela vous dit voisine !
— C'est parfait, voisin ! rétorqué-je. Je me prépare rapidement et j'arriiiiive ! m'égosillé-je en escaladant déjà le premier étage.
Après tout, je ne vois pas pourquoi je devrais me morfondre seule ce week-end pendant que Cédric et ma mère ont décidé de m'abandonner…

J'ai passé une excellente soirée avec Lorenzo. Il est si drôle que même durant notre film, je l'entendais rire tout seul. Si bien qu'à force, j'ai fini par rire moi aussi à voix haute et que l'on a manqué de peu de se faire éjecter de la salle, surtout lorsque plusieurs personnes qui se trouvaient derrière nous ont poussé une petite colère. On a continué à rire en se gardant bien de faire du bruit.

J'ai passé une si bonne soirée, que l'on a remis ça le dimanche midi en allant manger une pizza au restaurant du coin. C'est ainsi que j'ai appris que Lorenzo était amoureux de James *machin-chose*, notre cher voisin du premier étage. J'ai essayé de lui faire comprendre que ce n'était pas gagné d'avance du fait que celui-ci avait l'air d'avoir une préférence pour les femmes. Mais après tout, je ne vais pas m'initier experte en amour alors que je n'arrive même pas à garder un homme dans ma vie plus d'une semaine.

Tiens, ça me fait penser que Cédric n'a pas pris la peine de m'appeler une seule fois durant le week-end !

J'ai l'impression de n'avoir été qu'un plat du jour pour lui. Heureusement que nous n'avons pas été jusqu'au dessert. Je serais déjà en train de regretter notre relation si brève en ayant perdu ce que j'ai de plus cher : ma virginité !

17
Rose

Boris a décidé de m'emmener en week-end dans sa maison de campagne. J'ai accepté même si je dois dire que j'ai un peu la trouille au ventre comme une collégienne à son premier rendez-vous amoureux. En fait, il s'agit bien de cela. C'est mon premier rendez-vous et je n'ai personne pour me dire comment agir. Seul mon cœur me dicte le chemin à suivre.

Durant le trajet que nous faisons en voiture, Boris est toujours aussi tendre et patient. Cet homme veuf depuis de longues années est adorable. J'ai appris la semaine dernière un peu plus de choses à son sujet. C'est ainsi que je sais qu'il a deux filles, dont une de l'âge de Meredith, et qu'il les a élevées tout seul. Il vit seul depuis de très longs mois depuis le départ de la maison de ses deux filles, et je sais aussi qu'il n'a eu qu'une aventure depuis la perte de son épouse. Cela me suffit amplement, car je n'arrive pas encore de mon côté à me dévoiler. Mais je sais que d'ici quelques heures, il me faudra lui avouer quelques-uns de mes lourds secrets…

Sa maison secondaire est magnifique. Elle ressemble à un petit cottage anglais et je m'y sens tout de suite en sécurité. Je crois qu'il y a longtemps que je ne me suis pas sentie aussi sereine dans mon cœur et dans ma tête.

— Venez, me dit-il en me tendant la main.

Je m'y accroche aussitôt et la chaleur qui s'en dégage me donne quelques sensations dans le ventre. Seigneur ! C'est si délicieux !

— Voici votre chambre. La mienne est juste à côté. Ainsi, si vous avez le moindre souci, vous n'aurez qu'à crier mon nom et je viendrai aussitôt.

— Pensez-vous que je risque quelque chose ici ? dis-je en lui souriant, tout en appréciant fortement cette attention particulière de ne pas me forcer à dormir dans le même lit que lui, même si en secret, j'en rêve la peur au ventre.

— Je ne l'espère pas. Ou alors, que de très belles choses…, lâche-t-il avec un sourire.

Il m'attire à lui et dépose un baiser chaste sur mes lèvres. Il continue ensuite à me faire la visite des lieux. La cuisine est petite, mais entièrement équipée pour la cuisinière chevronnée que je suis. J'espère bien avoir la possibilité de lui concocter quelques bons petits plats !

Puis, nous traversons le reste de la demeure et nous atterrissons dans un jardin somptueux embelli de fleurs magnifiques.

Un peu dans le fond du jardin, il y a même deux balançoires jumelles qui sont suspendues à l'une des plus larges branches d'un chêne centenaire. De profonds souvenirs enfantins surgissent dans ma tête et mes yeux s'embuent sans que je puisse retenir mes larmes.

— Quelque chose ne va pas, Rose ? s'inquiète aussitôt Boris en se tournant vers moi.

— Si, si. Tout va bien, Boris. Ce ne sont que les balançoires qui me font remonter quelques heureux souvenirs avec ma défunte sœur.

— Oh, je suis navré de l'apprendre.

— Non, ne vous inquiétez pas. Il y a déjà plus de vingt ans qu'elle a disparu. Mais je l'aimais comme une mère. C'était ma grande sœur.

Boris m'étreint contre son torse aussitôt et je le laisse m'embrasser avec toute la passion qui l'habite. Nous nous désenlaçons avec regrets et retournons dans la maison.

— J'espère que vous aurez assez confiance en moi pour me dire ce chagrin qui marque votre regard, car je crois qu'il n'y a pas que l'absence de votre sœur dans celui-ci, me dit-il en passant son bras autour de mes épaules.

Je m'y love en songeant que cet homme est devin. Et quelque part, je préfère qu'il en soit ainsi. Je crois que j'ai besoin d'avoir un peu la main forcée pour me dévoiler.

Nous prenons un dîner confectionné par Boris. Je l'ai aidé, mais j'ai été surprise de le voir si à l'aise aux fourneaux. J'ai trouvé qu'il était très attirant ainsi avec un tablier autour de la taille, et son repas était léger et exquis.

— Rose, est-ce que cela vous plairait de prendre le dessert sous la pergola ?

— Avec grand plaisir, Boris.

Il m'aide à me relever de ma chaise et je le trouve, chaque seconde qui passe, de plus en plus délicieux.

Le dessert dégusté avec lenteur et ravissement, je sens que je me rapproche de plus en plus de l'instant où il me faudra lui raconter quelque chose sur moi, surtout lorsque nous décidons de faire quelques pas dans le jardin.

— Rose, est-ce que cette journée vous a plu ?

— Oui. Énormément, Boris. Plus que je ne me l'étais imaginée.

Il interrompt nos pas pour m'embrasser. Je me laisse faire tant c'est un enchantement. Je crois que l'on y prend autant de plaisir l'un que l'autre. On se désenlace de nouveau et je me dis qu'il est temps pour moi de me découvrir, même si je n'ai jamais lâché le moindre mot à personne sur mon intimité…

— J'ai peur de ne pas comprendre, Rose. Meredith est pourtant bien votre fille ?

— Oui, Boris, dis-je la gorge serrée. Meredith est bien ma fille, mais…

Je ne sais pas si je vais avoir la force mentale de poursuivre cette conversation. Des larmes me montent aux yeux au moment même où je rajoute :

— Elle l'est, mais uniquement sur le papier…

Lâcher prise pour la première fois de ma vie me permet de me sentir légère, même si le poids de mon secret m'est encore bien lourd. Mais ces premiers mots me donnent le courage de poursuivre, bien qu'en cet instant, je me sente envahie d'émotions contradictoires.

— Vous n'avez pas à avoir peur avec moi, Rose. Jamais je ne me permettrai de vous juger d'une quelconque façon que ce soit.

— Je le sais, réponds-je avec un sourire qui peine à se montrer sur mon visage. Je le sais, répété-je, et c'est pour cela que je vais avoir besoin de vous, Boris, besoin que votre regard ne change pas sur moi, que vous ayez encore de l'affection à mon égard.

— Oh, Rose ! s'exclame-t-il soudain. L'affection n'est qu'une partie de ce que je ressens pour vous depuis que mon regard a croisé le vôtre, il y a déjà plusieurs mois. J'ai du désir pour vous et de l'admiration, certes ! Mais je crois surtout, Rose, que je vous aime avec beaucoup de passion. Laissez-moi vous aimer sans détour…

Les baisers que me donne Boris sont si ardents, qu'il m'est difficile de réfléchir. Je continue de me laisser aller dans ses bras en attendant de poursuivre cette conversation qui bouleversera et changera ma vie à tout jamais.

18
Meredith

C'est déjà lundi matin, et je ne sais toujours pas que faire à propos de mon boulot. Je veux tout plaquer, c'est certain ! J'écris alors sur une page blanche ma démission. Je la réécris au moins trois fois, car je ne suis pas sûre que les termes que j'utilise soient les bons. Je suis bien trop énervée après mon boss pour lui remettre une lettre à la tonalité courtoise. Toutefois, comme j'aimerais la faire lire à ma mère ! Mais je ne suis pas certaine qu'elle soit déjà rentrée chez elle. D'autant qu'en plus d'avoir peur qu'elle soit déçue par moi, il me faudrait lui expliquer pourquoi je quitte mon super job. Alors, elle serait bien capable d'aller trouver Bittoni et lui dire ses quatre vérités ! Oui, c'est certain ! Elle en serait bien capable même si je ne l'ai jamais vue s'énerver véritablement après quelqu'un. Mais lorsqu'il s'agit de moi, je crois qu'elle n'est pas toujours bien réaliste. Je renonce à l'appeler et préfère lui envoyer un petit SMS.

« Coucou, Mounette ! Ça va ? Tu es bien rentrée ? Ou pas ? T'es déjà au boulot ? Ou pas ? Je t'aime OOO »

Sans attendre sa réponse, je me prépare rapidement en me disant que plus vite j'arriverai à mon boulot, plus vite j'en repartirai !

Mais juste avant de quitter mon domicile, je regarde

mes messages et ne vois aucune réponse de ma mère.

Tiens, c'est bizarre, le message est en bleu, me fais-je la réflexion. Elle se serait acheté un iPhone sans me le dire… Afin de lui faire une surprise, je décide de l'appeler en *FaceTime*.

Super ! Elle décroche…

— Coucou, Mounette !

— Coucou, ma fille ! *Hmm*… tout va bien ?

— Oui, mais regarde l'écran…

C'est alors que j'entends un « nooon » à la tonalité masculine en même temps que ma mère s'exclame « Oh, Seigneur ! »

Je rêve ou ma mère vient de me raccrocher au nez ! Mais ce qui me choque le plus, c'est la vision que je viens d'avoir. À qui appartenait cette grosse tête derrière son dos alors qu'elle était encore couchée ? Je me sens abasourdie par l'image que je viens d'avoir. Un *simple* collègue ! Tu parles ! Et moi, je suis *Shakira* !

Trop choquée par ce qu'il vient de m'arriver, je ne préfère pas rappeler ma mère.

Chaque chose en son temps ! Je crois bien que c'est la première fois que je me fais une telle réflexion. Allez, concentre-toi sur ta démission ! me dis-je en louant un Vélib'.

Tout en pédalant, je me mets à penser au meilleur moyen de rentrer chez *Bittoni & cie*, de déposer ma lettre de démission tout en récupérant au passage mes quelques effets personnels avant d'en repartir sans grabuge. Cependant, c'est drôle, car je sens que cela ne va pas vraiment se passer ainsi au moment même où je traverse le hall de la société…

— Miss ! Enfin là ! Je m'impatientais !

— *Euh,* vous me laissez le temps de déposer mes affaires dans mon bureau et *euh...,* j'aimerais m'entretenir avec vous, si cela est possible.

J'ai l'impression d'avoir lâché tous ces mots sans prendre la moindre inspiration d'air. Je me sens rouge comme une pivoine et à la limite de m'étaler sur la moquette. Surtout, lorsque mon boss me regarde avec ses yeux de merlan frit.

— *Hmm,* cela tombe bien, car j'ai grand besoin de vous aujourd'hui ! Anne-Laure n'est pas là !

— Ah !

C'est tout ce que j'arrive à lui répondre. Je m'enfuis dans mon bureau et récupère à la vitesse grand V mes effets personnels qui se résument à trois stylos à paillettes, deux petits carnets personnels et mes multiples chargeurs de mobiles, car j'ai toujours peur de ne pas avoir assez de charge. Je balaye mon bureau afin d'être certaine de ne rien oublier, puis je regarde l'écran de mon portable au cas où ma mère m'aurait envoyé un petit SMS. Mais rien. D'un côté, je préfère. Je me sens si sensible que je suis à la limite de pleurer.

Sois forte ! me dis-je en fronçant le regard tout en redressant mon dos avant de souffler comme si j'étais en train d'accoucher. Je me sens finalement prête à affronter la colère imminente que mon boss va avoir d'ici quelques secondes...

— Monsieur Bittoni, pourrais-je vous voir maintenant ?

— C'est le cas, non ?

— Oui, mais j'aimerais un entretien officiel.

— Voilà qui égaye ma journée, Miss ! Entrez et refermez la porte derrière vous !

Je m'exécute en me convainquant de rester forte et de ne pas laisser place à l'angoisse qui m'étreint.

— Alors, que puis-je faire pour satisfaire, Meredith ?

Ces paroles dites sur une tonalité grasse accompagnées d'un regard lubrique m'empêchent de m'exprimer normalement. Je finis par lui remettre simplement ma lettre tout en arrêtant de marmonner des paroles inintelligibles. Lorsqu'il se met à la lire, je vois tout un nombre indéfinissable de couleurs défiler sur son visage botoxé. C'est alors qu'il se relève de son siège et s'approche de moi. Je reste tétanisée sur place. Puis, il décide de s'asseoir sur le rebord de son bureau, juste à mes côtés, et la seule réflexion que j'arrive à me faire en voyant le dessus du mobilier se courber, c'est : « ce serait drôle s'il se cassait la figure… »

— Bon, eh bien, cette semaine promet d'être fort intéressante, lâche-t-il, ce qui me fait ressortir aussitôt de ma stupide réflexion silencieuse.

— Mais je comptais partir maintenant !

En faisant claquer plusieurs fois sa langue au palais, il remue la tête en signe de négation.

— Ça ne va pas être possible, Meredith ! Vous me devez au moins une semaine de préavis.

Merd…credi ! marmonné-je.

J'ai complètement oublié mon préavis tant j'étais pressée de quitter les lieux. Là, je suis au bout de ma vie ! Je ne tiendrai pas encore une semaine à ses côtés !

— Ce n'est pas possible que je parte tout de même aujourd'hui ? insisté-je, en croisant les doigts de mes mains afin d'avoir l'impression que cela va changer la donne.

— Ça peut s'arranger…, sous-entend-il.

Je me sens déglutir bruyamment. Je n'avais pas prévu d'arrangements. D'ailleurs, rien qui le concerne véritablement. Je souhaite seulement le fuir…

Je me relève, mais il pose ses mains sur mes épaules et m'oblige à me rassoir. Je grogne dans ma tête en m'insurgeant qu'il n'y a jamais personne pour le voir me harceler de la sorte. Seules les deux « Anne » l'ont déjà vu faire, mais comme elles doivent coucher avec lui, elles n'iront certainement pas le balancer à quiconque.

— Bon, Miss, je ne vais pas jouer au méchant loup avec vous. Je vous laisse partir ce soir. Cela vous va, ce soir ?

Son ton est différent et il a même relâché mes épaules. Aurait-il compris qu'il ne pouvait rien attendre de moi ? Je ne cherche pas la réponse à ma question tant je suis soulagée. Bon, encore une journée à passer ici ! Mais je me dis que ce n'est rien, comparé à une semaine entière !

— C'est parfait, Monsieur Bittoni !

— Mais comme Anne-Laure n'est pas là, je vais devoir vous solliciter cet après-midi, et également pour mon rendez-vous de dix-neuf heures avec notre plus gros client, hein ! On est bien d'accord ! me dit-il en me tendant sa main grassouillette.

Sans véritablement tout saisir de ses paroles, je lui serre rapidement sa main avant qu'il ne change d'avis.

Mais lorsque dix-neuf heures arrivent, c'est là que je me dis que j'ai dû rater quelque chose dans sa demande…

19
Cédric

Un week-end, plus deux semaines sans aucune nouvelle de Meredith ont de quoi m'inquiéter. D'accord, j'ai passé une semaine complète en Espagne, jusqu'au dimanche soir, durant laquelle je n'ai pu joindre personne, mais après mon retour, depuis lundi dernier, je suis passé régulièrement à son boulot, mais à aucun moment je ne l'ai entraperçue. J'aurais bien osé demander à ses collègues si Meredith se trouvait enfermée dans son bureau, mais je ne me voyais pas entrer dans la société en me faisant passer pour son petit ami.

D'ailleurs, le suis-je véritablement ?

Je ne peux imaginer que ce que nous avons partagé dans ma voiture l'autre jour, ne compte pas pour elle, même si c'était plus physique que mental. J'espère que durant mon voyage d'affaires, elle ne m'a pas déjà remplacé…

J'ai tellement le souhait de la revoir que je décide de me rendre de nouveau chez elle après m'y être rendu plusieurs fois ce week-end sans croiser personne. Ni elle ni Clothilde n'ont répondu à mes sonneries insistantes sur leur interphone. Et comme je ne veux pas ébruiter auprès de nos amis communs un éventuel rapprochement qui a l'air de ressembler plus à un éloignement qu'autre chose, je préfère rester discret.

Or, on est lundi, il est 19h30 et je fais le pied de grue depuis une heure devant chez Meredith au cas où j'arriverais enfin à la revoir ! Alors que je semble me faire une raison qu'elle ne rentrera probablement pas après le boulot directement chez elle ce soir comme les soirs précédents, je la vois arriver avec le visage défait.

— Meredith ! l'interpellé-je alors qu'elle passe devant moi sans me voir.

Surprise, elle me fixe et j'aperçois des larmes sur son beau visage. Cela m'est insupportable de la voir ainsi bouleversée.

— Que t'arrive-t-il ? lui demandé-je, en contenant une colère qui gronde aussitôt au tréfonds de moi.

Elle secoue la tête comme s'il lui était impossible de me répondre. Sans penser un seul instant qu'elle pourrait me repousser, je l'attrape entre mes bras et elle s'y blottit aussitôt. Je la sens frissonner. Je lui caresse le dos et malgré les circonstances, je ne peux m'empêcher d'avoir quelques tensions dans le corps. La sentir si proche de moi pour la première fois depuis des jours me fait énormément d'effets. Mais je ne veux en aucun cas profiter de la situation.

— Meredith, dis-je d'une voix douce en lui relevant d'une main le menton vers mon visage.

Elle me regarde et je craque littéralement. Je me retiens de l'embrasser. Ce n'est pas le moment. Mais putain ! C'est difficile !

— Tu veux bien me dire ce qui ne va pas ? préféré-je lui demander pour éviter de la perdre à tout jamais avec un geste qu'elle pourrait mal prendre.

— Je viens de m'enfuir du bureau de mon boss ! s'exclame-t-elle avant de se coller un peu plus contre mon corps.

Je sens qu'elle a besoin d'être réconfortée, mais pas comme je me l'étais imaginée en me rendant chez elle.

— Veux-tu que l'on aille chez toi, chez moi ou bien dans un café pour parler ?

Sans choisir, Meredith acquiesce de la tête.

— Chez toi ? lui proposé-je puisque l'on se trouve tout à côté.

— Oui, répond-elle presque dans un chuchotement.

Je la libère de mes bras protecteurs et lui tiens la main jusqu'à son palier. Arrivée devant la porte de chez elle, je tiens toujours sa main dans la mienne. Nos doigts se sont spontanément entrelacés. Nous pénétrons tous deux dans son appartement et je prends soin de refermer la porte derrière nous. Meredith me demande quelques minutes afin de se débarbouiller de son maquillage qui a coulé et s'enfuit dans la salle de bain sans attendre de réponse de ma part. Un instant plus tard, elle en ressort démaquillée. C'est la première fois que je la vois ainsi sans artifice. Elle est encore plus jolie sans ce rouge à lèvres, ce fard à joues et ce mascara noir.

— Tu veux boire quelque chose, me demande-t-elle d'une petite voix fragile.

J'ai bien envie de juste lui répondre que l'embrasser étanchcrait ma soif. Mais je crois bien que ce n'est pas le bon moment.

— Un jus de fruits, si tu as !

— Je peux te faire un jus de fruits frais si tu le veux.

Je réponds « oui », mais ce que je veux est bien plus

qu'un jus de fruits. Merde ! Je suis bien un mec à penser à autre chose, alors qu'elle n'est pas bien !

Elle nous prépare le jus promis et s'installe en face de moi, sur la seconde chaise libre de la kitchenette. Elle ne touche pas à son verre et je décide d'en faire autant.

— Veux-tu bien me dire ce qui t'a mise dans cet état ?

— J'ai mis une gifle à mon patron ! rétorque-t-elle aussitôt en se remettant à pleurer.

Je me lève aussitôt de ma chaise pour m'approcher d'elle en me postant légèrement penché vers ses genoux.

— Ah, quand même ! Et pourquoi ?

— Il m'a coincée dans le coin de son bureau et a commencé à me peloter.

— Quoi ! m'exclamé-je hors de moi en me redressant vivement.

— C'est un vieux vicieux et cela fait déjà deux mois que je l'évite. Mais aujourd'hui, après que je lui ai remis ma démission, il m'a demandé de rester toute la journée si je voulais recevoir mon solde de tout compte. Cela s'était plutôt bien passé alors j'étais confiante. Puis, dès que mes collègues sont partis du bureau, il a exigé que je reste une heure de plus pour finaliser un dossier pour un gros client avec qui il avait soi-disant rendez-vous. Je ne m'attendais pas à ce qu'il me piège dans son bureau. J'ai eu si peur !

Je ne réfléchis pas plus et lui attrape les mains entre les miennes. Je la fais se relever de son siège et l'enlace afin de calmer ses tremblements. La seule chose qui me vient soudainement à l'esprit, c'est d'aller casser la gueule à ce salaud !

— Je vais aller lui régler son compte à ce pourri !

— Non ! Il n'en est pas question ! Il pourrait te faire du

mal.

Ce message est comme un baume qui enveloppe mon cœur. Finalement, je compte bien pour elle. Mais j'ai quand même bien envie de me faire son patron, histoire qu'il n'ait plus l'envie de recommencer avec quiconque.

Je me calme en la serrant entre mes bras tout en déposant une myriade de petits baisers dans ses cheveux. Meredith relève le visage pour me regarder fixement et je me calme un peu. Enfin, de ma colère, car mon entrejambe s'affole autant que mon cœur qui bat aussi fort que le sien depuis plusieurs minutes. Je le sais parce que sa poitrine se bombe à chaque bouffée d'air qu'elle aspire. Et plus elle se bombe et plus j'ai envie de dévorer ses lèvres. J'approche mon visage du sien et je ne la sens pas me repousser. Bien au contraire, elle avance son visage vers le mien même si ce n'est pas si flagrant que ça. Mais je suppose que cela suffit à mon engouement. Mes lèvres effleurent les siennes et Meredith entrouvre la bouche. J'accepte aussitôt son offrande. Je m'apprête à plonger ma langue dans la tiédeur de sa bouche tandis qu'elle ferme les yeux. C'est alors que l'on se détache comme si on avait fauté en entendant mon prénom scandé par Clothilde dès la porte d'entrée qu'elle ouvre bruyamment.

— Ma biche ! Je suis là ! J'ai eu ton message…

Clothilde s'interrompt en laissant son sac à main glisser sur son avant-bras. Elle me fixe du regard un peu mal à l'aise. Certainement autant que nous deux. Je me demande si je dois rester ou partir. À peine cette réflexion silencieuse terminée, je me décide sur le choix deux : partir !

— À plus tard, dis-je sans oser embrasser l'une ou l'autre.

Je m'oblige à ouvrir la porte d'entrée sans la traverser. Je fais un demi-tour prêt à dire quelque chose, mais je me résigne en voyant qu'aucune des deux n'a bougé. Je quitte leur domicile en me sentant un peu lâche de laisser Meredith affronter Clothilde avec notre semblant d'histoire. Avec ce qu'elle a vécu aujourd'hui, cela fait peut-être beaucoup pour elle. Décidément, moi qui me trouvais chanceux de la revoir, je me dis que le vent a tourné. Je ressors à peine du hall d'entrée qu'elle me manque déjà !

Je rentre chez moi et après encore une heure durant laquelle je me trouve impatient d'appeler Meredith, je me rends compte que j'ai encore égaré mon mobile.

Merde ! Ce n'est pas mon jour de chance ! Dire qu'elle doit se sentir très mal et que je ne peux même pas la rassurer par téléphone.

Maudit portable ! m'écrié-je en retournant tout mon appartement.

Au souvenir de ce qui lui est arrivé, je meurs d'envie d'aller trouver son chef sur l'instant et lui casser véritablement la gueule. Ce n'est d'ailleurs, pas dit que je ne le fasse pas… J'aimerais tant pouvoir rassurer Meredith et lui faire savoir que je suis là pour la protéger. Après tout, elle s'est fait virer comme une malpropre et cela me rend dingue !

C'est alors qu'une sonnerie surgit de mon canapé. Ce *couillon* de portable a glissé entre deux fauteuils et comme je n'ai pas de téléphone fixe, il m'était impossible de le faire sonner. En arrivant à le récupérer, je n'espère qu'une seule chose, c'est que ce soit un appel de Meredith. C'est un numéro masqué et généralement je ne décroche jamais dans ce cas-là. Mais au risque de rater un appel de Meredith, je me fais violence sur mes principes.

— Hey ! Holà ! Bogosse !

Putain ! Il s'agit de Karine ! Je l'avais oubliée celle-là ! Depuis l'Espagne, elle n'arrête pas d'essayer de me joindre. J'ai déjà bloqué son numéro et également un autre qui m'était inconnu et qui m'envoyait des messages d'une soi-disant brève relation. Certainement une autre de mes ex. Mais Karine, elle, a dû se rendre compte que je ne décrochais plus à la vue de son numéro, et elle a décidé de m'appeler en numéro masqué ! La maline !

— Salut, Karine ! Je ne vais pas pouvoir parler avec toi, je rentre dans un ascenseur et ça risque de couper ! mens-je sans aucun scrupule pour m'en débarrasser.

— Rhooo ! Ça m'étonnerait, car je me trouve derrière ta porte et je t'entends parler...

Merde ! Je lui raccroche au nez et décide de faire comme si je n'étais pas là. Mais elle insiste tellement en cognant sur ma porte, que je préfère lui ouvrir avant que mes voisins ne sortent en poussant une gueulante au vu de l'heure tardive qu'il est.

— Ah, tu daignes enfin m'ouvrir, mon bichon !

Je n'apprécie que moyennement qu'elle me nomme ainsi.

— Écoute, Karine, je suis désolé, mais je ne peux pas te recevoir. J'attends quelqu'un.

— Oh, tu n'as pas oublié que cela ne me dérange pas, hein...

Comment oublier une telle sauterie avec elle et son amie lesbienne ? Je chasse ces souvenirs que je compte effacer définitivement de ma mémoire.

— Karine, je ne voudrais pas me fâcher contre toi,

mais j'aimerais que tu partes, maintenant.

Elle me regarde et je me demande si elle comprend bien notre langue en réalité.

— *Euh,* c'est quel mot que tu n'as pas compris dans : *j'aimerais que tu partes maintenant,* répété-je en essayant de la repousser alors qu'elle m'a déjà happé l'oreille avec sa bouche pulpeuse.

Resté déterminé à la mettre dehors, je me saisis de ma veste et nous ressortons de mon appartement.

— Écoute, il faut que j'y aille, dis-je en la repoussant encore une fois.

C'est un véritable pot de colle. Mais il est vrai aussi que l'on a fait des choses qui peuvent lui laisser croire qu'elle me plaît plus que mes autres relations passées.

Débarrassé de Karine, je finis au restaurant avec Vincent, invité au pied levé !

Ce soir-là, lorsque je me couche, je suis déçu. Déçu que Meredith ne m'ait pas rappelé ni même envoyé un message ni répondu aux miens. Bref ! Il faut peut-être me rendre à l'évidence que je ne suis pas le prince charmant qu'elle attend, si tant est que je rentre véritablement dans cette catégorie !

20
Meredith

Si après le départ de Cédric, j'ai continué à pleurer comme une madeleine, j'ai dû m'arrêter de le faire pour engloutir le délicieux repas que Clothilde a préparé exclusivement pour moi. Même si son gratin dauphinois était une réussite, celui de ma chère mère a ma préférence. Mais dans le contexte où je me trouve, il est hors de question de faire la capricieuse. D'autant qu'une fois le ventre rempli, je me sens déjà bien mieux.

— Tiens ! Une petite tasse de tisane maison avec du miel, ma bichette ! Cela devrait te requinquer un peu ! Tu vas mieux, ajoute-t-elle avec un sourire soucieux.

— C'est justement ce que j'étais en train de me dire. Tu as le don d'être toujours là quand il le faut !

— J'espère bien, sinon à quoi serviraient les amis ?

Je ris avec elle et nous buvons notre tisane en poursuivant notre discussion.

— Est-ce que tu veux porter plainte contre Bittoni ?

— Non. Il n'y avait aucun témoin. Ce serait encore sa parole contre la mienne. D'autant que les filles de la boîte ne le repoussent pas. Quelle horreur quand j'y repense ! Ça me file encore d'horribles frissons.

— Bon ! On va suivre de près tout ce qu'il te doit et s'il

t'oblige à aller chercher en main propre tes papiers, je viendrai avec toi !

— Tu es géniale ! dis-je en me relevant pour l'étreindre dans mes bras.

— En as-tu parlé également à ta mère ?

— Non !

— Ooh ! Se serait-il passé quelque chose dont je n'ai pas eu connaissance ? me demande-t-elle.

— Je crois que ma mère sort avec un homme.

— Hey ! Mais c'est bien ça !

— Pour elle ! Pas pour moi !

— Tu plaisantes, Méré ! C'est de ta mère que l'on parle ! Celle qui se plie en quatre pour te faire plaisir et qui est toujours là pour toi ! Celle pour laquelle je ne lui ai jamais connu d'hommes, et toi non plus, d'ailleurs ! Alors, si elle prend du bon temps, sois au moins heureuse pour elle ! s'emporte-t-elle, le regard froncé.

— Ah oui ? Eh bien, sache pour ta gouverne qu'elle n'était même pas là pour m'aider à rédiger ma lettre de démission !

— Tu l'as appelée, au moins !

— Bien sûr, et elle m'a même raccroché au nez !

— Tu plaisantes, j'espère !

Je ne réponds pas à mon amie tant je me trouve piteuse d'avoir de telles pensées envers ma tendre mère. Mais je me sens tellement piquée par la jalousie en l'ayant vue avec cet homme sans qu'elle ait pris un seul instant pour me parler de lui, que je n'arrive pas à le lui pardonner.

Enfin, pour le moment.

Je raconte toutefois à Clothilde mon appel en *FaceTime,* ce qui a le don de la faire éclater de rire.

— La pauvre ! Et tu voudrais qu'elle te rappelle déjà ! Tu as dû la terroriser…

Je finis par rire à la bonne humeur de mon amie et je me rends compte qu'elle n'a certainement pas tort. Mais je compte bien mener moi-même ma petite enquête sur cet homme avant d'en toucher deux mots avec *ma génitrice*…

Une trentaine de secondes plus tard, chacune de nouveau assise à notre place, Clothilde me regarde soudain d'un drôle de… regard !

— Puis-je te poser une question indiscrète, Méré ?

— *Euh*, indiscrète, comment ? demandé-je en étant certaine qu'elle allait bien finir par me parler de Cédric à un moment où un autre.

— Tu sors avec Cédric ?

— Non !

— Ah, bon ! Ce n'est pas l'impression que j'ai eue en le trouvant ici, chez nous.

— Non, non ! Tu te trompes, je t'assure. On s'est croisé et comme il a vu mon visage un peu défait, il m'a raccompagnée, c'est tout !

— C'est tout ?

— Oui, oui, c'est tout, je t'assure.

Il est clair que je ne peux pas avouer à Clothilde que Cédric m'embrasse quand il me voit et ne prend pas le reste du temps la moindre nouvelle me concernant. Je sais que si je venais à le lui avouer, elle s'en mêlerait, Charles aussi et puis Max et Annie viendraient y mettre leur grain de sel avec le reste de nos amis, et avant la fin de la soirée, je serai soit prête à épouser Cédric, soit déjà l'une de ses nouvelles ex-copines. Et ça, non merci !

— Bon, si tu me dis qu'il n'y a rien, c'est qu'il n'y a rien !

— Tu as bien vu qu'il n'a même pas pris la peine de m'embrasser en partant de chez nous !

En disant ces paroles, je reste un peu amère, bien que je ne veuille rien laisser paraître de ma déception. Le mieux pour moi est donc de continuer à mentir…

— Crois-tu que si nous sortions ensemble, il s'inquiéterait de ta présence ou non pour le faire ? Non, non, je te confirme clairement, on ne sort pas ensemble !

— OK, OK ! On n'en parle plus.

— Merci ! rétorqué-je avec un large sourire.

Satisfaite et rassurée, je reste toutefois surprise qu'elle ne me cuisine pas plus encore sur le sujet. À bien y réfléchir, c'est même un peu louche ! Mais je ne vais pas chercher à savoir pourquoi. Si ça se trouve, je me fais encore un film…

— Bon, ce n'est peut-être pas le moment de parler d'un nouveau job, alors, si on se regardait la suite de Kurt Seyit ! Qu'en penses-tu ? s'exclame-t-elle en se relevant de sa chaise avec un large sourire qui m'en donne aussitôt un.

— Moi, je dis, OK !

Lorsque je me couche, j'envoie un petit texto à ma mère, mais soit elle est bien trop occupée avec son *simple* collègue soit elle ne sait plus que j'existe… Cinq minutes plus tard, je reçois un petit message de sa part et je souris à la lecture de celui-ci.

« Oui, je suis bien rentrée, ma puce. J'espère que tu vas bien. On a été coupées ce matin et je n'ai pas réussi à t'avoir de nouveau. Mais tu sais que je t'aime fort, fort, fort. Bonne nuit, ma chérie. Ta mounette qui t'aime OOO »

Je lui renvoie une cinquantaine de cœurs en me disant que j'aurais bien le temps demain de me soucier du sujet qui anime ainsi ma mère, pour qu'elle me mente délibérément…

Les lèvres encore légèrement pincées par le message de ma mère, même si celui-ci est rempli d'amour, je décide d'envoyer encore un petit texto destiné cette fois à Cédric. Mais même après cinq minutes d'attente, je ne reçois aucune réponse de sa part. Je finis par m'endormir tandis qu'une déception continue de m'agripper le cœur.

21
Cédric

Je n'ai pas revu Meredith de toute la semaine. J'ai beau lui avoir laissé au moins dix messages pour qu'elle me rappelle, elle n'en a rien fait. Je ne sais que penser de notre drôle de relation.

Enfin relation, relation, j'aurai tendance à dire plutôt retrouvailles ! C'est clair que c'est ambigu !

Et je ne peux m'épancher auprès de mes autres amis sur les sentiments qui m'habitent à son sujet. Même Vincent, qui est le moins trublion de notre petite bande de potes, risquerait de me taquiner ou de ne pas me croire.

C'est aussi de ma faute ! Ça fait des années que je pique Meredith dès que l'on se voit. Je ne peux m'en empêcher, car je suis un idiot et bien trop maladroit pour lui avouer mes sentiments. Lorsque je l'ai embrassée chez Max, j'y avais été poussé malgré moi. Si j'avais eu les idées claires, je ne l'aurais sans doute jamais fait. Mais ne pas le faire aurait été aussi impossible à ce moment-là. Elle m'attire comme un papillon sur un néon et je suis prêt à me brûler les ailes pour elle.

D'ailleurs, c'était bien la première fois que nous nous trouvions seuls tous les deux. Il m'était alors facile de profiter de la situation, bien que je n'aime pas employer ce terme avec Meredith. Mais ma réputation de tombeur de nanas n'est pas née de la dernière pluie. Et tenter de l'embrasser dans sa cuisine la dernière fois, alors qu'elle était si mal, n'était pas mieux. J'ai l'impression que si Clothilde ne nous avait pas interrompus, nous aurions été un peu plus loin dans notre relation. Enfin, c'est peut-être pour ça que Meredith ne me rappelle pas. Elle a réfléchi et en a déduit qu'il n'y a rien à attendre de moi.

Heureusement que je vais la revoir normalement ce samedi soir au petit restaurant japonais situé en plein cœur de Paris. Max a lancé l'invitation en me disant que tous seraient présents. Et par tous, j'espère bien avoir compris que Meredith serait là également. Mais ce qui veut dire que Meredith a dû lui dire OK alors qu'elle ne prend pas la peine de répondre à mes appels. Ça craint et ça m'agace en même temps. J'ai l'impression d'être un puceau qui attend sa bien-aimée. Bon, pour le puceau, on repassera. D'autant que Meredith est loin d'être une vierge avec le nombre de relations qu'elle doit accumuler. Annie m'a dit vendredi dernier qu'elle n'arrivait pas à garder un mec plus d'une semaine. Eh bien ! Elle a la santé, moi je dis ! À plus de vingt-cinq ans, ça m'étonnerait qu'elle ne joue qu'à touche pipi… Et rien que d'y songer, ça me bouffe les tripes. Je suis encore plus jaloux depuis que je l'ai revue. Elle incarne la beauté féminine à son état pur. Même si j'ai l'impression qu'elle sous-estime l'effet qu'elle produit sur les hommes.

Surtout, sur les hommes comme moi…

À force de me regarder dans la glace pour réajuster ma chemise blanche, je vais finir par être en retard au restaurant. Je crois aussi que j'ai un peu abusé sur le parfum, mais je ne veux rien laisser au hasard. Je me suis même rendu chez le coiffeur à midi et dans un Barber Shop ensuite, afin de mettre toutes les chances de mon côté. J'espère que ça plaira au moins à Meredith…

Une demi-heure plus tard, lorsque je pénètre dans le restaurant, mes amis sont déjà tous installés autour d'une longue tablée rectangulaire. Je suis énervé, car à cause de mon retard, je ne peux pas être assis au côté de Meredith.

— Salut, Cé ! me dit Max en se relevant légèrement.

Je lui claque la bise comme nous avons l'habitude de le faire entre potes.

— Salut, Max ! dis-je à mon tour en jetant une œillade à notre petite assemblée.

— Tiens ! Tu te mettras ici, si tu le veux bien.

— Ai-je le choix ? lâché-je un peu énervé.

Je me retrouve en bout de table, comme si je n'avais pas été compté dans la réservation. Et d'ailleurs, qui est ce mec installé face à Meredith et qui a l'air de lui conter fleurette ? Je compte bien le savoir en disant bonjour à chacun. Elle sera bien obligée de faire les présentations. Je m'assure de saluer tout le monde en priorité et me réserve Meredith et son… Je n'arrive même pas à le dire, tant j'ai peur qu'il ne sorte déjà avec elle. Mais au moment où je m'approche d'eux, je vois Karine installée à une table située à notre droite. Oh, merde !

— Cédriiic ! Oh, c'est toi ! dit-elle en s'étant relevée pour me rejoindre rapidement.

Je ne peux l'éviter et me retrouve pris au piège entre ses mains qu'elle pose aussitôt autour de mon cou.

— Vilain, tu me manques depuis lundi dernier ! lâche-t-elle en posant sa bouche sur la mienne, sans plus de finesse.

— Hey, Karine ! dis-je en essayant de me délacer de ses bras qu'elle a resserrés autour de mon cou comme les tentacules d'une pieuvre. Tu vas bien ? ne sais-je que dire de plus en voyant le visage de Meredith se décomposer et son regard se froncer.

Elle en a même son petit nez retroussé. En temps normal, j'aurais aimé lui faire la remarque que sa grimace me rend dingue, mais là, je ne suis pas certain qu'elle soit prête à tout compliment de ma part. Je crois même qu'elle pourrait me tuer si ses belles prunelles ocre étaient des fusils. Mais pour l'instant, il me faut me débarrasser de Karine.

— Tu m'excuses, Karine, mais là, je n'ai pas le temps de discuter avec toi !

— Ooh, discuter ? Je pensais plutôt à autre chose, si tu vois ce que je veux dire… Tu sais, ce que l'on n'a pas pu faire au Ritz ni chez toi lundi parce que tu étais attendu ailleurs, coquin…

— Je n'ai pas le temps, là, Karine ! Je suis attendu, dis-je sur un ton un peu brusque.

Elle me regarde comme si ma phrase n'avait pas encore atteint son cerveau. Je me demande comment j'ai pu sortir avec une fille aussi sotte. Ma conscience me rappelle à mon bon souvenir : *c'est parce qu'elle est plutôt bien foutue et qu'elle n'a pas hésité à te faire une gâterie au bout de cinq minutes et encore moins à refuser d'écarter les jambes une heure plus tard dans ta voiture…*

OK, dit comme ça, j'ai l'air d'un profiteur ! Mais bon, je ne l'ai pas violée non plus, hein ! D'ailleurs, violer c'est mal ! J'espère qu'avec une phrase pareille, vous allez me trouver plus sympathique !

Je finis par réussir à me débarrasser de Karine en lui disant que je l'appellerai plus tard. Ce qui veut dire dans mon jargon : jamais ! Puis, je me retourne vers Meredith qui a l'air de n'avoir raté aucune de nos paroles. Je sens que la soirée va être compliquée…

— Salut, ma belle !

Elle me regarde avec des yeux de merlan frit ! Merde ! Qu'est-ce qu'il m'a pris de la nommer ainsi ? D'autant qu'aucun de mes amis n'a loupé ma courte phrase…

— Cé ! Tiens, tu as été invité et tu es là ! C'est trop gentil à toi de te joindre à nous alors qu'il semble que tu pourrais être ailleurs, avec qui tu vois, hein…

Et prends-toi ça dans les dents ! me dis-je en me penchant pour l'embrasser. Mais elle recule légèrement et me lâche :

— Je suis enrhumée et cela m'ennuierait de te contaminer toi et ta ou tes copines…

Je me prends à nouveau ce tomahawk dans la figure et je sens qu'elle n'en a pas fini avec moi…

— Mais je te présente mon *nouvel* ami, Adam.

Je serre la main d'Adam qui semble toutefois surpris pour une raison qui m'est inconnue. J'ai bien envie d'en savoir un peu plus, mais je ne veux pas me ridiculiser une seconde fois. Une fois avec Karine, ce devrait être suffisant et me permettre de survivre tout de même à cette soirée.

L'âme déçue, je m'en retourne vers Max et m'installe au bout de la table comme prévu.

De fil en aiguille, je finis par savoir qu'Adam est un ancien collègue de Meredith. Je me demande bien si elle sort réellement avec lui. Ce qui voudrait dire que notre baiser n'a pas vraiment compté pour elle.

Je passe tout le repas à l'observer et lorsqu'elle se rend aux toilettes, je ne peux m'empêcher d'avoir envie de la suivre. Je prends soin d'attendre deux bonnes minutes avant de me lever de table. Personne ne semble s'en apercevoir et cela me convient parfaitement.

Arrivé à l'entrée des toilettes mixtes, je n'ose pas y entrer. Je préfère attendre à cet endroit que Meredith ressorte des lieux pour lui parler. Mais à mon grand regret, au moment même où Meredith apparaît à ma vue et que je lui souris niaisement tant je suis heureux, Karine arrive derrière moi et m'attrape par la taille. Je me retourne aussi vite que possible pour lui faire front et tente en vain de la repousser tel que j'en ai le désir. J'avoue que son côté collant m'était très plaisant dans ma voiture six mois plus tôt.

Mais là ! Elle me pourrit mes retrouvailles avec Meredith ! Surtout en m'embrassant comme une sauvage.

Bon, c'est vrai que ça aussi ça m'avait bien plu dans le passé. Mais plus maintenant !

— E-cou-te, Ka-ri-ne, tenté-je de lui dire en essayant de me décoller de ses lèvres pulpeuses.

Mais elle n'écoute rien et poursuit ses assauts. C'est alors que Meredith ressort des lieux en me balançant au visage.

— La place est libre, si tu veux poursuivre plus intimement…

Je me prends de nouveau cette réflexion en pleine figure. J'arrive à me libérer de cette sangsue de Karine et m'en retourne à table. Le tableau qui se dessine alors à mes yeux me déplaît totalement…

22
Meredith

De retour à ma place, je me sens fortement en colère au fond de moi et tellement piteuse également. Comment ai-je pu croire que Cédric nourrissait des sentiments à mon égard ? Quel con ! Il est comme Leo ! Décidément, je n'attire que des profiteurs en tous genres ! Mais le voilà qui revient de son petit intermède des toilettes avec cette grande brune ! Elle le suit comme une chatte en chal… Je me résigne à ne pas laisser paraître ma colère et mon désarroi. Surtout quand je vois cette nana super bien foutue. Je me sens grosse tout à coup. J'ai envie de pleurer. Adam s'en rend compte et me prend la main dans la sienne.

— Tu es vraiment adorable, tu sais ! lui dis-je avec un sourire faible.

— Ne t'inquiète pas, ma chérie, je serai toujours là pour toi !

Adam me connaît très bien. Il était un peu mon confident chez *Bittoni & cie* et j'ai gardé le contact, car je l'apprécie beaucoup. Sans s'en rendre compte, Adam vient non seulement de me rassurer, mais également de me sauver la face. Cédric se réinstalle à sa place en me foudroyant du regard, de me voir si proche d'Adam.

Et cela me plaît !

J'en profite alors pour porter la main d'Adam à ma bouche et déposer un baiser sur le dessus comme pour lui dire que je l'aime. J'imagine facilement la scène que nous représentons et j'ai l'impression que cela en jette pas mal. Mais c'est vrai que j'oblige quelque peu Adam à tendre le bras complètement, voire l'étirer pour atteindre ma bouche. Ça fait un peu brouillon comme action, mais ça fait aussi son effet sur Cédric. Si cet imbécile savait qu'Adam est gay, je suis certaine qu'il jubilerait. Mais pour l'instant, c'est moi qui prends mon plaisir et je compte bien garder l'avantage sur lui…

Nous passons encore à peu près une bonne heure à table même si nous avons tous fini nos plats. Les desserts étaient succulents et je n'ai pu m'empêcher de prendre des rondelles d'ananas en beignet. C'est l'un de mes péchés mignons au restaurant japonais en plus de leurs brochettes bœuf-fromage.

Une valeur sûre pour moi qui suis toujours aussi allergique aux fruits de mer !

Je savoure mon thé au jasmin quand une personne arrive dans le restaurant et s'approche de notre tablée.

— Salut, tout le monde ! lâche l'homme qui vient d'arriver.

Il semble beaucoup plus âgé que nous tous qui tournons entre vingt-cinq ans et vingt-neuf ans. Il doit avoir au bas mot, pas loin de la quarantaine !

Lorsque je le vois se rapprocher de moi et plus précisément d'Adam, je me dis alors que ce doit être son grand frère. Mauvaise pioche ! Il s'agit de son copain. Ou bien de sa copine, allez savoir ! Dans tous les cas, je me trouve bien sotte soudainement. Surtout, lorsque je me risque un regard vers Cédric qui me fixe en me souriant.

Je sens que je ne vais pas apprécier la fin de la soirée…

Adam a quitté le restaurant avec son ami. Je me sens mal à l'aise en n'ayant plus personne en face de moi. Mais il n'est pas question de le montrer à Cédric ou à qui que ce soit d'autre. De toute façon, Max est accolé à Annie et personne d'autre n'existe lorsqu'ils sont ainsi, le regard plongé l'un dans l'autre. Charles, lui, n'a pas lâché Clothilde de la soirée, ce qui en soi n'est pas bien grave puisqu'elle n'est pas installée auprès de moi. Quant à nos quatre autres amis, ce n'est guère mieux ! Jérôme et Valérie ressemblent à un couple de cinquante ans bien qu'ils n'aient pas encore atteint la trentaine, et Patrick et Carole ont l'air de s'être disputés ce soir, mais bon, ce n'est pas la première fois qu'ils arrivent fâchés et qu'ils se rabibochent avant la fin de la soirée.

Puis, il y a Vincent…

Vincent qui n'a d'yeux que pour sa nouvelle conquête qui lui fait front. Tous deux me séparent des autres à cette longue table. Super, comme ça, ce n'est plus une impression : je leur tiens vraiment la chandelle !

C'est alors qu'avec surprise (je ne sais si c'en est une bonne ou une mauvaise tant je me sens bouleversée au fond de moi), Cédric arrive et s'installe à la place libre située en face de moi.

— Tu fais quoi, là ? lui demandé-je avec une petite grimace.

Tout en me fixant d'un regard perçant, il me répond avec ce sourire qui me fait tant craquer.

— Eh bien, comme tu peux le voir, je viens pour prendre de tes nouvelles puisque tu ne réponds pas à mes appels et que tu ne prends pas non plus la peine de me texter !

Je réfléchis rapidement en me disant que je n'ai reçu aucun appel de sa part. Enfin, c'est peut-être un peu normal du fait que j'ai changé de numéro et qu'il ne doit pas l'avoir. D'ailleurs, je me demande comment il a eu l'ancien. Mais je dois lui répondre afin de ne pas perdre la face. Après tout, il y a moins d'une heure, il avait sa bouche collée à celle de cette grande brunasse qui se trouve toujours dans la salle de restaurant et qui le dévore des yeux.

— *Euh,* toi non plus, d'ailleurs, tu n'as pas cherché à me joindre.

— Comment ça ? Je t'ai laissé au moins vingt messages et autant de textos ! lâche-t-il d'une voix étonnamment basse malgré le contexte.

Je suis heureuse de l'apprendre même si je ne veux pas le lui montrer. C'est alors que je me rends compte que nos amis ont tous tourné leur tête vers nous. Instinctivement, nous leur sourions aussitôt comme si de rien n'était.

Oufff ! Je crois qu'ils n'ont rien remarqué !

— Bon, tu as l'air d'aller mieux que la semaine dernière, on dirait ! me dit Cédric, ce qui me ressort de mes pensées.

— *Euh,* oui, j'ai finalement retrouvé un job ! Enfin, ce n'est que temporaire, car j'ai encore eu le chic pour tomber sur un patron… enfin, tu vois ce que je veux dire, lâché-je sans trop élever la voix, car seuls Clothilde et Cédric sont au courant de ce qu'il m'est arrivé dans mon ancien poste.

Et je ne sais toujours pas pourquoi j'accorde autant de temps de conversation à cet homme qui me fait front alors que je sais qu'il ne pourra jamais m'offrir ce que je recherche chez un homme. Il n'est pas stable !

Remarque, moi non plus !

Un petit silence s'est installé entre nous. Cédric me sourit et je me sens fondre littéralement. Il est si beau ce soir. Je crois qu'il l'est encore plus que les autres fois. Il a revêtu un costume trois-pièces d'un beau gris anthracite et avec sa chemise blanche et son gilet ajustés parfaitement sur son torse, j'ai l'impression d'être avec une star de cinéma. Je me remets à penser à ce superbe acteur turc, Kurt Seyit qui m'a donné quelques émotions, et je ne peux m'empêcher de trouver chez Cédric une certaine ressemblance avec lui.

Ne tombe pas amoureuse ! Ne tombe pas amoureuse ! me crie une petite voix dans ma tête. Mais c'est trop tard ! Je suis tombée amoureuse de Cédric dès l'instant où je l'ai rencontré. Cinq ans déjà, qu'il fait battre mon cœur ! Cinq ans également, que je l'évite tant il m'est douloureux de le voir avec ses conquêtes comme ce soir ! Rien que d'y songer, je me renfrogne dans mes pensées.

— Quelque chose ne va pas ? me demande-t-il en me prenant la main au creux des siennes.

Il lit en moi comme dans un livre ouvert et son geste me foudroie le corps, et me donne une ribambelle de papillons dans le ventre.

Ce n'est pas humain de faire autant d'effet !

Je m'en veux d'être aussi réactive au moindre de ses mouvements. Surtout, lorsqu'il caresse de ses longs doigts le dessus de ma main tant et si bien que je ne peux me résigner à la retirer. Je suis comme paralysée avec le plaisir en plus.

— Merd…crédi ! Ressaisis-toi ! me dis-je en silence.

Mais il est trop tard. Je lui souris bêtement et il sent qu'il a gagné, le bougre !

23
Meredith

Il est quatre heures du matin et je ne dors toujours pas ! Je ne me suis même pas encore changée pour me coucher. Je viens de passer quelques heures à mettre à jour mon blog et quelques posts. Ma mère est toujours l'une de mes abonnées et cela me fait maintenant sourire. Elle n'est pas active comme les sept autres.

Eh oui, mon blog commence à être populaire et j'en suis plus que ravie !

Je surfe un peu sur le net puis sur les réseaux sociaux. J'en profite pour regarder le profil de mes amis. Valérie a encore une fois publié des articles qui donnent mal à la tête, lorsque l'on arrive à la seconde ligne, quand elle ne nous perd pas avec des mots que plus personne n'utilise. Cette fille reste un mystère pour moi. Mais un mystère que je n'ai nulle envie de découvrir. Je me dirige vers le compte de Leo. Waouh ! Il est retourné avec Cindy depuis dix jours ! Je ne le dirai jamais, mais je suis contente pour lui en me disant que je n'étais pas celle qu'il attendait.

Moi, celui que j'attends n'a pas l'air de le savoir ou si peu !

Je recherche le compte de Cédric, car j'ai vu dernièrement, qu'il en avait ouvert un. Même s'il n'avait encore rien publié dessus, j'étais heureuse de voir sa photo de profil que je n'avais pu m'empêcher de regarder longuement.

Fixement.

Assez pour me faire surprendre par moi-même en posant mes lèvres sur celle-ci.

Je tape son nom et son prénom, mais, visiblement, son compte n'existe plus. Ah, non ! Le voilà ! Je fixe son visage et pose mes doigts sur sa photo comme si je pouvais le toucher. Mais j'oublie toujours que j'ai un téléphone tactile et aussitôt mon appareil me propose de voir la photo en grand. Je sélectionne l'option et voilà que Cédric me fixe de son beau regard bleu.

Je repense aussitôt à notre soirée de samedi soir au restaurant japonais alors que nous sommes déjà à l'aube du lundi. Cédric m'a raccompagnée chez moi et nous nous sommes juste séparés comme nous le faisions, il y a encore quelques mois. C'est-à-dire, en préférant les piques aux baisers. C'est mieux ainsi, car sans vraiment nous concerter, nous préférons ne pas montrer notre attirance commune à nos amis.

Bon, c'est aussi à cause du fait que nous n'étions pas seuls, car Carole est venue dormir à la maison. Elle ne s'est pas rabibochée avec Patrick, comme à leur habitude. Alors, dès la sortie du restaurant, il a été décidé qu'elle viendrait dormir à la maison tandis que Clothilde irait dormir chez Charles. Enfin, sans obligation et avec un plaisir évident pour mon amie de toujours ! Je suis d'ailleurs contente de la voir reprendre le chemin qu'elle s'était donné de suivre dès le commencement de son idylle avec Charles. Cet homme est quelqu'un de bien et en plus il l'aime comme jamais.

Lorsque Clothilde pénètre dans une pièce, le visage de Charles s'illumine à chaque fois comme s'il voyait un être extraordinaire. Ce qu'elle est bien réellement. J'adore Clothilde et je mentirais si je disais que nos baisers n'ont eu aucun effet sur moi. Mais je suis si distraite dans ma tête avec des pensées pratiquement toutes tournées vers Cédric que cela explique que j'ai pu apprécier les baisers échangés avec Clothilde. J'adore être embrassée et plus encore lorsque le garçon me plaît vraiment. Bon, c'est certain qu'avec seulement trois relations écourtées avant même de commencer, ce n'est pas peu dire, il est clair que le choix était très mince. Sachant qu'en plus, j'étais assez tardive au démarrage relation fille-garçon, car ce qui m'intéressait vraiment avant d'avoir vingt-cinq ans tout en vivant toujours chez ma mère, c'était de vivre par procuration la vie de ces filles que l'on retrouve dans les films de comédies romantiques. Donc, quasiment impossible, à moins de s'appeler Bridget Jones, Anna Scott ou bien encore Vivian Ward !

Mais les baisers de Cédric étaient bien différents de tous ceux qui m'ont été donnés. Il y a dans chacun de ses baisers ce petit quelque chose de plus qui, au tréfonds de moi, m'agite. Et depuis que j'ai revu Cédric, plus rien ne me paraît identique. Rien que d'avoir ces pensées-là, l'image de Cédric se présente à moi tandis que sa photo a disparu de mon téléphone portable quand l'écran s'est mis en veille. Mais son visage semble imprimé dans mon esprit. Je sens mon cœur s'affoler. J'ai envie de lui envoyer un texto ou bien de l'appeler, mais j'ai aussi encore en tête l'image de cette brune du restaurant japonais suspendue à son cou et qui l'embrassait…

Merd…credi ! Je suis jalouse alors que je ne sors même pas officiellement avec lui !

Et dire que j'ai dû passer pratiquement toute une nuit blanche à écouter Carole me raconter toute leur histoire, alors que moi, j'aurais bien voulu parler de Cédric. Mais avec Carole, cela aurait été impossible. Elle est incapable de garder un secret, secret ! Alors, pour la célibataire que je suis, ce fut une torture de l'écouter parler de Patrick ceci, Patrick cela !

Un sourire se dessine sur ma bouche en repensant comment elle a dû me secouer par moment pour que je ne sombre pas complètement dans le sommeil. Et quand je dis secouer, ce n'est pas qu'une métaphore…

Et la journée de dimanche ne fut guère mieux ! C'est là que je me dis que sept années de vie commune, c'est beaucoup, car Carole et Patrick, ils en ont vécu des choses. J'avais l'impression à la fin de nos multiples conversations sur le sujet que tous deux avaient au moins 103 ans d'existence !

Je regarde l'heure sur mon mobile et je me rends compte qu'il est déjà cinq heures du matin. Je crois qu'une petite tisane au miel pourrait m'aider à trouver le sommeil même s'il ne me reste pas longtemps à dormir… Mon alarme de réveil risque de ne plus tarder à sonner.

Soudain, en traversant notre petit couloir pour me rendre dans la cuisine préparer mon breuvage, j'entends une voix dans la chambre de Clothilde. Bien entendu, ce n'est pas Carole, car elle est rentrée chez elle dimanche en fin d'après-midi après avoir accepté de revoir Patrick. Alors, dès que celui-ci est arrivé avec un gigantesque bouquet de fleurs et des excuses qui ont eu l'air de la combler, ils sont repartis ensemble comme si de rien n'était. Ils m'ont tuée !

De nouveau, j'entends du bruit dans la chambre de ma douce amie. Je m'y rends et m'arrête juste devant sa porte que j'entrebâille légèrement. Je souris en me rendant compte que Clothilde parle encore en dormant. Cela lui arrive fréquemment si bien que lorsque nous étions internes, on nous appelait *le vilain petit canard et la Belle qui parle en dormant*. Je vous laisse deviner laquelle de nous deux était surnommée *le vilain petit canard* ! Voilà ce que c'est que d'écoper à la pelle les relations les plus douteuses avant même d'échanger un baiser ! Mais bon ! Si depuis, j'ai survécu à ce surnom, il n'en est pas moins que mes trois uniques relations n'ont pas survécu à plus de quelques jours chacune. Et je me refuse à parler de Cédric ! On ne peut pas appeler ça une relation…

Avec toujours un sourire aux lèvres, je regarde Clothilde marmonner des paroles incompréhensibles. Elle est si drôle, car en plus, elle a les yeux ouverts. La première fois que c'est arrivé, alors que nous dormions ensemble, j'ai cru que j'allais mourir sur place d'une syncope, tant j'ai eu peur. J'avais l'impression d'être dans *SAW 6*.

En me répétant le titre de ce film, je songe qu'il ne me faudrait jamais raconter ça de vive voix ! Déjà que je me sens boudinée dans mon corps, si en plus on me prend pour une saucisse, je serai encore une fois au bout de ma vie ! Je ris discrètement à ma blague qui, comme toutes celles qui me viennent en tête, ne fait rire que moi. Mais comme dirait ma mère : « c'est déjà ça ! »

Finalement, je me demande si je dois réveiller

Clothilde. Elle dort si bien. C'est alors qu'elle répond à ma question restée silencieuse lorsqu'elle referme les yeux et se tourne sur le côté opposé où je me trouve. Elle dort plus paisiblement et je l'entends à peine respirer.

Je m'éloigne de son lit et me dirige vers la cuisine. Je me prépare en moins de trois minutes une tisane avec deux belles cuillères de miel. Ma tasse en main, je retourne dans ma chambre. Je reste les yeux dans le vide en dégustant mon délicieux breuvage encore trop chaud pour l'avaler d'une traite. Je préfère alors poser ma tasse sur ma table de chevet et me saisis de mon mobile. Je fixe l'écran en me demandant si ce serait raisonnable d'envoyer un texto à Cédric, surtout à cette heure-là. Mes mains tremblent un peu lorsque j'ouvre mon *iMessage* et commence à en rédiger un…

— Tu dors ?
— C'est qui ?

Mince ! C'est vrai qu'il n'a pas mon nouveau numéro.

— C'est une erreur, excusez-moi…

Je sais, c'est nul, mais je n'ai pas trouvé autre chose à lui répondre.

— C'est toi, Meredith ?

Punaise ! Il a installé une caméra chez moi ou quoi ! Cédric sait toujours ce que je pense avant même que je ne parle. Mais là ! C'est du paranormal ! Pourtant, je ne peux m'empêcher de sourire. Je suis même heureuse qu'il m'ait reconnue, je ne sais comment.

Je sais, je suis faible, mais je vous avais déjà prévenus…

Cependant, une idée tordue jaillit en moi. J'ai bien envie de savoir si je compte pour lui. Alors je décide de lui répondre « non ».

— C'est qui alors ?

— Qui voudriez-vous que je sois ?

Je croise les doigts en espérant qu'il n'ait véritablement aucun moyen de me reconnaître.

— Une femme, j'espère…

Le salaud ! Il est déjà en train de se faire un nouveau plan c… ! Mais j'ai besoin de savoir ce qu'il a dans la tête si ce n'est autre part, d'ailleurs !

— Oui…

— Une photo ?

Le couillon, il veut une photo ! Mais je vais lui envoyer la photo de qui ? Merd…crediiii ! Je fonce sur Facebook et j'enregistre l'une des photos que Leo avait postées sur son compte. Cindy fera très bien l'affaire !

— Waouh ! Je suis un chanceux ! T'es plutôt pas mal foutue ! rétorque-t-il aussitôt.

Le bougre ! Trop énervée et prise à mon propre piège, je décide de ne plus répondre à ses textos. Mais les petites sonneries d'alertes résonnent les unes derrière les autres durant les longues secondes qui s'écoulent et pendant lesquelles j'ai placé mon mobile sous mon oreiller. Je décide de ne pas lire ses messages et décide même de mettre mon portable sur silencieux. Je me rallonge dans mon lit et je me mets soudain à pleurer. Je hais ce que je suis ! Je ne plais à personne avec mes rondeurs ! Et si je ressemble plus encore à ma mère en vieillissant, je me suicide ! En pensant à elle, je me souviens que j'ai oublié de répondre aux textos qu'elle m'a envoyés plus tôt dans la journée. Je finis par m'endormir en songeant que ce n'est pas bien grave et que j'irai la voir demain soir…

24
Cédric

En rentrant du restaurant, hier soir, j'ai consulté mon mobile et je me suis aperçu que Meredith ne m'avait pas menti lorsqu'elle m'avait affirmé m'avoir envoyé des textos. En fait, il y en avait une multitude et j'ai adoré les relire même si certains sur la fin étaient plutôt assassins. Bien que tout soit, semble-t-il, rentré dans l'ordre maintenant, il est clair que je m'en veux terriblement. En fait, je me rends compte que je ne suis qu'un imbécile et que tout ça, c'est uniquement de ma faute. Depuis que j'ai revu Karine en Espagne, j'avais décidé de bloquer plusieurs numéros inconnus après avoir reçu plusieurs appels de mes ex-copines avant de comprendre, hier soir, que l'un d'eux était le numéro de Meredith. Même s'il m'était impossible de savoir qu'elle avait changé de numéro ! J'ai donc aussitôt enregistré son numéro sous son nom et je l'ai même noté sur un papier au cas où je perdrais de nouveau mon portable.

C'est pour dire si je tiens à elle !

Aussi, dans notre petit échange de cette nuit, j'ai voulu la taquiner et maintenant, je le regrette amèrement, car elle n'a plus du tout répondu à un seul de mes SMS. Cela me rend dingue d'être aussi con ! Je meurs d'envie de la revoir et de lui dire tout ce qu'elle représente pour moi. J'ai envie de me stabiliser dans ma vie et je n'imagine pas un seul instant que Meredith ne fasse pas partie de celle-ci !

Je n'ai pas réussi à me rendormir et il était trop tard d'ailleurs pour le faire. Alors je me suis préparé pour aller taffer. Lorsque je ne me sens pas très bien, c'est la seule chose qui me calme en dehors des instants que j'ai pu passer auprès de Meredith. Mais il me semble que tout cela est maintenant corrompu. J'avoue ne pas savoir quoi faire pour lui faire comprendre que je l'aime !

Je regarde une dernière fois mes messages, mais aucun n'émane de Meredith. Je balaye rapidement les e-mails reçus dans la nuit. Je suis surpris d'en lire un émanant de mon grand patron, celui qui se trouve au-dessus de Renato et Juan. Il veut me voir en visioconférence à 16h00. J'espère que ce n'est pas pour une mauvaise nouvelle. Non, je me dis que cela est impossible avec le chiffre d'affaires que j'ai par mois !

Une heure plus tard, j'arrive au boulot et je suis content d'y retrouver déjà deux de mes meilleurs collaborateurs. Je suis bon, voire excellent dans ce que j'entreprends, à tout le moins, dans mon boulot, mais je sais que sans une bonne équipe, je trimerais pour réussir à atteindre mes objectifs. Je suis jeune, c'est vrai, mais je crois que mes patrons ont compris que j'étais assez mature pour manager toute une équipe de vingt personnes. Certains l'ont mal pris au départ, surtout les plus âgés de l'équipe qui sont également les plus anciens. Mais depuis que j'ai réussi à instaurer une certaine confiance, cela roule tout seul. Je me dis que je suis au moins satisfait par quelque chose dans ma vie si solitaire…

25
Meredith

Je me rends compte, en me réveillant ce matin, que je me suis endormie tout habillée sur mon lit. Si ma mère voyait ça, elle me truciderait ! Mais mes pensées retournent déjà vers Cédric auquel je pense depuis la veille et qui est encore bien présent à mon réveil. Je ne sais où je vais avec lui et si d'ailleurs, nous avons déjà une histoire… Je repense aussitôt à ce que ma mère me dit toujours à propos des hommes : « Si tu veux être heureuse, ma fille, il te faut un homme qui te respecte autant que tu le respecteras. »

Je me dis alors qu'avec Cédric, c'est mal barré !

Pourtant, je me saisis de mon mobile que je n'ai pas touché depuis que je l'ai mis sur *silencieux* cette nuit. Je vois sur mon application *iMessage* que j'ai reçu sept textos. Je n'hésite qu'une seconde pour l'ouvrir et les lire. C'est alors que je me rends compte que Cédric savait que c'était moi depuis le début. Je me sens encore plus stupide en les lisant.

« 04h07 : T'es plus là, la grande brune à forte poitrine ? »

« 04h08 : Bon, allez, Meredith ! Réponds ! Je sais que c'est toi ! »

« 04h11 : Tu ne vas tout de même pas m'en vouloir alors que c'est toi qui m'envoies la photo d'une nana que tu penses certainement supérieure à toi pour je ne sais quelle raison ou pour me faire croire à je ne sais quoi ! »

« 04h13 : J'aurais préféré que tu m'envoies une photo de toi ou plutôt que tu me dises de venir te voir… »

« 04h17 : Bon, tu ne veux toujours pas me répondre ! »

« 04h18 : Alors je vais rester les yeux grands ouverts rivés sur mon écran jusqu'à tant que tu veuilles de moi. »

« 04h25 : Aie pitié de moi… Appelle-moi ! »

Je relis plusieurs fois ce dernier message. Il me fait sourire en l'imaginant se languir de moi. Je sens mon cœur battre la chamade en sachant qu'il nourrit obligatoirement des sentiments à mon encontre pour me dire ça. Bon, peut-être que je suis un peu trop fleur bleue, mais l'espoir fait vivre ! J'appuie sur *répondre* à son dernier message en me dirigeant rapidement vers les toilettes en me disant que boire une tisane cette nuit n'était pas une si bonne idée !

Trop diurétique !

Ni une ni deux, j'entrouvre rapidement la porte des w.c. pour m'asseoir sur la cuvette. Mais la porte cogne sur le mur et revient presque à sa place, juste dans mon axe de passage. La douleur qui surgit dans mon pied lorsque mon petit doigt bute sur la tranche de la porte m'oblige à pousser un cri digne de l'héritage de Mariah Carey dont je suis loin d'être la descendante. Mais si tout cela paraît effroyable, un phénomène surnaturel surgit dans un même temps lorsque j'aperçois mon portable prendre seul son envol.

Bien sûr, il ne me vient absolument pas à l'idée que c'est moi qui l'ai laissé m'échapper…

Alors, restée interdite, la bouche béante délivrant toujours d'une voix criarde un chant loin d'être céleste, j'écarquille les yeux comme jamais avant d'entendre un énorme plouf !

Oh, malheur ! Ça y est, je me rends compte que c'est moi seule qui viens de laisser tomber mon nouvel iPhone dans la cuvette ! Avec les épaules affalées, et toujours une grande envie de me soulager, je me dis que je ne suis qu'une cruche…

Je repense aussitôt aux paroles de Clothilde : « plonge-le dans des grains de riz secs ! »

Oui, je sais ! C'est vexant quand votre meilleure amie ajoute l'adjectif *sec* à ce genre d'expression…

Je m'exécute rapidement pour récupérer mon portable avant de me soulager. Durant ces quelques longues minutes de solitude, je songe que ma mère serait heureuse d'apprendre que je ne me suis pas cassé le petit doigt de pied. Mais en fixant mon portable que j'ai momifié avec du papier de toilette, je me dis clairement que s'il ne redémarre pas, il est clair que ma mère va me tuer !

26
Cédric

Je suis extrêmement déçu par Meredith. Elle n'a pas répondu à un seul de mes textos. Je me demande bien à quel jeu elle joue avec moi !

Je consulte mes e-mails pros sur mon mobile et je vois que je suis encore relancé par mon big boss avec qui j'ai eu un entretien en visioconférence cet après-midi. Il m'a annoncé qu'il aimerait que je parte six mois en Espagne pour assurer l'ouverture d'un second magasin. Celui-ci sera le plus grand de l'Enseigne. Je n'ai pas encore trente ans et l'on me confie cette grosse responsabilité, tout ça parce que les chiffres du magasin que je tiens à Paris sont les meilleurs d'Europe. Tous les autres sont au-dessous de ce qui est attendu par la grande direction espagnole. Cependant, j'hésite à accepter le poste. Meredith compte énormément pour moi, même si tout n'est pas bien clair entre nous. Si elle s'engageait un peu plus dans notre relation, cela pourrait très bien faire balancer mon souhait de refuser l'offre qui m'est faite. J'ai encore deux semaines pour me décider. Si je n'arrive pas à faire comprendre à cette tête de mule que je l'aime, je crois bien que j'accepterai le job.

Enfin, je verrai bien ce qu'il se passera !

Alors, je décide de me rendre chez elle en fin d'après-midi afin d'avoir une discussion sérieuse et surtout, prendre le temps de l'embrasser. J'en meurs d'envie !

Je suis certain qu'elle se trouve déjà chez elle puisqu'elle m'a dit, lorsque nous avons enfin réussi à discuter un peu plus normalement au restaurant samedi soir, qu'elle avait retrouvé un job et que celui-ci était à mi-temps.

Alors que je gare mon véhicule devant son immeuble sur le trottoir d'en face, je la vois carrément dans les bras d'un homme. Celui-ci est loin d'être un mec de mon âge. Il doit avoir dix ans de plus que moi. Et plutôt bien foutu ! Merde !

OK ! Effectivement, je me suis bien trompé sur elle ! Je ne peux toutefois détacher mes yeux du couple qu'ils forment. La colère me submerge et je redémarre mon véhicule avant de partir en trombe de la rue afin de les fuir et surtout de la fuir, elle…

Je rentre chez moi totalement dépité. J'ouvre mon ordinateur portable et fonce directement sur mes e-mails pros.

« Hola, quería agradecerle su oferta y anunciar que acepto el puesto. No es necesario esperar dos semanas para irse. ¡Estoy operativo mañana por la mañana![3] […] »

Je referme mon PC et m'allonge sur mon lit tout habillé. Je me sens pour la première fois, insatisfait de ma vie. J'ai tellement l'habitude de réussir tout ce que j'entreprends qu'avec Meredith, j'étais certain, il y a encore quelques heures, que je pouvais construire quelque chose

---

[3] En espagnol dans le texte : Bonjour, je tenais à vous remercier pour votre offre et vous annoncer que j'accepte le poste. Pas la peine d'attendre deux semaines pour partir. Je suis opérationnel dès demain matin !

avec elle. Je me suis pitoyablement planté ! En fin de compte, Meredith est au féminin, ce que j'ai été durant plusieurs années : un homme ou plutôt dans son cas, une femme qui aime prendre du bon temps !

Tu n'es qu'un couillon ! me dis-je les yeux légèrement brillants de peine, en décidant de faire ma valise pour mon départ imminent.

J'ouvre mes armoires, mes tiroirs, tout ce qui contient mes vêtements, et m'en saisis tout en continuant de maronner sur mon sort. Le constat est difficile à avaler : Meredith sort avec un gars qui n'est pas moi !

Je ne peux m'en prendre qu'à moi-même, mais mon cœur pèse si lourd dans mon torse que j'en ai du mal à respirer. Je n'arrive pas à contrôler la rage qui m'envahit. Je n'arrive pas à comprendre comment elle peut préférer ce mec à moi !

Mais si ! Au tréfonds de ma tête, je le sais : j'ai voulu jouer et j'ai perdu !

Je finalise ma valise qui contient du linge pour une seule semaine. Je sais qu'en Espagne, je n'aurai aucun mal à me refaire une penderie de costumes avec le job que je fais. Je veux partir d'ici avec une valise légère, mon cœur est bien assez lourd comme ça !

Mais lorsque la sonnerie de ma porte retentit une heure plus tard, je fonce dessus mon interphone en espérant qu'il s'agisse de Meredith. À mon grand désespoir, c'est Viola, une autre de mes ex-nanas.

— Je passais dans le coin et je me suis dit que ce serait bien de monter te voir. J'ai une petite heure à tuer…, lâche-t-elle avec un rire coquin.

— Je ne suis pas seul, Viola…

Pourtant, je ne sais pas ce qu'il me prend. J'appuie sur le bouton qui débloque la gâche. Je soupire en l'entendant monter les escaliers avec ses escarpins à talons aiguilles. Je me rends compte qu'elle idolâtre toujours ce genre de chaussures.

C'est certainement le désespoir qui m'a fait lui ouvrir. Je pense sans cesse à Meredith et la présence de Viola est comme un exutoire à ma colère. À peine, Viola arrive-t-elle devant ma porte que je l'attrape aussitôt par la taille.

— Effectivement, tu n'es pas seul, murmure-t-elle en glissant directement sa main sur mon entrejambe.

Sans réfléchir plus en avant, je l'embrasse à pleine bouche. Je la sens amollie entre mes bras et ses gémissements affolent plus encore mon entrejambe gonflé tant par le désir que par le désespoir.

Arrête de penser à Meredith, me dis-je en étant un peu plus entreprenant avec ma compagne de l'instant.

Je continue de la caresser sans tendresse et elle se laisse faire. Je sais qu'elle aime être soumise. Je songe instantanément à Meredith qui doit en faire de même dans les bras de son chippendale. Soudain, ma colère se retourne contre moi et je m'arrête dans mon élan alors que je m'apprêtais à déshabiller Viola.

— Excuse-moi, Viola. Je ne peux pas.

— Comment ça, tu ne peux pas ! Tu baisses ton pantalon et tu me baises, c'est aussi simple que ça !

— Non, ce n'est plus si simple, Viola. Pars, je t'en prie.

— Loser[4] ! lâche-t-elle en se réajustant. Tu viens de me faire perdre mon pari avec Karine ! J'étais certaine qu'avec

---

[4] Loser en anglais dans le texte : Perdant.

moi, tu ne te dégonflerais pas comme avec elle. T'es vraiment devenu con, apparemment !

Lorsque Viola quitte mon appartement, je prends la mesure de ce que j'ai failli faire par dépit.

Je décide de prendre une douche afin de calmer toute la colère et le mépris que je me porte.

Effectivement, Viola a raison ! Je ne suis qu'un loser…

27
Rose

Meredith me fait la visite surprise. Heureusement que Boris n'est pas là aujourd'hui. Non pas que sa présence me dérange, mais je reste inquiète quant à l'attitude que ma fille pourrait avoir avec lui. Je les aime tellement tous les deux que je ne pourrais pas me séparer de l'un au détriment de l'autre. J'aime mon enfant et elle sera toujours dans mon cœur. Mais le jour où elle aura une vie stable et aura encore moins besoin de moi, que deviendrais-je si je suis totalement seule ? Boris est ma dernière chance d'être heureuse, je le sais et je ne peux laisser passer ce bonheur qui s'est mis sur ma route. Je vais essayer de ne pas y penser pour le moment et profiter du fait que ma fille daigne me rendre visite, fut-ce à nouveau, une visite impromptue. Surtout, que je suis contente de la voir, car cela fait plusieurs jours que je ne l'ai vue et elle me manque tellement ! Mais je lui trouve le visage défait et les yeux un peu gonflés, ce qui est suffisant pour m'inquiéter.

— Ça va, ma puce ?

— Pas vraiment !

— Viens, lui dis-je en lui tendant mes bras.

— Je ne comprends rien à la vie ! me dit-elle à peine le pas de porte enjambé en se jetant dans mes bras. Je me sens mal, je suis moche, je déteste mon corps, maman ! Je hais toutes ces rondeurs qui me font mal !

— Allons ! Arrête de dire des bêtises ! Tu es belle comme un cœur !

— C'est bien ce que je dis ! Tu as déjà vu la véritable forme d'un cœur ! C'est rondelet ! Gros ! Exactement comme moi !

— Tu dis n'importe quoi, tu sais !

— Non, c'est la vérité !

— Non, mais, t'entends-tu parler ? Il n'y a que toi pour te comparer à un organe.

— Et s'il n'y avait que ça !

J'écarquille les yeux en ayant une moue sur le visage qui habituellement a le don de faire parler Meredith, sans que j'aie besoin de lui dire un mot. Devant son silence, je patiente donc debout toujours face à elle avant de la serrer de nouveau dans mes bras.

— Aucun homme n'a envie d'avoir une fille qui ressemble déjà à une grand-mère..., lâche-t-elle toujours serrée contre moi.

— Si tu prenais la peine de te regarder véritablement dans une glace, tu verrais que tu es belle et jeune, et bien loin de ressembler à une grand-mère ! dis-je en la repoussant légèrement afin de me plonger dans son regard pour la convaincre que j'ai raison.

— Alors pourquoi personne ne veut de moi ! Hein ? Pourquoi les seuls êtres qui m'entourent sont-ils, soit mes amis de toujours, soit des voisins gays ou plus âgés que moi ?

— De quoi parles-tu ?

— Je suis ta fille et il me coûte de discuter de ça avec

toi ! Mais j'ai vingt-cinq ans,

— Bientôt vingt-six !

— Oui, eh bien, c'est encore pis ! Je n'ai pas d'amoureux, aucun homme ne me regarde comme je l'espèrerais et pour couronner le tout, je me suis tordu la cheville en rentrant chez moi hier !

— Comment tu t'es débrouillée avec ces chaussures ? demandé-je, surprise, en voyant celles totalement plates qu'elle a chaussées.

— Eh bien, j'ai voulu mettre des hauts talons pour plaire à un homme et j'ai été incapable de marcher avec normalement. Je me suis rétamé la figure à peine le pied sur le trottoir. Et pour avoir un peu plus la honte, c'est mon voisin du premier étage qui m'a découverte ainsi et ramenée chez moi.

— Tu as un amoureux alors ?

— Non, pas vraiment ! Enfin, je parle de celui que j'espérais rejoindre, Cédric, et non pas mon voisin.

— Oui, j'ai compris, Meredith !

— Eh, bien Cédric n'est pas l'homme que j'aimerais qu'il soit.

— Est-ce que tu as discuté avec lui ?

— Maman ! Tu crois que je vais aller le voir et lui dire : « Hé, tiens, au fait ! Ce serait bien si tu m'aimais vraiment et que tu arrêtes d'avoir des filles dans ta vie autre que moi ! » C'est clair ! Il va me dire « oui » tout de suite !

J'observe ma fille et je ne sais pas vraiment comment la réconforter pour la première fois de ma vie si ce n'est que je regarde toutefois sa cheville au cas où celle-ci serait plus esquintée que je ne m'en soucie déjà.

— Non, ma cheville va mieux, je t'assure. Glace et

sachet de camomille ! s'exclame-t-elle fièrement d'avoir su se soigner toute seule.

Moi, je reste fière de voir qu'elle a retenu l'une de mes recettes, héritage de ma propre grand-mère.

— Si tu veux tout savoir, après que mon cher voisin m'ait portée jusqu'à chez moi et que j'aie réussi à me soigner toute seule, j'ai enfilé cette paire de ballerines pour aller voir Cédric. Je m'étais dit, après tout, que c'était peut-être à moi d'aller le voir après les messages qu'il m'avait envoyés la veille et pour lesquels je n'ai pu lui répondre.

— Ton portable ne fonctionne déjà plus ? m'interloqué-je en repensant au prix que celui-ci m'avait coûté.

— Si, si ! Enfin, je t'expliquerai après, hein ! Je continue ou tu en as marre de m'écouter !

— Plutôt que de dire de telles sottises, continue ! dis-je sur un ton un petit peu sec, du fait de ne pas trop apprécier de me faire remettre à ma place alors que je me plie toujours en quatre pour elle. Je me sens contrariée alors que cette chipie a déjà repris le fil de notre conversation.

— Et quand je suis arrivée devant chez Cédric, j'ai vu deux filles devant chez lui dont une sortait tout juste de son entrée. Elles discutaient et riaient en même temps et cela m'a totalement effrayée.

— Mais tu les connaissais ces filles !

— Non ! Bien sûr que non ! Sauf que je sais que l'une d'elles est une ex-copine de Cédric. Si ça se trouve, l'autre aussi ! ajoute-t-elle, les larmes aux yeux.

— Oh, ma fille, dis-je en la serrant contre mon cœur. Allez, ça va passer, crois-moi.

— Mais je ne veux pas que ça passe, maman ! Je l'aime

cet imbécile !

— Mais tu ne peux pas imaginer sortir avec un garçon qui accumule les filles, tel que tu viens de me le décrire…

— Tu vois ! Je suis nulle ! J'aime un homme qui couche à tout-va et à moi, personne ne m'aime ! En plus, je ressemble à une grand-mère avec ces ballerines ! s'exclame-t-elle.

— Arrête de dire de telles âneries et regarde-toi plutôt !

— Je ne le peux pas, maman !

— Et pourquoi, ma fille ?

— Parce que…

— Parce que quoi ! m'exclamé-je, surprise par mon propre ton.

— Parce que je te ressemble… et je n'en ai pas envie !

Seigneur ! Je me sens totalement effondrée. Comment peut-elle penser cela ? On ne se ressemble absolument pas. Certes ! On a un vague air de famille et elle a hérité de mon sourire, mais notre ressemblance s'arrête là. Pourtant, je me sens mal au fond de moi et ses paroles sont dures à encaisser. Qu'est-ce que j'avais fait durant toutes ces années ? Tous ces secrets gardés au fond de moi m'avaient fait du mal, mais plus encore à ma fille chérie. Je l'aime tant que je ne peux lui révéler la vérité. Je sais que si je le fais, je la perds aussitôt. Comment lui avouer qu'elle n'est pas ce qu'elle pense être ? Des larmes envahissent mes yeux quelque peu ridés et je n'ai tout juste que quarante-trois ans ! Le poids du mensonge est quelque chose qui me ronge. Boris ne cesse depuis plusieurs jours de me dire qu'il faut que je parle à ma fille. Et en cet instant, je sais qu'il a totalement raison. Je dois lui dire.

Allez, prends ton courage à deux mains ! continué-je de

me dire en silence.

Meredith me regarde le visage malheureux. Je sais qu'elle pense m'avoir blessée alors qu'en fait, c'est moi qui le fais silencieusement avec mes secrets. Sans un mot, je me dirige avec elle vers le canapé et l'enlace de nouveau de mes bras maternels. Une pensée m'assaille alors qu'elle se laisse glisser au creux de mes bras.

— Je te prie de m'excuser, maman. Ce n'est pas ce que je voulais dire, mais je ne suis pas comme les filles de mon âge, tu vois. Je rêve d'être embrassée et d'être aimée et même d'avoir cette stupide jambe pin-up !

Furtivement, je comprends de quoi elle parle, et je me souviens d'un blog sur lequel je me suis abonnée dernièrement par hasard. Cette blogueuse rêve d'avoir la jambe pin-up. C'est en lisant ses commentaires que j'ai compris ce que c'était et l'effet que cela produisait. Je le sais aussi, car lorsque Boris m'a embrassée la toute première fois, c'est ce qu'il m'est arrivé.

Oh, comme j'ai envie de dire à ma fille que cela existe ! Que cet effet est réel !

Mais ma gorge est bien trop serrée et je n'arrive pas à lui répondre. Alors, je l'enlace un peu plus contre moi. Je prends le temps de m'imprégner de son odeur. C'est peut-être la dernière fois qu'elle se laissera étreindre ainsi par mes bras. Mon cœur me fait mal, rien qu'à l'idée de la perdre. Je l'aime tellement ! Tous ces messages, tous ces appels qu'elle ne supporte plus ne sont qu'un appel de détresse de ma part. Jamais je ne l'ai surveillée pour l'ennuyer. Je veux juste la protéger, être certaine qu'elle va bien. Je sens qu'il est l'heure de lui faire mes aveux. Peut-être que cet équilibre qui lui fait tant défaut va enfin se montrer au fond d'elle et lui donner cette bouffée d'oxygène qu'elle désire tant !

Mais au moment de m'y prêter, ma fille me coupe dans mon élan.

— Je voulais te dire aussi que Clothilde risque de quitter l'appartement pour vivre avec Charles.

— Hmm..., dis-je la bouche fermée.

J'avoue que c'est tout ce qui me vient à l'esprit.

— Je risque d'avoir quelques soucis pour mon loyer si je dois le régler toute seule, si tu vois ce que je veux dire, maman.

— Oui, je vois. Mais ne t'inquiète pas pour cela, pour le moment. Je...

— Je pourrai aussi revenir vivre ici, avec toi ? lâche-t-elle en me coupant la parole sans s'en rendre compte.

Je me sens déglutir à cette folle idée. Cette enfant va me rendre dingue !

— Enfin, si toi et ton *simple* collègue n'y voyez pas d'objections.

— Mais de quoi parles-tu, Meredith ?

Je me sens à bout en cet instant. En fin de compte, Boris avait raison. Elle nous a bien vus lors de son appel vidéo. Je m'en veux terriblement d'autant que je ne sais pas comment me sortir de cette conversation. Je la vois soudain plisser le regard et faire une petite grimace comme quand elle était petite et qu'elle venait de faire une bêtise.

— Au fait, maman ! Je ne travaille plus chez *Bittoni & cie* et j'ai fait tomber de nouveau mon nouveau portable dans les w.c., lâche-t-elle presque dans un murmure.

J'avoue que j'ai beau l'aimer à la folie, mais sur l'instant et, interrompue dans ma confession, je l'étriperais bien un tout petit peu !

28
Clothilde

Je suis enfin de retour à la maison après plusieurs jours d'absence. Charles et moi avons décidé de vivre ensemble. Cela fait plusieurs fois que nous passons quelques jours ainsi afin de nous assurer que tout est pour le mieux entre nous. Et c'est le cas. Il ne me reste plus qu'à annoncer à Meredith mon départ prochain pour emménager avec mon amoureux. Mais avant de m'engager dans cette conversation, j'aperçois un saladier avec au moins deux kilos de riz secs dedans, le tout posé sur notre petite table basse.

— C'est quoi ça, ma biche ?
— Mon tél. !
— Nan ! Le nouveau ?
— Oui ! J'ai suivi ce que tu m'as dit de faire, mais je ne l'ai pas encore allumé.

Je plonge ma main dans le saladier et retire du riz, l'iPhone quasi neuf. J'appuie sur le bouton et il s'allume aussitôt.

— Il fonctionne ! m'exclamé-je.
— Tu vois que je peux très bien me débrouiller sans personne.
— Oui. Et il le faudra bien, hein !

— C'est clair, avec le courrier que tu as reçu, je me doute bien !

— Lequel ?

— Celui-ci ! s'exclame-t-elle avant de prendre une voix différente. Cartonet's, les emballages qu'il vous faut ! Je suppose que c'est pour votre déménagement !

— Oui, effectivement, je ne peux rien te cacher ! réponds-je en riant.

— Je le savais ! J'en ai même parlé à ma mère !

— Ooh ! laissé-je échapper, quelque peu surprise. Et qu'est-ce qu'elle a dit ?

— Que c'est dans l'ordre des choses ! Elle te souhaite tout le meilleur du monde, comme toujours. Tu sais à quel point elle t'aime !

— Ta mère est une crème !

— Oui ! dit-elle tout simplement, en souriant, l'air heureux.

On se regarde en chiens de fusil avant que Meredith ajoute :

— Vous comptez emménager ensemble à quelle date ? Après les grandes vacances sans doute...

— *Euh...* plutôt d'ici la semaine prochaine.

— Hein ! Déjà ?

Je remarque aussitôt des larmes qui remplissent son regard tandis qu'elle se relève de son assise. Je sens mes yeux s'emplir instantanément à l'identique. Il me coûte de faire de la peine à ma meilleure amie. Mais je dois penser à moi et vivre enfin ma vie. Avec Charles, on a même déjà parlé *enfant* !

— Tu sais, je ne pars pas très loin, ma bichette. Et si tu as besoin de quoi que ce soit, je serai toujours là, hein !

— Je ne m'attendais pas à ce que tu me quittes si vite, tout de même ! En as-tu parlé à ta mère ? Oui, bien sûr que tu en as parlé à ta mère ! ajoute-t-elle sans me laisser le temps d'une réponse.

— Si tu veux tout savoir, elle est heureuse pour moi.

— Ah ! Si ma mère pouvait avoir le même ressenti à mon sujet, elle irait mettre un cierge tous les jours à l'église pour que ça dure !

— Que tu es bête ! Tu as la mère la plus merveilleuse et la plus gentille du monde, même si la mienne n'est pas mal non plus !

On s'enlace telles les deux amies que nous sommes depuis le bac à sable.

— Et ne t'inquiète pas pour le loyer, je ne vais pas te laisser le régler toute seule. J'en ai discuté avec Charles, et comme l'appartement que nous allons prendre appartient à ses parents, nous n'aurons que quelques charges à régler.

— Non, il n'est pas question que tu m'entretiennes ! Je vais certainement rendre le bail de toute façon et retourner vivre chez ma mère.

— Mais tu ne m'avais pas dit qu'elle voyait quelqu'un !

— Et alors ? Il ne va pas venir vivre chez elle !

— Ah, OK ! Si tu le dis !

— Quoi ? Tu crois que le type va venir squatter ma chambre !

— *Euh…* Je pense que celle de ta mère lui sera suffisante !

— *Argh !* On arrête tout de suite de parler de ça ! Je ne peux pas imaginer ma mère ainsi en train de… oh, quelle horreur !

Je ris de la voir si choquée. Mais je respecte sa demande

et nous ne parlons plus de la relation de sa mère.

— Peut-être que d'ici ton départ, j'aurai trouvé le grand amour…

Je regarde Meredith dans les yeux et je ne sais si je dois lui apprendre que Cédric a quitté la France deux jours plus tôt. C'est Annie qui m'en a parlé après que Max lui ait dit qu'il venait d'accepter une promotion de sa boîte et qu'il partait en Espagne pour au moins six mois, voire plus. Devant mon silence, Meredith s'impatiente.

— Quoi ?

— Je ne sais pas si tu es au courant pour Cédric.

— Ne me parle pas de Cédric ! Je me moque de lui comme l'An 40 !

— OK ! OK ! Si cela doit te fâcher, je préfère changer de sujet, alors !

Je décide de nous préparer un thé à la menthe fraîche. Durant tout ce temps, Meredith est restée silencieuse, ce qui est une première. D'habitude, elle est incapable de rester muette plus d'une minute !

Je nous sers une tasse chacune et continue de rester silencieuse moi aussi. Mais au bout d'une minute de plus, Meredith craque.

— Alors quoi, Cédric ?

— Il est parti.

— Ah bon ! Où ça ?

— En Espagne.

— Eh bien, ce n'est pas la première fois qu'il fait des aller-retour dans ce pays.

— Oui, mais cette fois-ci, il est parti pour six mois au minimum.

Tellement surprise par mes paroles, Meredith en lâche

sa tasse qui tombe sur la table sans se briser. Mais le breuvage brûlant s'est quant à lui, renversé complètement.

— Je suis désolée, dit-elle le visage blême. Elle m'a glissé des mains.

— Non, c'est moi, Méré ! Je n'aurais pas dû te le dire.

— Oh, mais ce n'est rien. Tu sais comment je suis maladroite ! essaye-t-elle de dire d'une voix sereine.

Mais celle-ci chevrote tant que je sens les larmes me monter aux yeux. Je me précipite vers elle et elle s'effondre en pleurs dans mes bras.

À cet instant, je mesure à quel point elle aime Cédric. Mais je ne sais que faire pour les rabibocher tous les deux. Je ne peux m'empêcher de me dire qu'elle l'aime. Peut-être que Cédric l'aime aussi à sa manière. Il l'a tout de même embrassée un soir chez Max et Annie, Meredith me l'avait raconté. Mais peut-être aussi, est-ce mieux ainsi pour mon amie. Cela lui évitera de souffrir s'il venait à courir deux femmes en même temps. Je ne sais pas s'il l'a déjà fait, mais ce qui est réel, c'est que Cédric a toujours été un coureur et que les filles chez lui, c'est un véritable défilé…

29
Rose

Je me trouve dans ma cuisine à préparer un repas que j'espère délicieux pour l'homme de ma vie. Boris ne devrait plus tarder à arriver chez moi. J'ai hâte de le revoir. Nous préférons nous voir en dehors du travail, afin de conserver pour nous seuls notre relation. Alors, dès que possible, nous sommes ensemble. Boris est l'être qui manquait à mon équilibre de femme. Depuis qu'il m'a fait découvrir les joies de l'amour, je me sens différente. Je me sens épanouie autant à l'intérieur de mon corps qu'à l'extérieur. C'est un plaisir sans fin.

On sonne au portail et je sais que ce « on », c'est l'homme que j'aime. Je ne le lui ai pas encore avoué bien que lui m'ait déjà dit « je t'aime ».

Comme toujours, il arrive avec un bouquet de fleurs. Il est si attentionné que j'en perds mon Latin. Pendant que notre dîner mitonne dans le four, Boris me démontre tout l'amour qu'il a pour moi. Et comme je suis d'une générosité sans faille, je lui fais don de celui que je lui porte.

Nous nous aimons longuement avant de finir sous la douche. Je me prépare un peu plus rapidement que lui afin d'aller surveiller notre repas qui ne saurait tarder à être prêt. J'entends Boris se diriger vers notre chambre en sifflotant, signe qu'il semble comblé. Je chantonne de mon côté quand j'entends soudain le portail de ma demeure grincer.

Comme si quelqu'un venait de l'ouvrir…

Stupéfaite, je me dirige rapidement vers la fenêtre du salon. J'ai à peine le temps de distinguer une silhouette que je ne sais que trop reconnaître. C'est celle de ma fille qui se dirige vers le perron.

— Boris ! m'écrié-je en le rejoignant. Meredith arrive ! Que vais-je lui dire ?

— Ne t'inquiète pas, ma douce Rose. Je reste ici, tout le temps qu'il faudra. Retiens là loin de la chambre et l'on se retrouve à son départ.

— Oui, mais si elle décide de rester manger !

— Eh bien, je prendrais mon mal en patience avant de te retrouver, mon amour…

Boris a à peine le temps de déposer un baiser sur mes lèvres que j'entends déjà toquer trois petits coups à la porte. Puis, je n'ai pas le temps de l'atteindre. Le bruit d'une clé qui tourne dans la serrure me fait écarquiller les yeux tandis que la porte s'entrouvre.

— Ah, Meredith ! Quelle bonne surprise ! dis-je complètement désemparée, en réalité.

— Je te dérange…

— Mais non ! Pas du tout ! mens-je.

Cependant, il est vrai que j'aime voir ma fille. Mais j'avais toutefois prévu de vouer ma soirée uniquement à Boris. Tel que cela est parti, ce sera pour une prochaine fois !

Pendant que ma fille me raconte sa journée dans son nouveau travail et dans lequel, depuis deux jours, elle a changé de fonction et se trouve enfin à faire du marketing, je songe à Boris. Il a beau se trouver à quelques pas de moi, il me manque effroyablement. Je me rends compte que je ne peux plus vivre sans lui. Mais Meredith qui est ce soir un véritable moulin à paroles, poursuit la conversation qu'elle semble tenir toute seule.

Cependant, quelques bribes de celle-ci m'interpellent.

— Quand ?

— Oh, non pas ce soir, Mounette ! Mais je crois que lorsque Clothilde aura quitté notre appartement, je reviendrai vivre ici avec toi ! On fera comme avant, hein, nos petites soirées Disney et câlins ! Et comme ça, tu n'auras plus à m'appeler quinze fois par jour pour savoir comment je vais, puisque je serai là avec toi !

— Tu exagères, Meredith ! Je ne t'appelle pas tant que cela ! dis-je en déglutissant sans élégance.

— Ce n'est pas faux ! Mais seulement depuis peu ! Ça doit être à cause de ton *simple* collègue ! me dit-elle pour plaisanter.

Je songe alors à Boris qui doit profiter de toute notre conversation. Je ne sais comment, je vais réussir à me faire pardonner pour l'indélicatesse de ma fille. Surtout lorsqu'elle ajoute :

— Alors, il n'est pas là, aujourd'hui ! C'est étonnant, car tu ne m'as pas laissé plus de deux messages. Et puis, tu sais que lorsque tu m'appelles Meredith, c'est que tu as quelque chose contre moi…

— Je te rappelle que c'est ton prénom ! dis-je le visage fermé. Mais si tu es venue pour que l'on se dispute, ce n'était pas la peine de…

— Je te prie de m'excuser, Mounette. Je ne sais pas pourquoi je te dis tout ça ! lâche-t-elle en se relevant de sa chaise pour venir m'enlacer.

Puis, soudain, elle fond en larmes en se blottissant dans mes bras.

— Que se passe-t-il, ma chérie ?

— Cédric a quitté la France sans me dire au revoir, sans même chercher à me le dire de vive voix ! Je n'arrive pas à digérer le fait que je l'ai appris par Clo !

— C'est que cela ne devait pas se faire avec ce garçon.

Nous restons à discuter presque une heure de ses malheurs, ses angoisses, ses aspirations dans la vie tout en consommant le délicieux repas que j'avais préparé pour Boris. Le pauvre, j'espère qu'il va bien, coincé ainsi dans la chambre. Décidée à ne pas me laisser envahir par mes pensées, je regarde à nouveau ma fille. Je m'aperçois alors qu'elle est loin d'être heureuse tandis que moi je le suis. Je m'en veux presque d'avoir trouvé l'amour alors que ma jeunesse se trouve derrière moi. Si je pouvais faire en sorte que ma fille soit heureuse à ma place, je le ferais. C'est à ce moment-là que nous entendons un petit bruit dans ma chambre.

— Il y a quelqu'un chez toi ?

— Mais non ! Ce doit être la fenêtre que j'ai laissée entrouverte. Je vais la fermer.

— Veux-tu que j'y aille ?

— Non, non ! J'y vais, car je vais me chercher en même temps une veste. Toi, sers-nous du gâteau si tu le veux.

— Tu as fait un gâteau alors que tu ne savais même pas que j'allais venir ! s'exclame-t-elle toute naïve.

Avec un sourire à mes lèvres, je la laisse à sa joie tout en me dirigeant vers ma chambre.

— J'ai fait tomber un cintre en voulant mettre ma chemise, me murmure Boris tout en happant au passage mes lèvres des siennes.

Je le laisse m'embrasser, avant qu'il s'arrête de lui-même pour me parler.

— Mon amour, il faut dire à Meredith la vérité. Je suis là si tu as besoin que je vienne à tes côtés.

Encore une fois, Boris me donne la force qu'il me manque et me rassure en me disant que je n'ai pas à m'inquiéter. Je lui attrape le visage entre mes mains et lui dis dans un murmure avant de l'embrasser à mon tour :

— Je t'aime, Boris !

Ses yeux brillent d'un bonheur expressif. Je me sens gonflée de joie moi aussi. C'est décidé ! Je retourne voir ma fille avec un seul objectif : lui dire toute la vérité sans qu'elle m'interrompe comme la dernière fois !

Mais je la retrouve au téléphone et elle me fait signe de patienter quelques secondes.

— C'était Clothilde ! Elle est avec Valérie et elles vont au cinéma. Elles m'ont demandé si je voulais les rejoindre.

— Ah !

Encore une fois, ma fille me coupe la chique au point que je ne sais que penser en cet instant.

— Ça ne te dérange pas que j'y aille ?

— Non, si c'est ce que tu veux.

— Je t'adore, Mounette ! Pour le gâteau, peux-tu me faire un petit *tupp,* et je le mangerai demain pour mon petit-déjeuner ?

Avec un sourire, je m'exécute. Après tout, si elle préfère partir, je pourrai profiter de Boris et de son amour pour moi. C'est ainsi que je songe que je ne peux repousser cet homme de ma vie. Encore une fois, l'égoïsme de la jeunesse a parlé et ma fille ne s'occupe pas de savoir si je vais être bien après son départ. Mais bon, ce n'est pas aux enfants de s'inquiéter pour les parents, me dis-je en lui tendant un Tupperware bien garni.

— *Euh…* Mounette ! Ça ne te dérangerait pas de me déposer au ciné ?

Je soupire en me disant que cette enfant va finir par me faire vieillir avant l'heure.

— Attends-moi dans la voiture, je prends mes papiers et j'arrive.

Elle s'exécute et j'en profite pour aller dans la chambre voir Boris. Il me reçoit avec un large sourire.

— Ah, ma douce ! Ne te plains pas ! J'en ai deux comme ça à la maison qui t'attendent…

Je repars en direction de mon jardin avec un large sourire. Sa petite phrase était si pleine de sous-entendus que mon cœur est léger comme une plume lorsque je retrouve ma fille.

— *Hum ! Hum !* Ton *simple* collègue t'aurait-il envoyé un texto pour que tu souries autant ?

— N'importe quoi ! piaillé-je.

Mais je démarre déjà mon véhicule en songeant que dans moins de vingt minutes, je serai de nouveau lovée dans les bras de mon amoureux…

30
Meredith

Clothilde a emménagé aujourd'hui avec Charles. Ce qui veut dire qu'elle est partie de la maison ce même jour. C'est difficile de se dire que je vais à l'avenir, dormir toute seule sous ce toit ; que je ne l'entendrai plus jamais marmonner la nuit ; qu'elle ne prendra plus son petit-déjeuner avec moi et que je ne me délecterai plus de ses délicieux dîners qu'elle composera dorénavant pour son fiancé. Je retourne dans sa chambre et celle-ci est pratiquement vide. Il reste deux cartons qu'elle viendra récupérer plus tard pour les emmener chez sa mère afin que celle-ci en fasse don, comme il est de coutume chez les Portmann de le faire.

Je retourne dans ma chambre et regarde toutes les affaires que Clothilde a tenu à me donner. Je prends le premier haut posé sur le dessus de la pile de vêtements et le lève à la hauteur de mes yeux.

Jamais *Ryan & Ryan* ne rentreront là-dedans à moins que je ne perde deux bonnes profondeurs de bonnets ! me dis-je en riant. Mais je ne sais pas ce qui me passe par la tête, car je décide toutefois de l'essayer.

Au bout d'une minute, je me trouve à crier à l'aide. À ça, pour l'enfiler, je l'ai enfilé ! Mais impossible de ressortir de là-dedans ! Je me tortille dans tous les sens, avec mes mains qui tirent le tissu de ma taille pour le faire repasser par-dessus ma tête. *Ryan & Ryan* sont tour à tour, écrasés, tiraillés, brûlés par le tissu qui s'enroule et refuse toujours de gravir mes deux dômes en même temps ! Je vis une horreur !

Un *remake* de *27 Robes*, mais sans aucune prestance de l'essayage !

Je poursuis avec toute l'ardeur qui m'habite et je finis par avoir la main sur le vêtement. Je m'écroule en nage sur mon lit, les cheveux en bataille, la peau échauffée par endroit et le vêtement encore enroulé autour de mon poignet. Je le regarde et le balance dans les airs en l'injuriant de tous les noms d'oiseaux que je connais !

C'est peut-être la seule fois où je suis heureuse qu'il n'y ait personne avec moi dans ma chambre. Quelle honte je viens de vivre !

Deux minutes plus tard, je suis encore essoufflée lorsque je décroche mon téléphone pour répondre à l'appel de Clothilde.

— Qu'est-ce que tu fais ? me dit-elle, inquiète.

Je me souviens alors, qu'elle m'avait dit qu'elle revenait me chercher pour que l'on dîne tous ensemble avec nos amis, Max et Annie, Valérie et Jérôme, ainsi que Carole et Patrick qui ont tous participé à la nouvelle vie de Clothilde et Charles. Quant à Vincent, il nous a annoncé avoir une petite soirée prévue de longue date ! Tu parles ! *Longue date* avec Vincent veut dire tout au plus *prévu depuis trois jours…*

— Hé, ho ! T'es là, Bichette !

— Oui ! Oui ! m'exclamé-je en me souvenant qu'elle m'attend en bas depuis dix bonnes minutes maintenant ! J'arrive !

Je raccroche et sans avoir le temps de prendre une petite douche, je me parfume et me mets un pschitt de mon déodorant au monoï avant d'enfiler, cette fois-ci, une affaire à moi, dont je suis certaine qu'il n'y aura aucun sauvetage à commettre pour sauver *Ryan & Ryan* !

Trois heures plus tard, je me retrouve à nouveau dans mon appartement. Je tourne, je vire, j'allume le petit plasma que j'avais acheté avec Clothilde, et qu'elle a préféré me laisser puisqu'ils en avaient déjà deux pour leur installation. Indifférente à ce qui se joue sur l'écran, je l'éteins aussitôt. Je suis si désemparée par le silence qui crie dans mon salon que cela m'effraye quelque peu. Jamais je ne m'étais sentie si seule, si abandonnée. De les voir ce soir tous en couple m'a donné la mesure de ce que je suis réellement : C-E-L-I-B-A-T-A-I-R-E ! Éternellement ; sans passion ; par non-choix !

La liste est longue et je n'ai nulle envie de l'énumérer pour me rappeler mon désarroi. Cédric me manque plus que jamais. Je me demande ce qu'il fait, s'il a une pensée pour moi, même si éventuellement je lui manque un tout petit peu. Je décide de me connecter à mon compte Facebook et regarder si par hasard, Cédric aurait publié quelque chose. Je vois alors quelques photos de son arrivée en Espagne. Il a même posté des photos avec ses collègues. Je ne peux m'empêcher de voir que sur l'une d'elles, une sublime femme se tient à ses côtés. Même si la photo a l'air d'une photo plus ou moins officielle, il n'en reste que cette nana est tout à fait le genre de Cédric. Je ne peux me résigner à songer qu'il a déjà dû faire son affaire avec elle…

Je me jure alors de le honnir jusqu'à mon dernier

souffle et que s'il apparaissait là, devant moi, je l'ignorerai totalement !

Je referme mon compte et ouvre la page de mon blog. Je prends le temps de déverser toute mon amertume avant de me rendre compte de ce que je viens d'écrire. J'appuie longuement sur la flèche pour effacer ma bile littéraire et décide de publier quelque chose de plus gai. Mais je finis par parler du déménagement de ma meilleure amie et la peine qui en résulte depuis. J'ai alors la surprise de voir que plusieurs de mes abonnées sont connectées et décident de chatter avec moi. Je regarde le nom de ma mère, mais il n'y a aucun petit point vert dessus qui m'indiquerait alors qu'elle est connectée elle aussi. D'une certaine manière, j'en avais presque l'envie. Mais elle doit être bien trop occupée avec son *simple* collègue. Je continue de chatter longuement sur mon blog avec mes nouvelles amies virtuelles, parfois en souriant, parfois en pleurant en voyant comment je suis aux abois dans ma vie et, surtout, comment Cédric me manque plus encore.

Je me demande bien ce qu'il peut faire en ce moment…

31
Cédric

J'ai beau apprécier mon nouvel appartement et ma nouvelle vie professionnelle ainsi que mes nouveaux collègues, il en résulte que Meredith me manque effroyablement. Alors, je bosse, je bosse, je bosse pour ne pas penser à elle durant la journée. Mais c'est vraiment difficile. Cette fille, je l'ai dans la peau depuis de nombreuses années, mais j'étais persuadé que je ne l'intéressais pas du tout. À aucun moment, je n'aurais imaginé qu'elle aurait pu réagir ainsi et se laisser embrasser par moi la toute première fois. Rien que d'y repenser, j'en ai des papillons dans le bas-ventre et le cœur qui s'accélère. Depuis ce baiser, je me suis laissé à m'imaginer beaucoup de choses à son sujet. Elle m'a donné des envies folles de tout. L'envie de respirer le même air qu'elle le jour, mais aussi la nuit ; l'envie de vivre à ses côtés ; l'envie de pouvoir la regarder dormir ; l'envie d'être là à chacun des réveils qu'elle aura durant tout le reste de sa vie ; l'envie de l'avoir contre moi tout le temps ; l'envie de l'aimer chaque jour qui naît puis qui meurt ; l'envie de la protéger. C'est un mélange d'envies qui m'animent. Et bien sûr, j'ai envie de lui faire l'amour. Non pas une ou deux fois. J'ai envie de la découvrir et me dévoiler devant elle. J'ai envie que notre relation s'épanouisse dans la longueur et non pas qu'elle soit éphémère. Elle affole tous mes sens lorsque je la vois et également lorsque je pense à elle comme en cet instant.

Mais tout ça est derrière moi maintenant. Je suis parti seul tandis qu'elle est restée en France avec son chippendale ou qui sais-je encore. Elle doit s'envoyer en l'air tandis que je reste là, comme l'imbécile que je suis à faire des plans sur ma vie avec elle alors qu'elle m'a rayé de la sienne en un claquement de doigts !

J'ai bien essayé de l'oublier en invitant plusieurs femmes de mon entourage au restaurant et plus si affinités. Cela s'est terminé sur un « Écoute, je te rappelle. À plus tard ! »

Depuis mon arrivée en Espagne, je suis incapable d'embrasser ou de toucher une femme. L'épisode *Viola* a dû me servir d'exemple ! Certes ! Je ne vais pas rentrer dans les ordres religieux, mais à chaque fois que je plonge mon regard dans celui d'une femme, c'est celui de Meredith que je vois. Ses grands yeux toujours aussi innocents me font craquer depuis toujours. À cette pensée, je ferme brièvement les miens qui depuis quelque temps ont tendance à être plus humides que jamais. J'ai perdu la femme de ma vie et cela me coûte plus cher que je ne le croyais !

Je me couche encore une nouvelle fois tel que je le fais depuis deux longues semaines en me disant que Meredith fait maintenant partie de mon passé. C'est difficile de me le dire, mais je n'ai pas le choix si je veux avancer. Et par avancer, je parle de mon nouveau poste qui me demande beaucoup d'attentions. Heureusement, d'ailleurs ! Ainsi, je n'ai qu'à penser à Meredith que lorsque je me retrouve seul comme en cet instant. Je finis par me convaincre que cela passera avec le temps. Enfin, plus facile à dire qu'à faire…

Mon téléphone sonne et je regarde le nom qui s'affiche avant de décrocher.

— ¡Hola, Vincenté ! ¿Como estas?

— ¡Muy bien, Amigo[5]! s'exclame celui-ci. Alors, les p'tites Madrilènes ? Elles sont à ton goût !

— Tu parles ! Je les consomme en brochettes ! dis-je bêtement par habitude.

Avec mes potes, et surtout avec Vincent, j'ai toujours été ainsi à me vanter des nanas que je mettais dans mon lit. Et aujourd'hui, au lieu d'avouer que je ne souhaite plus jouer avec les femmes, j'en rajoute. C'est là que je me dis que je suis effectivement qu'un loser !

— Miam ! Ça doit défiler alors ! laisse-t-il sous-entendre.

— Et toi ? Tout va bien ? préféré-je couper court à toutes descriptions d'ordre sexuel.

— Ouais ! Tout va bien ! Je me suis soulevé une gonzesse, *aoutch !* que si tu la voyais, tu baverais dessus, mon pote ! Elle est bonne dans tous les sens du terme !

Je réponds en plaisantant de nouveau avec Vincent tout en me disant en silence que l'on est vraiment deux gros cons à jouer ainsi avec les filles. Bon, on ne les viole pas non plus, mais pour le respect, on repassera ! Et si moi j'ai réussi à me convaincre que je voulais respecter Meredith et lui offrir une relation saine et fidèle, il est clair qu'en ayant une telle discussion, on peut ne pas vraiment me croire…

---

[5] En espagnol dans le texte :
— Bonjour, Vincent ! Comment ça va ?
— Très bien, l'ami !

Après une bonne dizaine de minutes, Vincent me souhaite de bien profiter de mes prochains mois en Espagne avant que je ne raccroche. Je réfléchis longuement à ce qu'il m'a demandé. Après tout, il m'appelait surtout pour ça. Dois-je ou non rentrer en France le week-end prochain pour me rendre à la crémaillère de Charles et Clothilde ?

En fin de compte, je ne préfère pas. Je me laisse encore trois jours avant de leur donner ma réponse. Je me dis que je pourrais toujours mentir en disant que j'ai complètement oublié de leur répondre et que mon week-end était déjà planifié par le boulot. Ainsi, je ne prendrais aucun risque de tomber nez à nez avec Meredith. Je ne pourrais pas supporter de la voir dans les bras de son chippendale. On ne sait jamais, elle serait bien capable de se rendre avec lui chez nos amis !

32
Meredith

J'arrive chez mes amis pour fêter leur crémaillère et je suis bienheureuse de revoir Clothilde. Même si l'on s'est téléphoné plusieurs fois depuis son départ, je ne l'ai pas revue depuis trois longues semaines.

— Tu m'as manquée, ma Clo !
— Toi aussi, Bichette !

Sa nouvelle vie l'accapare grandement. Moi, c'est uniquement mon boulot qui occupe mes journées. La nuit, je me prends à rêver de Cédric. Oui, je n'ai pas réussi à me le sortir de la tête !

Même si je considère que c'est un sale con, je ne peux m'empêcher d'espérer le revoir ce soir. En vrai, j'ai même hâte !

— Salut, Vincent !
— Salut, la plus belle ! me dit-il en m'attrapant, comme d'habitude, par la taille et en m'embrassant généreusement sur les joues.
— Salut, Max ! Annie ! dis-je tour à tour en leur faisant la bise, après que Vincent m'ait reposée sur le sol.

Je fais encore la bise à plusieurs personnes dont certaines me sont totalement inconnues, et mon regard balaye instinctivement le salon à la recherche du visage de

Cédric. Mais comme je ne le vois pas, je retourne vers mes amis afin de leur demander où Cédric se trouve. Cependant, Vincent raconte déjà une histoire sur je ne sais qui et je ne veux pas l'interrompre. Je décide de le laisser finir avant de leur poser à tous la question qui me démange la bouche.

— Le malin ! poursuit-il. Il avait l'air de bien s'éclater lorsque je l'ai eu en ligne en début de semaine.

— Tu m'étonnes ! s'exclame à son tour Max. Cédric a déjà dû se taper la moitié de Madrid ! ajoute-t-il en plaisantant.

Lorsque ce prénom monte à mon cerveau qui met une bonne seconde à le déchiffrer en plus de ce qui vient d'être échangé dans ce salon, je sens ma tête tourner et mes jambes ont même du mal à me garder debout. Vincent m'attrape aussitôt avant que je ne m'effondre sur le sol.

— Ça ne va pas, ma belle ?

— Si. Si, dis-je la gorge serrée, en essayant de vite me ressaisir. C'est juste un peu de surmenage.

— Clo ! Tu aurais un verre d'eau pour la puce !

— Oui, attends, je lui en sers un tout de suite !

En moins de trente secondes, tout le monde se retrouve attroupé autour de moi à s'inquiéter comme le fait Vincent. Si seulement Cédric pouvait être aussi attentionné que lui, j'en serais déjà à moitié ravie. Mais je m'aperçois également en scrutant le salon que Cédric n'est pas là. Mon doute est annihilé, ma question devenue inutile ! C'est sûr, il n'est pas là, donc ce n'est plus la peine de la poser ! J'ai envie de rentrer chez moi, m'enfouir sous ma couette et pleurer toutes les larmes de mon corps. Je m'étais fait une telle joie de le revoir. Cet imbécile me manque plus que jamais !

Je reste néanmoins jusqu'à la fin de la soirée et Vincent me raccompagne. Je ne sais pas ce qu'il me prend à lui raconter, en arrivant juste devant ma porte d'entrée, que j'ai le béguin pour Cédric. Il reste muet comme une carpe avec des yeux grands ouverts comme un merlan frit. Puis, je le vois déglutir.

— Tu sais, je me suis peut-être trompé en disant qu'il s'amusait en Espagne. C'est si facile de le dire, tu vois ?

En vrai, je ne vois pas et ne comprends rien.

— Tu n'es pas obligé de mentir, Vincent. Je connais Cédric aussi bien que toi, je te le rappelle !

— Ouais, mais les choses changent. Lui as-tu déjà dit que tu l'aimais ?

C'est à ce moment précis que je mettrais des claques ! Comment ai-je pu en arriver ainsi, à lui parler de Cédric ? Je suis définitivement une véritable cruche. J'abrège ma discussion avec Vincent en prétextant la fatigue tout en croisant les doigts pour qu'il ne raconte rien à l'intéressé. Mais avec Vincent, je crains le pire. Il est comme Carole. Un secret est fait pour être dévoilé et rien d'autre…

C'est clair ! Je me ficherais bien des claques en refermant ma porte d'entrée !

Après une nuit à avoir gardé les yeux grands ouverts tout en ne pensant qu'à Cédric, je m'apprête rapidement pour me rendre à mon boulot. Au moment où je croise mon adorable voisin du premier en me rendant à la boîte aux lettres, je comprends que je me suis trompée de jour.

— Pas de facteur aujourd'hui, belle voisine !

Merd…credi ! On est dimanche ! me dis-je en silence en souriant bêtement.

— Oui, je le savais. Je regardais juste au cas où.

Devant son beau regard qui me donne quelques rougeurs au visage, je finis par lui avouer mon erreur.

— Puisque tu es si bien habillée, je pourrais te proposer d'aller manger un bout à la pizzeria du coin. Qu'en dis-tu ? me propose-t-il avec un large sourire.

— *Euh*… Oui, pourquoi pas ! lui réponds-je avec le même sourire.

— Disons, 12h15 à ta porte ?

— Parfait !

Je m'éloigne de lui en repensant à Lorenzo, mon voisin du rez-de-chaussée. Il est si amoureux de James qu'il serait horriblement jaloux de savoir que je déjeune avec lui. J'ai presque envie de le lui dire pour qu'il se joigne à nous. Mais je ne veux pas jouer les entremetteuses. S'ils doivent finir ensemble, je préfère laisser le destin se charger de leur sort…

33
Rose

Je suis bienheureuse de savoir que ma fille arrive à la maison même si Boris a dû escalader encore une fois rapidement les escaliers pour aller à l'étage se cacher dans *notre* chambre. Cela fait maintenant quatre mois que nous vivons ainsi : tantôt chez lui, tantôt chez moi. Tandis que Meredith a préféré rester, pour notre plus grand bonheur à tous les deux même si cela reste un secret pour elle, vivre dans son appartement. Évidemment, je l'aidais encore jusqu'au mois dernier à régler son loyer, mais depuis qu'elle a trouvé un nouveau poste de responsable marketing avec les responsabilités tant attendues depuis sa sortie d'études, elle s'en sort très bien toute seule. Elle est fière d'être devenue totalement autonome et moi aussi je suis grandement fière de ce qu'elle est devenue. C'est même elle qui aurait tendance à m'envoyer des SMS avant même que je ne le fasse. Ce qui ne m'empêche pas de me faire toujours du souci pour elle…

J'aimerais lui présenter Boris, lui dire qu'il fait partie de ma vie sans pour autant qu'elle en fasse moins partie. Mais je pense qu'elle n'est pas encore prête à ce qu'il rentre dans sa vie. Moi, j'ai eu la chance que Boris me présente à ses deux filles, Mélodie et Charlotte. Elles ont été toutes deux adorables et j'ai hâte de pouvoir leur présenter Meredith. Peut-être qu'à leur contact, elle se sentirait plus à l'aise, qu'elle aurait de nouveau quelqu'un à qui se confier quand elle le souhaite. Depuis que Clothilde ne vit plus avec elle, je me demande bien ce qu'elle fait de ses soirées. Mais je ne peux lui poser la question ainsi, je sais qu'elle m'enverra promener en contournant la question. Et puis certes, elle a déjà des amis ! Mais j'aimerais véritablement qu'elle s'entende avec elles deux, et également avec Boris. Je l'aime tellement cet homme ! Oui, je crois que les prochains jours, voire les prochaines heures vont changer la vision de ce que j'avais de la vie en couple. Il va être temps de faire les présentations à ma fille. Je ne peux plus supporter de voir l'homme que j'aime se cacher comme un voleur. Mais il me faut d'abord dire à Meredith mon plus gros secret.

J'avais véritablement décidé de le faire les mois passés, mais entre son humeur morose et sa déception amoureuse, j'avais peur qu'elle n'ait un passage à vide et fasse une bêtise en apprenant la vérité sur sa naissance. Il va être grand temps de lui faire mes aveux.

Je ne lui laisse pas le temps de cogner à la porte, car je la lui ouvre pour l'accueillir avec un grand sourire. Elle semble, elle aussi, heureuse de me revoir.

— Tu m'as manqué, Mounette !

— Toi aussi, ma puce. Comment vas-tu ? Tu as l'air fatigué.

— Oui, tu peux le dire ! Et j'ai pris deux bons kilos.

— Rhooo ! Est-ce que tu manges correctement au moins le midi ? m'inquiété-je.

— Oui ! Bien sûr ! Mais je crois que les carrés de chocolat du soir en plus des pizzas accompagnées de mojitos que je prends trois fois par semaine avec mes voisins doivent y être pour quelque chose.

— Fais attention avec l'alcool !

— Je te rappelle que je roule exclusivement en Vélib' !

— Oui, enfin cela ne tient qu'à toi… Il faut te reprendre, ma fille, bien que ces deux kilos t'aillent à ravir.

— Tu plaisantes ! J'ai l'impression d'être une montgolfière. Regarde !

Elle essaye de me montrer ses rondeurs, cependant, je n'y vois que de la beauté. Mais ce n'est pas la peine de la contredire. Meredith a toujours eu en horreur son corps et je ne sais pas pourquoi. Elle est pourtant si belle…

Je lui demande si elle veut manger, mais elle me dit qu'elle a déjà grignoté juste avant de venir. Je lui propose de s'installer sous la charmille embellie de fleurs aux parfums délicieux pendant que je nous prépare une petite tisane. Je la regarde de loin et elle a le nez fourré dans son portable. Ma curiosité est piquée et je me demande bien ce qu'elle fait ainsi à fixer son écran sans faire le moindre mouvement. J'hésite à lui poser la question lorsque je m'installe à ses côtés. Mais en voyant ses yeux rougis lorsqu'elle me remercie pour la tisane, je me demande quelle mauvaise nouvelle elle vient d'avoir.

— Oh, ce n'est rien, maman ! J'ai juste été sur le profil de Cédric et tu sais, comme il est toujours en Espagne, je ne vois pas grand-chose de lui. Il ne publie presque rien sur son compte.

— Toujours ce garçon ?

— Oui, enfin, je regarde juste ses photos ! lâche-t-elle soudain sur un ton peu aimable.

— Et alors ? Ce n'est pas gai, a priori…

— Oh, si ! C'est juste que je le trouve toujours aussi beau. Il a l'air si heureux. Regarde ! me dit-elle en me tendant son iPhone.

— Je lui trouve plutôt un air triste, moi !

— Mais non ! Regarde bien !

— Oui, c'est ce que je fais, lui réponds-je tandis qu'elle balaye du doigt la photo pour en faire réapparaître une nouvelle.

— Alors ? Et là ? Tu es d'accord, hein ! Tu vois bien qu'il est heureux.

— Eh bien, j'ai beau regarder, je suis désolée, ma puce, mais je lui trouve toujours cet air tristounet ! dis-je un peu agacée du fait qu'elle semble ne pas voir la même chose que moi et insiste pour que je sois d'accord avec elle.

— Bon, laisse tomber ! s'exclame-t-elle d'une voix chevrotante. De toute façon, je ne lui plais pas et je ne plairai jamais à personne !

Puis, tout à coup, elle se met à pleurer. Elle pleure tant que cela m'inquiète. Je me rends compte que je n'ai pas assez pris la mesure de son chagrin. Je pensais vraiment que son amourette allait passer. Elle n'a que vingt-cinq ans. Mais non ! Elle aime ce garçon et son cœur semble brisé. Cela m'attriste grandement et je me relève pour la serrer contre moi.

Je ne sais que faire et je songe à Boris qui se trouve toujours à l'étage. Comme j'aimerais qu'il se trouve à mes côtés en cet instant. Il se débrouille si bien avec Mélodie et Charlotte ! J'hésite à l'appeler. Puis soudain, je me dis que Meredith a peut-être besoin de connaître une vérité.

La vérité.

Celle que je retiens d'une certaine manière sans cesse.

Celle dont le moindre prétexte me sert à la repousser. Je sens que c'est le moment de faire mes aveux. C'est à moi, sa mère, de lui redonner cet équilibre qui lui fait tant défaut. Comme cette phrase me semble bizarre tout à coup. Mais je continue de la serrer contre moi, puis l'oblige à relever la tête vers mon visage. Elle me regarde et je ne peux m'empêcher de l'étreindre encore une fois.

Finalement, je prends une grande goulée d'air, puis je me lance.

— Meredith, prononcé-je avec la voix chevrotante. J'ai quelque chose à te dire. Ce ne sera pas facile pour toi ni pour moi, mais laisse-moi aller jusqu'au bout. D'accord ?

— Tu me fais peur, maman, dit-elle à voix basse, en essuyant ses yeux avec un mouchoir en papier.

— N'ai pas peur. Je suis là et je serai toujours là pour toi quoiqu'il arrive.

J'attrape sa main que je caresse longuement le temps pour moi que la boule qui s'est formée dans ma gorge me libère de sa douleur. Je regarde ma fille en prenant de nouveau une longue inspiration. Meredith se saisit de ma main libre et l'étreint comme pour me dire qu'elle est prête. Mais moi, le suis-je vraiment ? Je ne peux plus faire machine arrière, alors je toussote pour m'éclaircir la voix, puis je me lance pour de bon.

— Sache avant toute chose que je t'aime comme je n'ai jamais aimé personne. Tu es le seul être qui a fait de ma vie une raison d'être, un soleil de bonheur, dis-je les yeux en larmes.

— Maman, que se passe-t-il ?

Meredith a de nouveau les larmes aux yeux, de me voir dans cet état.

Mon Dieu ! Aidez-moi ! me dis-je en silence.

Une minute de plus s'écoule avant que je me lance…

— Te souviens-tu de ta tante Antoinette, celle que je t'ai montrée en photo, il y a quelques années ?

— Oui, ta grande sœur qui est morte avant ma naissance ?

— Et bien, en vrai, elle est morte un an après ta venue au monde, dis-je avec un hoquet dans la gorge tant la douleur de sa disparition ne s'est jamais tarie et cet aveu m'est difficile.

— Ah bon ? s'interloque-t-elle en reniflant. Mais tu m'avais dit que…

— Je sais, la coupé-je doucement. Mais je ne t'ai pas dit la vérité.

— Pourquoi ?

Je sens ma fille inquiète dans ce simple mot qui renferme tout son véritable mal-être. Je dois poursuivre ce que je m'apprête à lui révéler avec une boule au ventre. Elle est ma fille et je n'ai fait que la protéger de notre mensonge.

— Je ne suis pas ta véritable mère…

Ces sept mots sont comme une guillotine qui me découpe en deux d'un seul coup. Je me sens à la limite de faire un malaise, mais ma fille a besoin de moi. Elle reste là sans voix les yeux froncés essayant sans doute de comprendre, de déchiffrer ces sept mots que je hais profondément. Ces sept mots qui viennent brutalement de nous séparer pour toujours.

— Mais ! Je ne comprends pas ! Ce n'est pas possible ! J'ai eu un père, même si je ne m'en souviens pas ! Je suis même en photo avec toi à la maternité ! Je te ressemble ! Ce n'est pas possible ! Hein ! Tu me fais une blague, c'est ça, maman !

— Arrête Meredith ! Je t'en supplie, arrête et rassieds-toi ! Écoute-moi ! lui dis-je d'un ton autoritaire en me saisissant de ses mains que je serre dans les miennes avec affection. Antoinette était ta mère…

Je la laisse digérer l'information et lui laisse quelques minutes pour se remettre. Mais je crois qu'elle ne s'en remettra jamais. Voyant qu'elle conserve le silence et attend certainement la suite de mon histoire, je poursuis d'une voix chevrotante :

— Ma sœur était très malade. Elle avait un cancer qui s'est déclaré pendant sa troisième grossesse. Pendant qu'elle te portait avec amour dans son ventre. Son mari était déjà dépassé par ses deux premiers enfants en pleine crise d'adolescence et la maladie de ma sœur l'a complètement terrorisé. Antoinette avait peur qu'il ne s'occupe pas de toi et qu'il t'arrive malheur. Elle savait aussi que je ne pouvais pas avoir d'enfant. Une erreur gynécologique avait mis fin à mon souhait d'être mère en un instant à l'âge de seize ans. Antoinette était ma grande sœur, et je l'aimais énormément et, dès lors, plus encore lorsque nous avions perdu nos parents très jeunes. Notre affection était réciproque et sans faille. Antoinette qui souffrait déjà en raison de sa maladie ne supportait plus de me voir si incomplète. Elle savait bien évidemment que je ne pourrais jamais porter d'enfant. Aussi, avant de partir là-haut, elle m'a demandé de lui faire une promesse et de t'adopter. Comme je venais d'avoir dix-huit ans, on m'a autorisée à le faire et c'était moins difficile en sa présence, car elle était encore de ce monde.

Du fait que je ne me sentais plus totalement femme après l'erreur médicale, je n'ai jamais connu d'hommes.

Mais je t'avais toi et cela suffisait amplement à mon bonheur. Antoinette l'a fait pour moi, mais aussi pour toi, pour te protéger. Si tu savais comment elle t'a aimée durant cette année-là. Elle t'a donné tout l'amour qu'il lui restait au fond de son cœur. C'est à elle que tu me fais penser quand je te regarde. Tu lui ressembles tellement, ma fille…

Je sens ma voix se briser sur ces derniers mots. Est-ce qu'elle acceptera encore que je l'appelle ainsi ? Meredith est là, les yeux écarquillés au possible avant de les froncer par moment. Je sens dans son regard toute sa vie défiler comme une mort qui s'approche d'elle pernicieusement. En fin de compte, je viens de tuer ce qu'elle a toujours cru être. J'espère seulement qu'elle en renaîtra plus forte et plus sûre d'elle.

— Parle-moi, Meredith ! Dis-moi quelque chose.

— Je ne sais que te dire… Je ne comprends pas pourquoi tu as mis plus de vingt-cinq ans pour me l'avouer. J'ai un père qui n'est pas mort…, des frères ou sœurs… et ma mère est morte…

Je veux lui répondre, mais la boule qui s'était formée plus tôt dans ma gorge s'est amplifiée m'empêchant de prononcer le moindre mot. Son regard reste si froid.

Je n'ai plus qu'une seule envie et c'est de pleurer en comprenant à cet instant précis que je ne suis plus sa mère…

34
Meredith

Je souffre tellement ! Comment a-t-elle pu me mentir, elle, ma soi-disant mère, qui prône la vérité à tout-va ? Comment a-t-elle pu me cacher une telle vérité ? J'ai encore envie de l'entendre me raconter la suite, mais la douleur de mon cœur est si grande que je ne peux plus la regarder dans les yeux. J'ai mal ! En fin de compte, personne ne m'aime réellement ! Je me sens abandonnée par tous et par tout ce que j'ai pu croire ou que l'on m'a fait croire depuis ma naissance.

Je me dis que mourir ne doit pas être pis…

Mais j'ai bien trop peur de la mort pour tenter ce genre de chose. Non ! Je préfère pleurer. Après tout, c'est ce que je fais le mieux depuis des années. Pleurer sur mon sort ; pleurer sur mes relations archinulles ; pleurer sur les hommes que j'attire et qui ne s'intéressent pas véritablement à moi. Oui, en fin de compte, je suis une pleureuse.

Je ne sais pas si c'est ce lamentable constat qui me donne une certaine force, mais je refuse de continuer de pleurer. Je préfère couper court à notre discussion, si cela en était véritablement une et rentre chez moi, seule telle que je le suis depuis toujours en fin de compte. Je me prépare un mojito, engloutis une glace dont le parfum est suspect, avant d'allumer une cigarette du paquet que Lorenzo a oublié hier soir chez moi. J'avale la fumée pour la première fois avant de tousser comme une dératée. Soudain, un haut-le-cœur me surprend et je cours aux toilettes vomir. Non ! Décidément, la cigarette ce n'est pas pour moi !

Je me plonge sous une douche et j'y reste jusqu'à ce que mon ballon d'eau chaude me clame par un jet d'eau froide, que je l'aie complètement vidé. Pourtant, je ne grelotte pas en ressortant de ma douche. Je regarde ma petite salle de bain, celle où Clothilde et moi aimions nous relaxer dans notre superbe baignoire SPA. Les souvenirs affluent de partout, et tout en traversant mon petit F2, je me rends compte qu'il en est rempli. Je regarde un objet que ma mère m'avait offert en entrant dans ces lieux pour me porter bonheur. Il s'agit de la statuette d'un bouddha thaï. Elle est entièrement en jade et démontre un esprit serein. Ce que je suis bien loin d'éprouver en ce moment.

Puis, je continue de balayer mon appartement des yeux. Tout ce qui s'y trouve, chaque meuble ou objet m'a été inspiré par ma mère, par sa façon de m'avoir élevée, par l'amour qu'elle m'a toujours porté. Soudain, je m'en veux de l'avoir quittée si brutalement. La pauvre. Si quelqu'un ne mérite pas que l'on soit méchant avec elle, c'est bien elle. Je regarde l'heure et me dis que de toute façon, elle ne doit pas dormir avec ce que je viens de lui faire subir.

Je m'habille rapidement pour reprendre le chemin de la maison qui m'a vue grandir…

35
Rose

Boris m'a rejointe aussitôt qu'il a entendu la porte d'entrée se refermer après que Meredith l'ait traversée sans se retourner.

— Rose. Je suis si navré que cela se soit passé ainsi. Tu ne mérites pas d'être malheureuse.

— Comme je t'aime, Boris ! Comme je t'aime.

Il m'embrasse malgré les larmes abondantes qui s'écoulent sur mes joues. Il me serre contre son cœur et je me sens bien malgré la peur d'avoir perdu pour toujours ma fille, celle que je n'ai pas portée, mais que j'aime tellement. Je reste ainsi, dans les bras de celui qui va tenter de me faire oublier mon chagrin et mes peines. Celui qui éprouve de l'amour, du désir et de la passion pour moi. Celui que j'attendais depuis si longtemps et que je refuse de perdre d'une quelconque manière…

Je reste ainsi longuement lovée contre lui et je lui rends grâce du silence qui nous enveloppe. Ses bras sont mes sauveurs et me rassérènent énormément. Sa présence est un réconfort sans fin. Le temps s'écoule. Une demi-heure, peut-être même une heure. Mais nous restons ainsi dans un silence salvateur, quand soudain, il pose ses mains en coupe sur mon visage et plonge son regard dans le mien.

— Tu risques de trouver ça complètement fou, Rose !

Je ne réponds pas et continue de le fixer de mon regard alourdi par la tristesse d'avoir sans aucun doute perdu ma fille pour toujours.

— Je ne te laisserai jamais, Rose, tu m'entends ! Jamais !

Il écrase ses lèvres sur les miennes avant de me relâcher. Puis, il pose un genou à terre.

— Rose, veux-tu devenir ma...

C'est alors que ma porte d'entrée s'ouvre presque à la volée et que ma fille manque de nous surprendre dans une position plus que manifeste. Boris s'est relevé rapidement sans avoir pu recevoir la moindre réponse de ma part. Même si cela peut sembler risible de se dire que nous venons de nous faire surprendre en pleine déclaration d'amour, revoir ma fille est comme une rivière de liesse qui se remet à couler instantanément dans mes veines. Il ne manquait plus qu'elle à mon bonheur.

— Maman ! s'écrie-t-elle en se jetant dans mes bras tandis que Boris s'est reculé d'un pas pour nous laisser nous retrouver.

Il s'éloigne ensuite doucement en me faisant un signe de tête et remonte dans notre chambre avec un sourire et les yeux remplis d'amour. Cet homme est un saint ! Et dire que je n'ai même pas pu lui répondre...

Meredith me laisse me ressaisir, malgré le poids de la tristesse qui m'assaille encore et dont je compte me débarrasser sans plus tarder tandis qu'une joie m'envahit également entre la demande de Boris et ma fille qui se trouve là devant moi. C'est même elle qui nous sert un verre d'eau chacune sans que j'arrive encore à parler.

Pourtant, je prends une gorgée d'eau et finis par dire :

— Je n'ai jamais voulu te mentir, ma fille. Jamais !

— Je le sais, Mounette, je le sais !

On se réinstalle sous la charmille sans se lâcher une seule fois la main.

— Maman, je suis prête à écouter ton histoire.

— C'est la nôtre, ma fille, la nôtre, dis-je avec un sourire qu'elle me rend aussitôt.

Je poursuis donc notre histoire…

— Ton père a quitté le pays avec ses deux fils, après la mort de ma…, de ta mère, finis-je par dire, car je sens qu'elle attend quelques réponses claires. Ton père avait quelqu'un d'autre dans sa vie, une femme qu'il a rencontrée dans son travail. C'était une Québécoise et il l'a suivie au Québec avec ses deux fils. Ils se sont mariés là-bas et je n'ai plus jamais eu de nouvelles ni de sa part ni de mes neveux. Alors, je pensais qu'il n'y avait aucune raison de te dévoiler la vérité sur ta naissance et te dire qu'il était mort était ce que j'avais trouvé de plus simple à faire. Mais la seule vérité pour moi est que je t'aime et que je t'ai toujours considérée comme mon enfant, celui que l'on porte dans ses entrailles et que l'on aime avec son cœur…

— Maman ! s'exclame-t-elle spontanément en me serrant dans ses bras.

Ce simple mot est de nouveau pour moi une douche de bonheur. Un amour sans fin.

— Oh, ma fille ! Si tu savais comme je t'aime, si tu savais comme je souffre d'avoir dû te faire subir tout ça pour te dire la vérité.

— Jamais je n'ai souffert à tes côtés ! C'est vrai que tu m'agaces parfois avec tes nombreux textos, dit-elle en me souriant au travers de ses larmes qui inondent son magnifique regard, mais je sais maintenant que c'est parce que tu t'inquiétais pour moi ! ajoute-t-elle en m'embrassant longuement sur mes joues. Tu es l'unique mère que j'ai et je n'ai pas l'intention de te perdre, m'entends-tu ? me chuchote-t-elle en plongeant son regard dans le mien.

C'est à moi, normalement, de la réconforter et voilà que c'est elle qui tient ce rôle. Comme elle a grandi, comme elle a changé.

On continue de discuter longuement de ma défunte sœur. Puis, je décide de ressortir de mon portefeuille une photo d'elle que je conserve précieusement. Je sens que cela fait tout bizarre à ma fille de revoir ma sœur et de se dire qu'elle est sa véritable mère.

— Elle est très belle, me dit-elle tout simplement en ne cessant de fixer son image.

Puis, elle pose sa main dessus comme si elle pouvait la toucher physiquement.

— Et tu as raison, je lui ressemble, ajoute-t-elle.

Je lui annonce alors que sa mère l'a eue à l'âge de trente-neuf ans.

— *Pfou !* Vous aviez plus de vingt ans d'écart !
— Oui.

Je ne suis pas certaine que ma fille ait envie d'en connaître davantage. Du moins, pour le moment. Il me semble que cela fait déjà beaucoup pour une soirée. Mais c'est elle qui poursuit la discussion en voulant en savoir un peu plus sur son père et ses deux frères. Je finis par lui monter des photos qui sont minutieusement rangées dans une jolie boîte en bois, qu'il y a bien longtemps que je n'ai ouvert et qui se trouve pourtant, toujours à portée de main.

— Voilà ton père. Il doit avoir aujourd'hui, environ soixante ans.

— Est-il toujours vivant ?

— Je n'en sais rien, ma puce.

Je continue de lui montrer des photos. Je lui présente d'une certaine manière ses deux frères.

— L'aîné doit avoir la quarantaine, aujourd'hui.

— Cela me fait bizarre de t'entendre dire ça. Il a presque ton âge, me dit-elle avec le regard interloqué.

— Oui. Il avait quinze ans à la mort de sa…, de votre mère…, préféré-je dire. C'est aussi à cet âge qu'il a quitté la France avec ton autre frère et ton père pour le Québec.

Je sens toutefois que Meredith s'en moque. Ça pourrait m'inquiéter, mais en vrai ça me rassure en me disant qu'elle n'aura pas dans l'idée de prendre un vol pour le Québec. Je ne supporterai pas de la perdre alors que je viens de la *re*trouver. Je remarque alors que j'ai devant mes yeux une jeune femme qui ne demandait qu'à s'épanouir. Je sais que les changements dans sa personne sont à fleur de peau et que je serai surprise, agréablement j'en suis certaine, les jours prochains. Je la trouve déjà encore plus belle avec ce sourire qui irradie son visage si angélique !

— Tu es et seras toujours ma merveilleuse fille…

— Et toi, ma merveilleuse maman…

On s'enlace fortement et je me rends compte que tout le poids qui m'accablait, depuis de nombreuses années, s'est totalement dissipé de mes épaules. Je regarde encore ma fille dans les yeux et je sens son pardon, et quelque chose d'autre. Un certain changement dans ses pensées qui semble l'agiter silencieusement et également dans son être tout entier.

Tout d'un coup, son regard se modifie et elle se met à papillonner des yeux qu'elle accompagne d'un large sourire.

— Alors ? Tu ne me présentes pas ton *simple* collègue !

36
Meredith

Je ris intérieurement en voyant ma mère rester bouche bée ! Je ne sais pas si j'ai bien fait de lui poser cette question, mais elle se doutait quand même bien qu'il allait lui falloir me présenter son ami après que je les ai surpris ensemble, pratiquement dans les bras l'un de l'autre !

— Alors ? Il a bien un prénom !

Ma mère me regarde et semble soudain se souvenir de ma première question posée. D'ailleurs, elle semble aussi se rappeler ma présence…

— *Euh…* Il… *euh…* Boris s'appel…

Ce prénom me fait sourire, car c'est bien la première fois que je vais rencontrer quelqu'un qui le porte.

— Alors ? Tu vas le chercher où tu veux que j'y aille, dis-je en lui étreignant l'une de ses mains.

Sans un mot, elle me regarde puis s'en retourne comme un automate. Je ne peux m'empêcher de pouffer comme une petite fille surtout lorsqu'elle jette encore un coup d'œil vers moi tout en montant d'un pas lent, chacune des marches de l'escalier. Elle s'en revient quelques minutes plus tard de la même façon, si ce n'est qu'elle se trouve accompagnée de Boris qui a entrelacé ses doigts aux siens. Il me regarde et me sourit. Je me prends aussitôt à lui répondre à l'identique alors que tous deux continuent de s'avancer vers moi. Je me relève de mon assise tandis que ma mère tente les présentations. Mais elle a du mal. Sa voix chevrote et je la sens à la limite du malaise.

— Ça va aller, maman, lui dis-je avec un sourire et un regard de compassion tant je la sens en souffrance.

— Oui, Rose, ça va aller, rétorque également Boris en portant à ses lèvres la main de ma mère qu'il avait conservée dans la sienne.

Réactive au baiser qu'il y dépose, ma mère le regarde puis lui sourit avant de tourner de nouveau sa tête vers moi.

— Meredith, je te présente Boris, l'homme que j'aime et que je vais épouser.

Mon élan est quelque peu stoppé en l'entendant me prénommer, ce qui est plutôt signe de quelque chose de sérieux ou d'important. Mais la suite de ses paroles me foudroie le cœur. En la regardant d'un regard fixe, je m'aperçois qu'elle est toute bizarre et qu'elle ne se rend sans doute pas compte de ce qu'elle vient de dire. D'ailleurs, il se peut que ce soit simplement l'émotion qui l'ait fait parler ainsi. C'est certain ! Oui, c'est évident !

Boris continue de me sourire tout en me faisant la bise. Et il continue ainsi de sourire en se tournant vers ma mère, l'obligeant ainsi à le fixer du regard.

— Alors, cela veut-il dire « oui », Rose ?

Elle ne lui répond pas directement, mais opine du chef.

— Qu'est-ce que ça veut dire ? dis-je comme si je n'avais pas compris qu'il existait un sous-entendu à cette réponse qui semble répondre à une demande en mariage dont la réponse n'avait pas encore été donnée.

Pfou ! Je m'y perds moi-même !

— En espérant ne pas me fourvoyer, je crois que votre maman vient d'accepter de m'épouser.

— Je vais me marier ! s'exclame alors ma mère avant que je n'aie pu digérer les paroles de Boris.

Elle me serre si fortement dans ses bras que je ne peux la décevoir en posant une question qui serait à coup sûr, déplacée en cet instant. Je relève légèrement la tête que ma mère tient par la nuque pour m'étreindre plus encore tandis que Boris me fixe d'un regard qui doit être celui de ses meilleurs jours, tant lui aussi semble heureux.

Dans ma tête, tout s'affole. La présentation de l'ami de ma mère en plus d'une réponse à une possible annonce de mariage faite le jour même où j'apprends que ma mère n'est pas ma mère, même si dans mon cœur elle l'est bien réellement… Cela fait un peu beaucoup pour ma petite personne ! Pourtant, je regarde ma mère et je ne crois pas l'avoir déjà vue aussi heureuse.

Je me sens soudain de trop, même si aucun des deux ne fait quoi que ce soit pour me gêner. Je préfère les laisser à leur histoire qui semble magnifique tant ils ont l'air déjà si complices. Je décide de rentrer à pied, mais ma mère s'y oppose fermement vu l'heure tardive. Elle me propose même de dormir chez elle, mais je ne le préfère pas. Non pas que la présence de Boris m'embarrasse, mais j'aurais vraiment l'impression de les déranger. Néanmoins, je m'attarde auprès d'eux et Boris se montre adorable, surtout après les présentations de ma mère qui avait perdu pied à mon arrivée. La suite de notre conversation se poursuit donc à trois. Je m'en veux de me moquer ainsi d'elle, même s'il n'y a rien de méchant dans mes taquineries, mais elle est si drôle à ne pas réussir à dire des phrases d'une seule traite.

Elle bredouille et rougit constamment. De la voir amoureuse, je la trouve également très belle. Je comprends maintenant d'où viennent tous ces changements chez elle. Bien qu'il ne faille pas sortir de Science Po pour deviner qu'il y a quelqu'un derrière tout ça…

Une heure plus tard, Boris propose que ma mère et lui me reconduisent ensemble chez moi. Je me retrouve assise à l'arrière de sa voiture tandis que ma mère s'installe devant à ses côtés. Je fixe l'arrière de la tête de ma mère avec le regard plein d'émotions. Elle est ma mère, celle qui m'a bercée chaque nuit où j'en avais besoin, celle qui est toujours là, même lorsque parfois je ne suis pas très gentille avec elle après qu'elle m'ait envoyé une dizaine de textos. C'est alors que je me rends compte de toute la souffrance qu'elle a dû endurer seule durant toutes ces années.

Pourtant, de savoir qu'elle n'est pas ma génitrice a modifié quelque chose en moi. Je me sens non pas plus forte de l'avoir appris, mais plus sûre de moi de savoir qu'elle m'a donné pendant toutes ces années la force de paraître une personne sans un reliquat de deuil ou de chagrin. Mais le passé nous a rejoint toutes les deux et il était temps de mettre à jour cette histoire.

Maintenant, je n'ai plus d'excuse pour me dire que je suis grosse, que je ne plais à personne, que je ne suis pas capable de garder un homme auprès de moi ! J'ai l'impression de me voir réellement pour la première fois.

Je continue de me laisser conduire en silence, les regardant tous deux, tour à tour. Ils se tiennent même la main amoureusement. Je souris, bien qu'il me faille me faire une raison : dorénavant, ma mère n'est plus exclusivement *qu'*à moi !

Il est à peu près une heure du matin lorsque je me décide enfin à me coucher. Quelle journée ! Je repense à tout et tout se mélange un peu quand même dans ma tête. Mais j'ai vraiment passé une bonne soirée avec ma mère et Boris. Je crois d'ailleurs que c'est la première fois que je me sens si proche d'elle. J'ai senti qu'elle en avait besoin et moi aussi. Je ne l'ai jamais vue aussi triste de ma vie et je suis bienheureuse de l'avoir quittée sereine et entre de bonnes mains. Je l'aime tellement que je ne pourrais jamais imaginer ma vie sans elle. Mais je songe aussi qu'elle ne va pas tarder à se marier.

Se marier ! répété-je en riant nerveusement.

Puis, je finis par me calmer et soudain, l'image de Cédric se dessine devant moi. J'ai tellement envie de le revoir. Il me manque effroyablement.

Le lendemain matin, j'appelle Clothilde pour lui raconter ce que ma mère m'a appris. C'est bizarre car, même si d'un côté elle semble surprise, de l'autre, elle avait l'air de savoir qu'il y avait quelque chose, pas spécialement de mauvais, mais quelque chose quand même.

Après lui avoir longuement parlé et surtout lui avoir dit que ma mère allait se marier, ce qui lui a fait très plaisir, car elle a toujours eu beaucoup d'affection pour elle, je raccroche et me demande bien ce que je pourrais faire.

Je décide de me rendre chez mon voisin du rez-de-chaussée.

— Lorenzo ! Ça te dit de m'accompagner pour faire les boutiques dans l'après-midi. J'ai envie de changer totalement de look !

— Rhoo ! Je suis la femme de la situation ! lâche-t-il

avec un sourire radieux.

Mais comme il est encore tôt, nous décidons d'aller manger le midi à la pizzeria qui se situe toujours à l'angle de notre rue. C'est alors que nous y rencontrons James, seul avec un livre en main. Le regard de Lorenzo s'illumine comme un sapin de Noël !

Je les présente car, chose incroyable, ils ne s'étaient jamais adressé la parole. Au bout de quinze minutes, j'ai l'impression de ne plus exister.

Me serais-je trompé sur James ? À moins qu'il ne soit bisexuel...

Finalement, c'est encadrée de mes deux voisins que je fais les boutiques. Nous faisons même un détour chez le coiffeur et après encore une manucure, nous finissons dans un SPA. Me voilà donc avec un masque verdâtre sur le visage tandis que James et Lorenzo ont tous deux un masque noir joliment étalé sur leur magnifique faciès. Les deux esthéticiennes qui s'occupent d'eux ne peuvent s'empêcher de les draguer, et je crois qu'ils aiment ça, de différentes façons, mais ils aiment ça quand même !

Je rentre chez moi ravie de ma journée.

Les goûts différents de mes adorables voisins, ainsi que la vision différente qu'ils posent sur les femmes m'ont permis de faire de véritables choix qui, je trouve, mettent toutes mes rondeurs en valeur. Je crois bien que je ne me suis jamais sentie aussi belle et bien dans ma peau.

Je me connecte à mon blog et change ma photo de profil — adieu, Anne Hathaway ! — afin d'en mettre une de celles que nous avons prises avec mes deux voisins aujourd'hui.

Puis, je me connecte sur mon compte Facebook. J'en

fais de même avec ma photo de profil et après cinq minutes, je m'aperçois que j'ai déjà une vingtaine de notifications.

« Trop belle ! »

« Waouh ! Bellissima ! »

« T'es canon O »

« Hey ! T'es toujours célib ? »

« ... »

Et ça continue ainsi, longuement. Je souris, car je me sens tellement différente que cela se voit sur cette photo. Bon, il y a aussi ma coiffure qui s'est trouvée raccourcie de dix bons centimètres ! Ça vous change une tête !

Je continue de regarder les notifications qui s'ajoutent comme des guirlandes de Noël. Soudain, un cœur apparaît. Je décide de savoir qui a aimé mon post avec ce smiley. Je clique dessus et une liste avec le nom de mes amis apparaît. J'écarquille au maximum mes yeux en voyant que ce cœur a été mis par Cédric.

Je me dis qu'en fin de compte, le bonheur existe et que je n'ai plus qu'à trouver le mien même si je dois, pour cela, aller le chercher en Espagne…

37
Meredith

Un mois s'est déjà écoulé depuis que maman a épousé Boris lors d'une cérémonie des plus simples. Mais celle-ci débordait toutefois d'amour. Avec les deux filles de Boris, nous étions les filles d'honneur. Même si je ne m'entends pas vraiment avec elles, car j'ai l'impression d'avoir affaire à Javotte et Anastasie, les deux horribles sœurs de Cendrillon, cela s'est bien passé dans l'ensemble. Mais je crois que je ne suis pas quelqu'un de facile moi non plus. Enfin ! On ne peut pas s'entendre avec tout le monde. Mais pour ma mère et Boris que j'apprécie réellement, j'ai fait en sorte de bien m'entendre avec Charlotte et Mélodie au moins durant ce jour, certainement le plus important pour eux deux.

Je balaye les photos prises justement durant la cérémonie et qui se trouvent sur mon iPhone. Je regarde ma mère. Elle est tellement heureuse que cela me donne l'envie de sourire. Je continue de balayer ainsi les photos, puis je change d'applications et me rends sur mes notes. Je m'aperçois alors qu'il y a bien longtemps que je n'ai pas fait de liste. Je compte y remédier tout de suite ! Mais en relisant mon ancienne liste, je me rends compte que plusieurs points n'ont plus lieu d'être. Presque tous à vrai dire !

Je me rends compte que faire une nouvelle liste ne changera rien à ma vie actuelle. J'ai changé, je suis devenue quelqu'un de plus affirmé, de plus sûre de moi. J'occupe un poste qui me plaît et personne ne vient m'embêter avec des mains baladeuses ou autres. J'ai modifié mon apparence, mes tenues, ma façon de manger. Tout ce qui me faisait défaut avant de savoir le secret de ma mère. En fin de compte, je songe que je n'ai qu'un seul point à noter. Être heureuse et retrouver l'amour. Oui, même si je pense que Cédric reste l'homme de ma vie. Cet imbécile ne le sait toujours pas, c'est tout !

C'est alors que Clothilde m'appelle.

— Salut, Bichette !

— Bonjour, Clo ! Comment vas-tu ?

— Bien et toi ?

— Bien, aussi ! Qu'est-ce que tu fais ?

— Je voulais savoir si tu veux venir prendre un verre avec moi. J'ai à te parler.

— À me parler comment ?

— J'ai une nouvelle à t'apprendre, mais je préfère te la dire de vive voix.

— OK ! Je te rejoins dans vingt minutes au Cristal !

— C'est parti ! À tout de suite !

— À tout de suite ! répété-je à mon tour en sautant de mon petit sofa.

Sur le chemin, je croise avec surprise Franck et Sophie, mes deux anciens collègues de chez *Bittoni & cie*.

— Méré ! C'est toi ! Oh ! Je suis trop contente de te revoir !

— Moi, aussi, la belle ! s'exclame à son tour Franck en m'embrassant comme Sophie, avec affection.

— Qu'est-ce que vous devenez, les amis ?

— Eh bien, comme tu vois, on attend un heureux événement ! chantonne Sophie d'une voix assez haute afin que tout le monde comprenne qu'elle est enceinte.

C'est alors que je vois Franck se redresser fièrement à ses côtés.

— C'est toi, le père ? dis-je avec un large sourire.

— Yes ! rétorque-t-il tandis que Sophie me secoue devant les yeux son alliance.

Je suis bienheureuse pour eux deux en les quittant tout en les sommant de me donner des nouvelles. Je continue mon chemin et finis par retrouver enfin mon amie d'enfance. Comme Sophie, je la trouve radieuse.

— Tu n'es pas enceinte ! lui dis-je en l'embrassant.

Je la vois rougir alors qu'elle conteste avec vivacité mes paroles.

— Je plaisantais ! C'est parce que je viens de croiser une de mes anciennes collègues qui est enceinte. Cela m'a fait tout drôle.

— Non ! Moi, je ne suis pas enceinte. Je vais me marier !

— Déjà !

— Quoi, déjà ? Je connais Charles depuis nos seize ans. Cela fait plus d'un an que l'on est ensemble officiellement…

— Comment ça, officiellement ?

— En vrai, cela fait deux ans et demi, mais on n'en a parlé à personne. Ne me demande pas pourquoi ! Mais depuis que l'on vit ensemble, tout se passe pour le mieux.

On est heureux et l'on a envie d'avoir des enfants. Alors, il faut bien que l'on se marie, hein !

— *Aoutch !* Cela me fait encore plus bizarre que pour Sophie.

— J'espère bien, d'autant plus que tu vas être mon témoin, ma chérie !

Je retourne chez moi dans la soirée après être passée par chez ma mère. Elle est toujours pleine de gaité et Boris est toujours aussi délicieux avec elle. Je suis vraiment heureuse pour eux. Lorsque j'ai annoncé à ma mère que Clothilde allait se marier, elle a essuyé une larme. Je ne sais pas si c'est parce qu'elle était heureuse pour Clo ou bien si elle pensait que de mon côté, elle n'assisterait jamais à mon mariage…

Je me couche une nouvelle fois en me disant que tout le monde semble avoir trouvé sa place dans la vie.

Tout le monde sauf moi ! Mais je n'ai pas l'intention de mourir vierge et toute seule comme une vieille fille.

Une petite prière s'impose.

Après tout, j'ai fait ma communion ! Alors, ce serait sympa si là-haut, quelqu'un finissait par entendre mes prières…

38
Cédric

Je viens de passer plus de six mois en Espagne à bosser comme un malade, autant pour ne pas décevoir mes patrons qui ont mis toute leur confiance en moi, que pour éviter de penser à Meredith. De fait, je suis devenu numéro un des meilleurs managers d'Europe avec un chiffre d'affaires qui s'est trouvé bien au-dessus des objectifs qui m'ont été fixés pour une année entière.

Du coup, on me rappelle en France pour ouvrir un nouveau magasin boulevard Haussmann. Je ne suis pas mécontent de cette nouvelle. J'en ai un peu marre de la paëlla et autres plats colorés qui ont pourtant satisfait mon palais durant tous ces mois passés.

Durant le temps que dure mon vol de retour, je consulte en mode *Avion* mes e-mails et messages téléchargés à l'aéroport. C'est ainsi que j'apprends la nouvelle concernant Charles et Clothilde. Ils se marient, ce qui ne me surprend pas du tout. Je pensais même qu'ils se seraient déjà dit « oui » avant le début de cette année. Je dois être le seul à savoir qu'ils sont ensemble depuis plus de deux ans. Charles et moi-même avons toujours été confidents même si j'ai menti dernièrement lorsqu'il m'a demandé s'il y avait quelque chose entre Meredith et moi. Je n'ai pas pu le lui avouer. C'était une surprenante question posée pourtant avec simplicité, juste avant mon départ. Je pense que Clothilde avait dû lui dire quelque chose à mon sujet. Après tout, elle est la confidente de Meredith ! Le pis dans tout ça, c'est que je ne sais même pas pourquoi j'ai voulu le cacher. C'est comme lorsque j'ai raconté à Vincent, en arrivant en Espagne, que je m'éclatais grave avec des nanas. C'était n'importe quoi ! Depuis, que j'ai fui Meredith avec son chippendale, je n'ai mis aucune femme dans mon lit. Plus de six mois d'abstinence ! Qui l'aurait cru ! D'ailleurs, je ne vais pas m'en vanter, car personne ne me croirait de toute façon !

Je continue de consulter mes messages. J'apprends alors que Carole attend son premier enfant, mais toujours pas Valérie. De toute façon concernant cette dernière, cela ne m'étonne que moyennement. Elle est carriériste jusqu'au bout des ongles et les enfants, elle n'aime pas *ça* !

Je survole encore une dizaine de messages, mais je dois me faire une raison. Il n'y en a aucun de Meredith. Après tout, je ne vois pas pourquoi elle se déciderait à m'écrire alors qu'elle ne m'a pas envoyé un seul SMS durant tous ces mois.

À bien y réfléchir, moi non plus !

Mais il suffit que je ferme les yeux pour me rappeler le moindre détail de son visage ou de ses formes. Je pense aussitôt à *Ryan & Ryan* dont j'ai pu faire la connaissance dans ma voiture, le jour où j'avais été la chercher à son boulot. J'avais trouvé cela drôle d'apprendre qu'une femme pouvait surnommer ses seins ainsi. Mais les siens, je suis prêt à les surnommer comme elle le veut !

Humm… Rien que d'y penser, j'ai mon entrejambe qui s'affole… Et sa nouvelle coiffure lui va à ravir. Elle est, *humm…*

Pas pour toi ! me crie une petite voix dans ma tête.

Ce qui a le don de m'agacer. Finalement, l'avion atterrit et ce n'est pas plus mal. J'ai prévu de retrouver Vincent qui, après avoir appris que je rentrais, m'a proposé de venir me chercher à Orly. Je suis content de voir une tête familière.

— Comment va, l'ami ?

— Bien ! Et toi ? dis-je en lui faisant la bise, tout en l'étreignant de mes bras.

On est amis depuis de si longue date que l'on s'embrasse comme des frangins, peu importe le temps qui s'écoule entre deux retrouvailles. Je mets mes deux bagages dans le coffre de sa voiture et nous prenons la route en direction de chez moi.

— Tout le monde va bien ? demandé-je intéressé car, hormis les messages lus sur notre petit groupe fermé, je n'ai pas eu de nouvelles des autres de vive voix ou si peu.

En tout cas, aucune qui concerne Meredith…

— Tout le monde va bien ! Tu as appris pour Charly et Clo ?

— Oui, j'ai vu le message qui me demandait de réserver mon week-end. Je suis *témoin* a priori !

— Je crois que l'on est tous « témoins » ! s'exclame Vincent. Mais si tu es libre ce soir, Max et Annie m'ont invité à dîner.

— Ah oui ?

— Et toi aussi dès que je leur ai dit que je venais te chercher à l'aéroport ! s'exclame-t-il à nouveau avec un clin d'œil en passant la quatrième vitesse de son bolide.

— Ah…

J'hésite à lui dire que je vais me joindre à eux. J'ai bien envie de savoir auparavant qui sera là. Mais je trouve que ça craint de poser la question pour dire après que je ne viens pas.

— À moins que tu ne préfères pas venir si tu es trop fatigué, me rétorque-t-il avant même que je lui réponde.

— Oui. Je pense que je vais décliner…

— C'est comme tu veux ! De toute façon, il est encore tôt. Tu as tout l'après-midi pour voir venir…

— *Euh,* c'est tout réfléchi…

— Si tu changes d'avis, tu me *phones* et je viens te prendre. OK ? me propose-t-il puisqu'il sait que j'ai vendu ma smart avant mon départ pour l'Espagne, et que je n'ai donc plus de véhicule pour le moment.

— C'est sympa, Vince ! Mais je ne préfère pas. Si cela ne te dérange pas, tu m'excuseras auprès de Max, hein ?

— Ouais, t'inquiète !

Une bonne demi-heure plus tard, je retrouve le confort de mon appartement. Rien n'a bougé de place.

Absolument rien.

Après tout, personne n'a les clés. Pas de voisine attentionnée ; pas de sœur ou de frère qui solliciteraient mon appartement durant la moindre de mes absences ; pas de parents encore vivants…

Peut-être que si j'avais eu la chance d'en avoir, j'aurais pu prendre exemple sur eux et ne pas me retrouver à avoir une vie aussi stable que le volcan Eyjafjallajökull !

À huit ans, apprendre que l'on ne reverra plus jamais ses parents est quelque chose de difficile à comprendre. Une sortie de route, une voiture plongée dans un ruisseau en furie, deux morts par noyade avaient mis fin à ma vie entourée d'amour. Huit ans de plus en maison d'accueil m'avaient appris à cacher mes émotions, puis l'Internat était arrivé tel un Sauveur, me faisant découvrir au passage les joies des flirts et autres coucheries.

Depuis la mort de mes parents, j'ai vécu vingt ans ainsi, en me faisant une raison. Peut-être pas la meilleure, mais elle me maintenait en vie. Avoir de multiples relations ne me demandait pas trop d'attaches. Et puis l'affectif ne rentrait jamais en jeu. Mais depuis que j'ai retrouvé Meredith, plus rien de tout ça n'est réel. Je me suis attaché à elle et j'aimerais qu'elle puisse s'attacher à mon cœur, et qu'elle ne puisse plus se passer de moi.

Parfois, on se fait des idées sur une chose, puis en fin de compte, on s'aperçoit qu'il n'en est rien. J'ai bien peur que ce soit le cas avec elle. C'est pourquoi il m'est impossible de me rendre chez Max et Annie.

La revoir serait insoutenable en sachant que son cœur ne m'appartiendra jamais !

39
Meredith

Encore une soirée que je vais passer à tenir la chandelle à mes amis. Max, Annie et compagnie ! Tous sont en couple, alors que moi, je reste éternellement célibataire. Je me demande toujours pourquoi ils m'invitent. J'ai l'impression qu'ils ont pitié de moi.

En arrivant chez eux, je ravale ma rancœur infondée, car ils sont tous toujours très gentils avec moi. Enfin, sauf peut-être Valérie. Mais elle agit ainsi avec tout le monde même son mari ! Et puis je me rappelle que Vincent aussi est célibataire !

Je salue tout le monde et m'aperçois que je me suis trompé sur Vincent. Il est accompagné de la même nana qui s'était jointe à nous au restaurant japonais. Je ne me souviens plus de son prénom, mais c'est bien elle.

— Oui ! Qui l'aurait cru, hein ? me murmure Valérie avec une petite moue sur le visage qui ne semble pas véritablement sympathique à l'encontre de Vincent.

Mais bon ! Je suis habituée avec elle...

Je l'abandonne à ses médisances, et ne peux m'empêcher de balayer du regard le salon, au cas où Cédric ferait une apparition tel le Saint-Esprit. Après tout, il est toujours en Espagne si je ne me trompe ! Donc, assurément, pas de Cédric !

Comme à leur habitude, ils parlent tous de leurs jobs. Valérie ne peut, encore une fois, s'empêcher de dire du mal de ses secrétaires. Même si j'ai depuis changé de boulot, je sais ce qu'elles subissent. Et avoir Valérie comme chef doit être pis que M. Bittoni.

Évidemment, la discussion arrive rapidement sur Carole, enceinte de cinq mois tout de même. Elle est ronde comme un ballon, mais ses traits sont toujours aussi gracieux. Valérie fait aussitôt une moue de dégoût rien qu'à l'idée de se retrouver enceinte. Moi je me dis que cela ne lui ferait pas de mal, sèche comme elle est ! Mais pauvre enfant et pauvre Jérôme ! Déjà qu'il a l'air d'être totalement soumis avec elle, si en plus ils se reproduisent, mon Dieu ! Encore une fois, je ris seule de ma bêtise et toutes les têtes se tournent vers moi.

Je fais aussitôt semblant de m'étouffer et je m'enfuis dans la salle de bain. Arrivée dans celle-ci, je ne peux m'empêcher de repenser à Cédric et à la fois où il m'a embrassée. C'était la toute première fois. C'était si bon…

Je reste au moins cinq minutes cloîtrée ainsi à attendre je ne sais quoi. Même si Clothilde me manque et que j'ai envie de discuter avec elle de son mariage, je n'ai absolument pas envie de les rejoindre au salon. Surtout en les entendant soudain plus actifs. On dirait qu'il se passe quelque chose. Ça parle plus fort, ça rigole également. Ma curiosité est piquée.

Oui, je suis une curieuse de nature !

J'entrouvre la porte de la salle de bain pour écouter avant de m'y rendre. Je reconnais la voix de Charles qui s'exclame :

— Mon témoin !

— Hé ! Moi aussi, je suis ton témoin ! brame Vincent.

— Salut, les amis !

Soudainement, je tremble en croyant reconnaître la voix de Cédric. Je ris nerveusement puis je m'arrête. J'avance doucement jusqu'à l'entrée. Ils sont tous autour de Cédric, car il s'agit bien de lui. Tous ont véritablement l'air heureux de le revoir. Mais je ne sais pas si c'est réellement mon cas, ou le sien lorsqu'il se retourne soudain pour me faire front. Les autres repartent naturellement dans le salon, tel qu'ils s'apprêtaient à le faire avant ma venue, tandis que Cédric reste et me fixe du regard sans esquisser le moindre mouvement. Je reste ainsi figée sur place durant deux bonnes secondes avant de prendre une longue inspiration.

— Salut ! me dit-il.

Salaud est le seul mot qui me vient en tête. Pourtant, mes yeux ont l'air d'exprimer le contraire, car il se rapproche de moi. Il se penche et me fait une première bise. Je me laisse faire et plus encore lorsqu'il effleure mes lèvres des siennes pour embrasser ma seconde joue. Puis une troisième en sens inverse me donne une ribambelle de papillons dans le ventre. La quatrième s'écrase sur ma commissure et je me sens toute guimauve.

— Tu viens ? me dit-il tout simplement en se dirigeant déjà vers le salon où tous nous attendent, a priori.

— Ah ! Vous voilà enfin ! s'exclame Max. Il ne manquait plus que vous pour porter un toast aux futurs mariés !

La suite de la soirée se déroule je ne sais comment. Je crois que je suis incapable de savoir ce qu'il s'est dit, fait ou bien acté. Je n'ai retenu que deux choses : Cédric est le témoin de Charles et qu'il m'a dit bonjour en arrivant d'une façon qui m'émeut encore.

On se retrouve de nouveau à jouer à leur jeu stupide *Action ou Vérité*. Je me dis qu'il n'y a que chez Max et Annie que l'on trouve ce genre de jeux. Mais bon ! Je n'ai pas le choix et je participe avec tout l'enthousiasme qui m'anime en cet instant, c'est-à-dire, un niveau 0 correspondant a : « À moi ! Je suis à nouveau au bout de ma vie ! »

Mais lorsque Cédric s'installe à mes côtés sur la banquette, je ne peux m'empêcher d'être heureuse. Nos mains sont apposées de chaque côté de nos corps et nos petits doigts se frôlent plusieurs fois avant de s'attacher l'un à l'autre pour se défaire aussitôt.

— Tu es craquante ainsi, me lâche-t-il dans un murmure pendant que tous les autres sont en train de poser une nouvelle question à Vincent.

Je souris en refermant brièvement les yeux tant je me sens envahie de frissons intenses. Mon enthousiasme vient de franchir le niveau 3 et est en lice pour continuer de s'élever. Je suis sur le point d'atteindre le niveau 10 au moment même où Cédric m'étreint la main discrètement. Mais il la relâche dès lors qu'il entend Jérôme s'époumoner d'un air excité :

— C'est au tour de Cédric de répondre !

— OK ! rétorque-t-il en ramenant ses mains sur ses genoux.

Comme d'habitude, Carole et Valérie, officiellement nominées par elles-mêmes chefs du jeu, braillent l'une derrière l'autre : « Action ouuu » « Vérité ! »

— Vérité !

C'est à Vincent de lui poser une question, mais Charles

lui coupe l'herbe sous le pied.

— Alors, Cé ! Combien de femmes dans ton lit, en Espagne ?

Je me sens transie d'un trouble désagréable. Comment ai-je pu oublier si vite que Cédric était un coureur ? Je m'en veux terriblement. Je n'arrive même plus à le regarder alors que je sens son regard peser sur moi.

— Aucune !

— Non ! s'exclament en chœur Vincent, Max et Patrick.

— Si. Aucune, répète-t-il tout simplement en me regardant.

Je le fixe en essayant de comprendre sa réponse. J'en ai la tête qui me tourne. Ou bien est-ce la pièce qui bouge toute seule ? Je sens également le regard de Clothilde et de Charles. Je tourne ma tête furtivement vers eux pour voir un sourire identique qui étire leurs bouches. J'essaye de déchiffrer ce que cela veut dire, mais je ne comprends rien !

Après une telle réponse, le jeu reprend toutefois. C'est à mon tour de répondre et Valérie et Carole s'en donnent de nouveau à cœur joie pour me demander mon choix.

— Vérité.

Je ne sais pas pourquoi j'ai répondu ça. Mais après tout, je n'ai rien à cacher. Sauf que si j'avais su qu'un jour on me poserait une telle question en public, j'aurais sans doute répondu « Action ! »

— Alors, avec combien d'hommes as-tu couché dans ta courte vie ? réitère ma meilleure amie, Clothilde, qui connaît pourtant parfaitement la réponse.

Je regarde Cédric et je sens qu'il est important pour lui de le savoir en plus d'une impatience nerveuse qui l'enveloppe intégralement.

— Aucun…, dis-je presque dans un murmure en rougissant violemment.

Les yeux de Cédric semblent sortir de leurs orbites, tandis que Vincent lâche un long sifflement tel qu'il a l'habitude de le faire. Quant à Max, il frappe ses mains l'une contre l'autre en s'exclamant :

— Alors, là ! Bravo ! Tu me surprendras toujours, ma belle !

Je sens que Charles et Clothilde ont eu l'envie de jouer les marieuses, mais à part leur sourire brièvement, je ne sais que dire. Le jeu se poursuit, mais j'avoue ne plus savoir ce qu'il s'y passe.

De tout le reste de la soirée, d'ailleurs !

— Je te raccompagne, si tu veux, me propose Cédric au moment de partir.

Une phrase qui renferme tous mes espoirs. Je lui réponds un simple « oui ».

On salue rapidement tout le monde et l'on s'enfuit presque comme des voleurs.

On descend les premières marches ensemble et la main de Cédric cherche la mienne. Nos doigts s'entrelacent aussitôt et Cédric arrête son pas en plein milieu des escaliers. Il m'attire à lui en entourant ma taille de son bras musclé, puis écrase ses lèvres sur les miennes. Il les écrase encore et encore. J'ai l'impression que je n'ai plus besoin de respirer tant ses baisers me comblent. Je me rends compte durant un bref instant de lucidité que l'une de mes jambes refuse de toucher le sol. J'ai de nouveau la jambe pin-up pour mon plus grand bonheur. J'avais eu si peur de l'avoir rêvée la première fois… Mais déjà, mon esprit est de nouveau absent en sentant la pression du corps de Cédric contre le mien.

J'ai envie de me donner à lui...

Soudain, Cédric s'interrompt et pose son index sur ses lèvres afin de me faire comprendre de ne pas faire de bruit. Puis, il nous entraîne vers la sortie. C'est alors que j'entends, à mon tour, nos amis quitter l'appartement de Max et Annie, et se rapprocher dangereusement de nous. Arrivés tous deux dans la rue, on court se cacher dans une ruelle comme des enfants. Il me tient contre lui et je reste ainsi dans ses bras tandis que ses lèvres m'embrassent de nouveau avec ardeur. Au bout de quelques minutes, nous ressortons de notre cachette. Cédric me sourit et je lui souris à l'identique, le cœur aussi heureux que le sien, me semble-t-il.

— Mince ! lâche-t-il.

— Mince ? répété-je soudain inquiète.

Aurait-il déjà des regrets ?

— Oui, mince ! répète-t-il en me serrant contre lui. J'ai complètement oublié que je n'avais plus de voiture...

— Vélib' ou Uber ? proposé-je avec un sourire, en plus de l'énorme soupir que je laisse échapper malgré moi.

— Si tu fais toujours du vélo comme d'habitude, je préfère un Uber, dit-il avant de reprendre ma bouche dans la sienne.

Il passe de nouveau la barrière de mes dents sans aucune contrainte et je le laisse s'immiscer et jouer avec ma langue. Mon ventre s'affole et *Ryan & Ryan* aussi lorsqu'il pose la main sur l'un d'eux.

Finalement, on reste ainsi enlacés en pleine rue avant que notre Uber arrive. Le chauffeur nous interrompt, brièvement, le temps pour nous, de nous installer à l'intérieur de la voiture et de poursuivre notre tête-à-tête amoureux…

40
Cédric

Je me trouve toujours dans le salon de Meredith. Elle m'a demandé quelques minutes pour je ne sais quelle raison, car je la trouve très belle ainsi. Je suis nerveux, heureux et angoissé tout à la fois ! Savoir que Meredith est vierge est comme un cadeau de la vie pour moi. Personne n'a posé la main sur elle comme j'ai eu l'habitude de le faire avec mes conquêtes. Mais Meredith n'est pas une conquête pour moi. Elle est la femme de ma vie, j'en suis plus que certain !

Mon Dieu ! J'entends la porte de la salle de bain s'ouvrir et après quelques secondes, je vois Meredith se diriger vers moi. Je sais qu'elle est nerveuse, car j'aperçois ses doigts qu'elle entortille entre eux. Elle s'approche de moi tandis que je me suis relevé du sofa pour venir à elle. Mais je m'arrête afin de la laisser faire le dernier pas. Je veux que ce soit elle qui décide de la suite de notre histoire.

— Ça va ?

Elle me répond en opinant du chef avec un petit murmure que je prends pour un « oui ». J'écarte les bras et elle s'y love avec douceur. Je ne sais pas si elle a refermé les yeux comme moi, mais je la sens se presser contre mon torse et cela suffit à mon bonheur. Je hume le parfum de ses cheveux. J'y dépose un baiser, puis un autre plus bas jusqu'à atteindre son cou. Elle gémit légèrement et cela affole mon entrejambe. Elle se presse un peu plus contre moi tout en relevant la tête. Ses yeux se ferment et s'entrouvrent brièvement, tel un appel au plaisir. J'ai envie de lui faire du bien. Uniquement du bien. Mais je ne lui ferais pas l'amour ce soir. Il n'est pas question qu'elle pense que je puisse profiter d'elle ou de la situation. Je lui dénude une épaule sur laquelle je dépose une myriade de petits baisers. Puis, je ne sais ce qu'il me prend. Je lui fais un petit suçon, simple, mais bruyant. Je relève la tête, inquiet de mon impulsion. Meredith tente de regarder son épaule.

— Cela veut-il dire que je suis à toi maintenant ?

Je la regarde et ses yeux brillent de mille feux, autant que les miens, j'en suis certain. La tentation est bien trop forte et je ne peux m'empêcher d'écraser mes lèvres sur les siennes.

Je l'embrasse encore et encore.

Même lorsque je la soulève dans mes bras pour l'emporter sur son lit.

Même lorsque je m'allonge à ses côtés et lui ôte son haut délicatement.

Même lorsque l'on se murmure dans un même temps « Je t'aime ».

Je retrouve *Ryan & Ryan heureux* d'être enfin libérés de leur armature… Je fais connaissance avec eux, plus que la dernière fois dans ma voiture où les pauvres avaient été malmenés par mes caresses cherchant à s'insinuer sous un blindé de la Seconde Guerre mondiale comme l'avait sous-entendu Meredith. D'ailleurs, c'est certainement de sous-vêtements qu'elle voulait changer en arrivant ici, car ceux-ci sont bien plus légers.

De fait, Ryan & Ryan délivrés du tissu qui les retenait à peine, je peux ainsi leur montrer à quel point ils me plaisent. Je descends ensuite sur le ventre de ma compagne qui frémit toujours des milliers de petits baisers que je sème partout où ma bouche s'échoue. Je reprends ses lèvres avec les miennes et il me semble que le temps s'est suspendu lorsqu'elle se love encore plus entre mes bras. Je sens qu'elle attend quelque chose de moi. Certainement que je lui fasse l'amour… Mais je veux lui montrer que je ne suis pas un sale type et que je sais me retenir.

— Ne sois pas déçue, ma douce. Je te jure que tu auras ce que tu mérites en m'offrant ainsi ce que tu as de plus cher.

J'embrasse son bouton de rose qui éclot au contact de mes lèvres. C'est un délice et Meredith semble apprécier la chose… Mon entrejambe s'affole et se retrouve comprimé dans mon boxer. La douleur m'indique que cela n'en sera que meilleur. Je me suis fait une promesse et je tiens à la tenir…

41
Meredith

Je crois que je ne vais jamais tenir. J'ai envie de lui. Qu'il me montre à quel point il m'aime, même si je sais que son respect en est la preuve par mille. Jamais un homme ne m'avait embrassée ainsi. Jamais ainsi du moins ! Je crois n'avoir jamais eu autant d'orgasmes de ma vie. Du moins, autant que durant les deux heures où je me suis trouvée dans ses bras.

Je le regarde dormir à mes côtés. Même s'il n'a pas voulu me faire l'amour, j'ai insisté pour qu'il reste là cette nuit, avec moi. Il est si beau avec ses traits sereins certainement dus au fait qu'il dorme profondément. Je ne peux m'empêcher de déposer un léger baiser sur son front. Comme il ne bouge pas, je continue et dépose un léger baiser sur ses lèvres. Je me régale du fait qu'il ne bouge toujours pas. Je continue mes manœuvres et m'approche un peu plus de son visage ainsi que de son corps. Je presse très doucement, mais longuement ma bouche sur la sienne quand soudain, il m'attrape dans ses bras et plonge sa langue dans ma bouche. Je ne cherche pas à réfléchir pour comprendre qu'il m'a eue et qu'il ne dormait pas plus que moi.

Je me laisse de nouveau embrasser.

C'est délicieux.

Je gémis et lui aussi. Un grognement purement masculin s'élève de sa gorge lorsqu'à mon tour, je dépose sur chaque millimètre que ma bouche rencontre, un baiser. J'atteins son cou puis je laisse glisser mes lèvres sur son torse. Je pose ma main sur son sexe et il la relève aussitôt.

— Petite coquine…, lâche-t-il d'une voix rauque qui me donne presque un orgasme. Je ne tiendrais jamais si tu joues avec *lui*…

Ses mains me cherchent et je les laisse me trouver. Il reprend ma bouche dans la sienne tandis que ses doigts cherchent un endroit encore inexploré. Lorsqu'ils le trouvent, je crois fondre et en même temps me sentir vivante comme jamais. Aucun homme n'avait encore glissé une main en ce lieu même si sa bouche y avait été la pionnière. Il faut dire qu'aucun n'avait réussi à passer la barrière de mes supers-slips-de-la-mort qui défiaient tous bons soldats prêts à faire quelques détours sans succès ! Mais depuis que j'ai changé de garde-robe, mes sous-vêtements ont pris une allure plus légère. Et ce n'est pas pour me déplaire. D'autant plus que Cédric a l'air d'apprécier énormément l'obstacle si facile à contourner…

— J'ai envie de toi…, dis-je dans un murmure.

Il relève la tête qui avait rejoint ses mains.

— Profite et arrête de me tenter, lâche-t-il dans un souffle qui me donne un nouvel orgasme.

Je lui relève la tête pour qu'il m'embrasse de nouveau avant de le supplier.

— Ne m'oblige pas à me mettre à genoux.

Son regard s'illumine et j'ose comprendre qu'il a une idée derrière la tête si ce n'est ailleurs.

— Non. Chaque chose en son temps, me dit-il alors que j'étais prête à mettre à exécution mes paroles si cela pouvait faire en sorte qu'il accepte mon offrande.

— Je meurs d'envie de te faire l'amour, mais je veux prendre mon temps avec toi.

— Je suis sûre de moi et de toi, dis-je en plongeant mon regard dans le sien. Sûre, tu comprends !

Il m'embrasse encore une nouvelle fois, mais j'ai l'immense plaisir de l'entendre capituler en l'entendant marmonner « d'accord ».

Je me redresse sur mon lit et il me regarde admiratif en me demandant un préservatif.

— Oh, merd…credi !

42
Meredith

Je fais un dernier essayage de la robe de témoin que je vais vêtir d'ici une semaine pour le mariage de ma meilleure amie. Je me regarde dans le salon d'essayage et je me sens belle avec mes trois kilos en moins. Le sexe, ça a du bon chez moi ! Je repense en riant à la première fois où j'espérais tant faire l'amour avec Cédric.

Le coup du préservatif *absent* nous a tués tous les deux ! Je n'en avais jamais acheté et Cédric n'en portait plus sur lui depuis son départ pour l'Espagne. Et comme on était un dimanche, on a dû prendre notre mal en patience et j'ai dû attendre le lundi soir pour devenir une véritable femme. Cédric ne préférait rien faire avant une journée de travail. Et je lui en fus bien reconnaissante, car avant le plaisir, j'ai bien compris pourquoi certaines des abonnées à mon blog disaient que la première fois, ce n'était pas génial ! Mais si la douleur fut présente, le plaisir l'enroba assez pour me sentir heureuse et bien entre les bras de mon homme. Voilà déjà trois mois que nous faisons l'amour plusieurs fois par jour. Enfin, dès que l'on se trouve ensemble. D'ailleurs, je vis autant chez lui que lui, chez moi. On s'aime, vraiment, pleinement, avec passion et désir. C'est tout ce que je pouvais souhaiter avoir dans ma vie. Ma mère est heureuse de savoir que j'ai trouvé mon équilibre. D'ailleurs, j'ai prévu de présenter Cédric à ma mère et Boris, lors d'un repas qui aura lieu chez eux demain soir. J'ai encore ma robe de témoin sur le corps que je reçois un SMS de ma mère même si depuis quelques mois, ceux-ci se sont raréfiés. Je crois qu'elle sait que je ne suis plus toute seule le soir quand je rentre chez moi ou bien chez Cédric.

« Coucou, Ma Puce ? Vous venez vers quelle heure demain ? »
« Coucou, Mounette ! On arrivera vers vingt-et-une heures. Pas avant, car Cédric fait une fermeture... »

Elle me répond avec des smileys en forme de cœur et je lui en envoie tout autant.

Le lendemain soir, Cédric et moi nous retrouvons dans le jardin de ma mère. Je sens Cédric très nerveux. Il n'est pas habitué aux parents et bien qu'il me semble vraiment le connaître, j'ai été surprise d'apprendre qu'il a vécu en maisons d'accueil dès l'âge de huit ans. En apprenant cette triste histoire, j'ai remercié en silence et dans une prière, la sœur de ma mère, ma vraie mère même si j'estime que celle qu'il l'est véritablement est celle qui nous attend ce soir sous ce toit. Mais je l'ai remerciée de m'avoir laissée aux mains de sa petite sœur, si aimante. J'ai eu la chance de ne pas me retrouver comme Cédric, abandonnée et seule. D'avoir appris son histoire, fait que j'aime plus encore Cédric. J'ai envie de le protéger même s'il ne veut pas me montrer ses faiblesses. Mais j'aime lorsqu'il se laisse aller entre mes bras. Aussi, il m'est important de le présenter à mes parents et de faire en sorte qu'il s'y sente bien, comme chez lui, comme chez moi…

— Enchantée, Rose, rétorque Cédric en tendant la main à ma mère.

Mais celle-ci le retient pour l'embrasser plus affectueusement. Je vois les yeux de Cédric briller d'une lueur étrange et je le sens ému. Puis, il se tourne vers Boris qui l'accueille avec chaleur et générosité comme il sait si bien le faire. C'est un trait de caractère complètement naturel chez lui. Malheureusement, ses filles n'en ont pas hérité. Mais soit ! Elles ne vivent pas avec nous, alors je m'en moque clairement !

Nous passons une agréable soirée, et je crois qu'après une bonne demi-heure, Cédric est plus détendu. Je le sens même plus serein. Pendant que j'aide ma mère à la cuisine, Boris s'enferme avec Cédric au salon. Il joue le rôle de père et cela lui va plutôt bien. Je ne sais pas ce qu'ils se disent ou s'échangent, mais Cédric semble encore plus amoureux de moi lorsque je le retrouve sous la charmille avec mes parents.

— Je voulais te demander quelque chose, Méré, et j'aimerais le faire ici, devant tes parents.

J'écarquille légèrement les yeux. Je sais qu'il ne peut pas s'agir d'une demande en mariage, on n'est même pas fiancés !

— Est-ce que tu accepterais de venir vivre chez moi ? Tout le temps. Indéfiniment…

Mes yeux se remplissent de larmes de joie. Je ne sais pas pourquoi Cédric voulait me faire cette demande devant mes parents, mais je soupçonne qu'il voulait leur montrer que c'était du sérieux entre lui et moi. Je ne l'en aime que plus !

Lorsque nous retournons chez moi, j'ai à peine le temps de retirer mes chaussures que Cédric m'enlace de ses bras. Nous faisons l'amour dans l'entrée pour la première fois et certainement la dernière, à cet endroit précis, car j'ai prévu de rendre mon congé au plus tôt !

43
Rose

Il m'arrive encore de parler à ma défunte sœur en lui vantant à quel point sa fille est magnifique. Bien évidemment, je n'ai aucune réponse. Mais le résultat est là : ma fille est heureuse, installée avec un beau garçon, sérieux. Du moins, il l'est devenu et c'est ce qui compte à mes yeux. Oui, Meredith a bien changé en quelques mois et j'en suis très fière.

Quant à moi, je crois pouvoir dire que je me trouve dans le même état que ma fille, avec dix-huit ans de plus. En presque un an, je suis passée du statut de mère adoptive à mère, épouse, femme comblée et je crois que la liste pourrait se poursuivre indéfiniment tant que Boris se trouve à mes côtés. Je n'imagine plus la vie sans lui. Je suis heureuse d'aimer et d'être aimée. Il ne me reste plus qu'à continuer de profiter du temps qui m'unit à Boris en attendant que ma chère fille devienne à son tour maman. Je n'ai pas l'air comme ça, mais j'ai hâte de pouponner…

Ce soir avec Boris, nous avons prévu d'aller au cinéma. J'adore me retrouver dans ces lieux avec lui. Il y a quelque chose de grisant à se retrouver dans le noir avec l'homme que j'aime. Surtout lorsque la salle n'est pas bondée et qu'il lui prend l'envie de m'embrasser longuement. C'est ainsi que plusieurs fois, nous avons vu le début d'un film, mais pas la suite…

Je ne sais pas si ce soir ce sera également le cas. À tout le moins, je l'espère en secret bien que Boris me connaisse mieux que moi et qu'il sache répondre à toutes mes attentes…

— Viens, on va se mettre ici, me dit-il en parcourant les allées de l'immense salle pratiquement déserte.

Je ris de le voir faire. Je crois bien que lui aussi adore que je réponde à ses baisers.

Encore une fois, le générique de fin arrive et nous n'avons pas vu grand-chose. Nous sortons de la salle en suivant machinalement les quatre personnes devant nous. C'est alors que nous nous rendons compte de notre erreur. Au lieu d'avoir pris la sortie, nous nous retrouvons au niveau des entrées des salles. Je m'inquiète à ce que quelqu'un vienne nous chasser après nous avoir remarqués par caméra interposée. Mais rien ne se passe. La foule amassée devant chaque entrée de salle est bruyante.

Boris qui d'habitude est quelqu'un de très posé et ne fait jamais rien d'illégal s'arrête en me fixant d'un regard brillant. Son visage ressemble à celui d'un petit garçon prêt à faire une bêtise. Mais je ne suis pas sa mère et je préfère m'associer à son plaisir. C'est ainsi que nous nous retrouvons dans une nouvelle salle projetant un film que nous n'avions pas encore vu. Cela tombe bien !

Cependant, de n'avoir rien réglé pour visionner ce film m'inquiète un petit peu. Entre deux baisers de Boris, mon regard balaye la salle au cas où l'on viendrait nous menotter. Mais la seule chose qui se passe en ces lieux durant l'heure et demie qui suit est de longs échanges de baisers…

Le lendemain, à notre réveil, Boris est quelque peu nerveux. Non que je distingue de l'inquiétude, mais je le trouve un peu tendu.

— Je t'aime comme un fou, Rose.

— Je t'aime moi aussi, Boris. Est-ce que quelque chose t'inquiète ?

— Non. Je t'aime tout simplement et j'avais encore envie de te le dire.

Je me laisse de nouveau embrasser.

Nous prenons notre petit-déjeuner et je sens que Boris a un besoin évident de parler d'un sujet.

— Je sais que l'on n'a pas d'enfant ensemble et que même si nous avions eu plus de temps, nous ne pourrions que le rêver, me lâche-t-il sans raison apparente.

Je ne m'étais pas rendu compte qu'il s'en inquiétait. C'est vrai que je n'ai pas porté Meredith dans mon ventre, mais elle reste ma fille. Certes, si j'avais eu dix ans de moins, et aucun souci d'ordre de reproduction, j'aurais essayé d'avoir un enfant avec lui. Oui, c'est même une certitude ! Mais cela n'est pas possible, et je m'en suis fait une raison, il y a déjà bien de longues années.

— Je t'ai toi, Boris, et cela suffit à mon bonheur, je t'assure.

Notre discussion est un peu écourtée lorsqu'il me dit qu'il a une course urgente à faire. C'est la première fois qu'il ne me donne pas plus de précision. Ma curiosité est piquée, mais je ne vais pas commencer à être jalouse alors que j'ai une totale confiance en notre amour. Je le laisse partir et m'installe seule sous la charmille. Ses paroles font échos à mes pensées passées. Je me rends compte que depuis que

Meredith a quitté la maison, mon rôle de mère s'est totalement arrêté. Elle n'a plus besoin de moi et c'est difficile d'en faire le constat. J'essuie quelques larmes en me convainquant que Boris ne peut se passer de moi. J'aime tant me sentir utile à ses côtés.

Je n'ai pas le temps de terminer le thé que je me suis servie après son départ que je l'entends déjà revenir. Ma joie me submerge et je n'ai qu'une seule envie : c'est qu'il me serre dans ses bras. Mais lorsqu'il revient, je le trouve étrange avec un énorme colis entre les mains.

— Ma douce. J'espère que ce précieux présent te plaira.

Je suis tellement curieuse que mes yeux s'illuminent. J'entends soudain des petits gémissements et mon cœur s'emballe terriblement. Mes mains tremblent en soulevant le couvercle du colis.

— Oh, Seigneur ! Ils sont adorables !

— Ce sont des Yorkshire. La chienne de notre voisin John a eu des petits, il y a un mois et il m'a proposé d'en prendre un. Mais j'ai préféré en pendre deux, si tu es d'accord.

J'acquiesce en m'emparant d'une toute petite boule de poils qui tient largement dans mes mains.

— Je te laisse trouver un prénom à celui-ci ! Celle-là s'appelle Naouchka ! me dit-il en m'embrassant.

Il s'empare à son tour du petit animal et me regarde les yeux brillants de bonheur.

— Dorénavant, nous sommes à nouveau parents ! s'exclame-t-il avec un large sourire qui me fait élargir le mien…

44
Clothilde

Voilà ! À moins d'une heure de me marier, je me retrouve seule dans mon ancienne chambre, celle que j'occupais lorsque j'habitais encore chez ma mère. J'attends d'ailleurs qu'elle arrive pour m'aider à finir de me préparer. Oh, je ne devrais avoir aucune inquiétude au bon déroulement de cette merveilleuse journée qui se prépare, car ma mère, la reine de l'organisation, suit toutes les étapes une par une, armée de sa liste et de son stylo inépuisable comme elle.

Pourtant, je n'ai pas encore revêtu ma robe de mariée. Je la regarde et je la trouve très belle. C'est évident, car il s'agit tout de même d'une Vera Wang ! Mais je me trouve incapable de me plonger dedans. Je me demande depuis que je me suis cloisonnée dans cette chambre, si Charles et moi ne faisons pas une erreur. J'ai peur qu'il n'ait demandé ma main uniquement parce que c'était une évidence. Sur l'instant, je n'y voyais que de l'amour, mais avec le recul, j'ai le sentiment que c'était plutôt la suite logique des choses. Je me demande si nous faisons bien. Peut-être veut-il m'épouser uniquement pour me faire plaisir…

— Tu n'es pas encore apprêtée, Clo ! s'exclame Meredith en pénétrant dans ma chambre par surprise.

Devant mon visage défait, le sien se marque aussitôt d'une certaine inquiétude.

— Quelque chose ne va pas ?

— Ne crois-tu pas que je fais une erreur ? Enfin, que Charles et moi en faisons une, en voulant nous unir ainsi ?

— Bon ! Je crois que soit tu as eu un verre de trop hier soir, soit il t'en faudrait un tout de suite !

— Non ! Je ne plaisante pas, Méré ! J'ai peur que Charles se soit senti obligé de me proposer le mariage parce que je lui ai montré l'engouement que j'avais à vouloir prochainement des enfants.

— OK ! Tu ne plaisantes pas toi non plus ! Alors, sache pour ta gouverne que Charles est un homme formidable et qu'il ferait le tour du monde pour venir te chercher. Non parce que tu le lui demanderais, mais tout simplement parce qu'il t'aime ! Il t'aime ! Tu m'entends ! Cela fait des années que je vous vois côte à côte, avec l'envie de construire quelque chose. Et c'est ce que vous êtes en train de faire. Le mariage est juste là pour vous soutenir dans votre projet de devenir parents. C'est tout ! Charles t'aime avec ou sans bague. Bon ! Certainement plus sans robe qu'avec ! ajoute-t-elle en riant.

Ce qui a le don de me faire sourire.

— Mais pour la cérémonie, je te conseille toutefois de la passer, sinon, Charles risque d'avoir à se battre pour défendre ton honneur sans compter que ta chère mère risquerait de faire aussitôt une attaque ! Dis donc, ils sont vachement transparents tes sous-vêtements !

— Tu trouves que c'est trop !

— Tu veux dire plutôt qu'il n'y en a pas assez ! s'exclame-t-elle en me serrant aussitôt dans ses bras affectueusement.

J'adore toujours autant la sentir contre moi. Je crois que si je n'avais pas connu Charles, je serais sans conteste amoureuse de mon amie d'enfance. Mais ce n'est pas le cas, et j'en suis bienheureuse. Je pouffe de rire en pensant à ma mère qui n'aurait jamais supporté d'avoir une fille lesbienne.

— Te moques-tu de moi ?

— Non ! Je pensais que… En fait, je me disais que j'avais beaucoup de chance de t'avoir dans ma vie !

— Hey ! Tu es dans la mienne aussi, *sœurette* !

Il n'y a pas à dire, j'adore cette fille !

— Alors ? Prête !

— Prête ! Tu as raison, ma Bichette ! Je vais mettre ma robe et dire « oui » à l'homme que j'aime depuis tant d'années ! Aide-moi, car avec tout ce tissu, je n'arriverai à rien toute seule !

— Tu crois que je suis là pour quoi ? Hein ! Allez, viens par ici, p'tite maline, qui vient de me fiche la trouille…

Vingt minutes plus tard, après que Meredith m'ait aidée à m'habiller, je monte dans la sublime voiture de luxe que ma mère a louée pour le cortège. J'en ressors quinze minutes plus tard pour me rendre à l'autel au bras de mon oncle — frère de mon défunt père. En me dirigeant dans l'allée centrale de l'église qui m'amène jusqu'à Charles, au son d'une marche nuptiale jouée sur de grandes orgues, je me sens belle et amoureuse. Il est divinement beau. J'ai l'impression que mon cœur bat pour lui comme à notre premier rendez-vous. Cela me donne quelques palpitations, mais déjà, je me reprends en posant ma main sur la sienne qu'il me tend avec grâce. Un bref regard vers ma mère m'indique qu'elle est aux anges. Je sais qu'elle aime beaucoup Charles, mais elle avait peur qu'il ne soit pas assez bien pour *sa fille* dans tous les sens du terme. Moi je sais que c'est lui.

Il est le souffle de ma vie.

Au moment de lui dire « oui, je le veux », plus aucun doute ne saisit mes entrailles. Charles me regarde avec ses yeux toujours si joyeux. Mon cœur rate un battement en l'entendant prononcer à son tour « oui, je le veux ».

Ça y est, je suis *sa* femme…

45
Cédric

Je viens d'assister à la cérémonie de nos deux amis, Charly et Clo. Ils sont magnifiques et plus encore en ce jour. L'amour qu'ils ont l'un pour l'autre est fantastique. Mais je ne suis pas jaloux du leur, car j'ai le mien : exclusif, unique, charmant, craquant et de toute beauté, portant le prénom Meredith. Je l'aime comme un dingue !

Je ressors de l'église en étant à quelques pas d'elle. Nous tous, les invités, précédons les mariés qui patientent encore à l'intérieur de la nef en attendant que nous soyons tous au-dehors pour les acclamer et leur souhaiter tout le bonheur qu'ils méritent.

Je veux prendre la main de Meredith, mais la foule des invités nous a quelque peu séparés. Je la regarde à quelques mètres de moi. Son corps est moulé dans une magnifique robe longue, d'un joli mauve, qui lui va à ravir. Ses lèvres sont maquillées d'un rouge grenat légèrement transparent, et j'ai bien envie de l'embrasser pour savoir si celles-ci ont le goût de cassis comme elles m'en donnent l'impression.

J'ai bien aussi envie de lui ôter sa robe. Mais au mieux, je ne pourrai que l'embrasser chastement sur ce parvis ! Elle détourne le regard du mien, du fait que quelqu'un lui adresse la parole. Alors je la rejoins sans qu'elle me voie. Je me trouve juste derrière elle et je sais qu'elle me cherche, car malgré ses hauts talons, elle se met sur la pointe des pieds pour mieux voir par-dessus les têtes de la foule amassée...

— Tu m'as manquée ! murmuré-je à son oreille en l'attrapant par la taille.

Elle se retourne vers moi et attend que j'écrase mes lèvres sur les siennes, comme j'ai pris goût à le faire.

Elle adore ça et moi je la dévorerais bien s'il n'y avait pas tout ce monde et surtout sa mère non loin de nous.

— Mais... qu'est-ce que c'est que ça ? dis-je à voix basse en passant ma main sur son postérieur.

— *Humm...* Une surprise pour ce soir...

— Hein ? Je ne vais pas pouvoir attendre qu'il fasse nuit pour savoir ce que tu as mis ou pas d'ailleurs, là-dessous, petite polissonne ! dis-je d'une voix étonnamment basse alors que j'ai envie de la *gronder*.

Mais il n'y a rien à faire. Elle m'allume et me laisse ainsi sans prendre la peine d'éteindre le feu qui me consume. De toute façon, il y a trop de monde pour faire quoi que ce soit.

Mais c'est bon de quand même rêver les yeux ouverts...

— Tant pis ! Tu n'auras alors pas ta surprise toi non plus !

Je sais que j'ai piqué sa curiosité en voyant son regard se modifier et sa bouche s'incurver encore plus qu'elle ne l'était plus tôt.

— C'est quoi ?

— Non, non ! Tu ne sauras rien tant que je ne verrai pas ce qu'il y a sous ce tissu soyeux...

— C'est de la triche ! Ce n'est pas juste !

La moue qu'elle affiche sur son visage me fait littéralement craquer. J'ai envie de dévorer ses lèvres qu'elle mordille avec sensualité.

La peste ! Elle sait que cela me rend dingue !

— Donnant, donnant ?

— OK ! rétorque-t-elle.

J'en suis bien heureux, car je ne pourrai jamais attendre cinq ou six heures avant de savoir ce qu'elle n'a pas mis sous sa robe…

Mais je dois encore patienter, car nous devons nous rendre à la Mairie. La suite de ce mariage est un supplice pour moi, car en plus d'avoir envie de ma compagne comme jamais, je suis témoin aux côtés de mes potes qui semblent eux aussi dans un état euphorique, voire excité ! Max regarde Annie comme s'il allait la déguster sur place ! Bon, après tout, on est tous plus ou moins habitués à leurs débordements sexuels qu'il y ait du monde autour d'eux ou pas ! Quant à Jérôme, il ne peut s'empêcher d'essayer de lorgner en douce, la plus âgée des filles de Boris. Elle est mignonne, mais c'est une pimbêche comme sa petite sœur ! Pauvre Jérôme ! Il n'aime que les vipères ! Surtout quand la sienne, Valérie, claque sa langue sur son palais pour lui rappeler sa présence. Ce qui nous fait tous énormément glousser comme des dindons. Enfin, *nous* les témoins…

Une heure plus tard, un vin d'honneur et servi. Je sais que je ne peux encore rien faire en ces lieux. Je vais devoir attendre que nous soyons arrivés au Hyatt Regency à Paris, lieu où se dérouleront les festivités.

Finalement, l'heure a tourné pour mon plus grand bonheur, surtout lorsque j'arrive enfin à retrouver celui-ci qui se prénomme toujours Meredith. Ni une ni deux, je lui attrape la main et m'enfuis avec elle dans le fond du jardin.

Mince ! Il y a des enfants qui jouent à cache-cache. Je me demande bien à qui ils sont tous ces gamins. Mais je n'ai pas le temps et l'envie de jouer mon Sherlock Holmes ! Je veux être seul avec ma beauté que je fais courir avec ses hauts talons derrière moi. Mais il est hors de question de lui lâcher la main.

— Cédric ! Où m'emmènes-tu ? demande-t-elle avec un rire de gorge qui accentue mon excitation grandissante.

— Dans un coin où je pourrais te faire ce que j'ai en tête !

Je me retourne vers elle en même temps que je continue à la tirer derrière moi. Elle continue de glousser, excitée par mes paroles. Je lui souris et reprends ma marche cadencée en pénétrant de nouveau dans l'hôtel.

Après quelques minutes, je sais exactement où nous rendre. Enfin, non pas dans une chambre. Cela serait plus qu'impoli envers les mariés, car si je m'enferme dans une telle pièce avec Meredith, je n'en ressortirai pas avant deux semaines ! Et je ne pense pas que cela plairait à Clothilde et Charles de se demander où sont passés deux de leurs témoins…

— Rhooo ! Ici ? Dans les cuisines ? murmure-t-elle en rougissant violemment.

— Pas exactement…

Je la trouve délicieuse, perturbée ainsi et je ne peux m'empêcher de l'embrasser de nouveau. Puis, je pousse la *visite* jusqu'au garde-manger. J'ai quand même une surprise de taille à lui montrer et je compte bien ne pas être dérangé.

— Hein ! Là ?

— Pourquoi pas ? Et ne t'inquiète pas. Je te promets qu'ici, *Ryan & Ryan* resteront à l'abri des regards…

46
Meredith

Je suis follement excitée de me retrouver dans ce lieu déserté pour le moment, à me laisser embrasser par Cédric, l'homme que j'avais juré il y a encore quelques mois de détester jusqu'à la fin de mes jours et qui pourtant s'est emparé de mon cœur tout entier.

Je l'aime ! Je l'aime !

Bien que l'arrière de ces cuisines soit désertique pour le moment, j'ai toutefois la trouille (en plus de l'excitation qui m'envahit le ventre) que quelqu'un vienne chercher quelque chose dans ce garde-manger et nous surprenne…

— Tu n'as pas entendu du bruit !

— Petite trouillarde…

— C'est faux, réussis-je à dire dans un souffle entre deux longs baisers.

Je me sens lui appartenir ainsi, enlacée par ses bras musculeux. Ses mains s'amusent à suivre les courbes de mon corps qui s'est fuselé encore plus ces dernières semaines.

Je me sens si séduisante que j'ai osé une tenue plus qu'affriolante. Cédric fait glisser ses mains sur le bas de mes reins. Caressant soudain mon postérieur, je le sens rechercher visiblement quelque chose…

Je m'empourpre aussitôt et je sens mes joues me brûler plus encore… Je le vois également rougir dans une énième tentative de recherche et je lui souris en me disant qu'indéniablement, il ne trouvera jamais ce qu'il cherche…

— Oooh ! Petite dévergondée ! Je ne rêvais donc pas ! Tu n'as pas mis de…

— En grève ! m'exclamé-je avec un rire de gorge, avant que Cédric n'écrase de nouveau ses lèvres sur les miennes accompagnant ce nouveau baiser de grognement typiquement masculin.

Quelques mois en arrière, il m'aurait été impossible d'imaginer me mettre dans des tenues aussi attrayantes.

Et encore moins d'en rêver !

Surtout avec mes slips d'avant-guerre et mes soutiens-gorge qui ne retenaient pas seulement ma poitrine, mais tout mon buste dans leur matière gainante.

Depuis, *Ryan & Ryan* ne se sont jamais sentis aussi libres pour le plus grand plaisir de Cédric lorsque, attiré comme une abeille par du miel, il s'incline vers ma gorge pour leur dire finalement « bonjour » pour la seconde fois de la journée. Je reprends mon souffle, si jamais j'en avais eu un seul en arrivant ici, tellement je suis submergée d'émotions. Cédric est très entreprenant. Je crois bien que je le suis également…

— On ne va pas faire ça ici ? tenté-je de m'interloquer le visage empourpré par la situation.

— Si ! J'y compte bien !

— Et si quelqu'un arrive et nous surprend ?

— Hmm… On feindra de faire la cuisine…

Il m'embrasse de nouveau avec toute la passion et l'ardeur qui l'habitent. Je me laisse aller dans ses bras et mon dos s'appuie sur l'un des murs carrelés de blanc. Quand par la force des choses, enfin plutôt, par le fait que j'ai relevé mes bras pour m'agripper à une étagère, une pile de casseroles dégringole sans nous toucher. Mais le bruit effroyable qui s'élève dans les lieux, lorsque chacune d'elles percute le sol, nous oblige à nous réajuster à la vitesse de la lumière avant de détaler comme des lapins.

Dans le couloir, Cédric ralentit son pas m'obligeant à en faire autant au moment où nous croisons le chef cuisinier et deux de ses commis qui se dirigent d'un pas alerte dans la direction du lieu que nous venons de déserter. Le regard qu'il porte sur nous à ce moment-là est plus que suspect. Mais la seule chose que nous entendons de sa part est que nulle personne ne devrait se trouver en cet endroit à cette heure-ci. Cédric s'empare aussitôt de ma main fermement afin que personne ne tente de nous séparer, au cas où l'on viendrait nous arrêter. Nous jetons un dernier regard en arrière pour nous assurer que les trois hommes pénètrent bien dans l'arrière des grandes cuisines et n'ont pas plutôt décidé de nous donner la chasse. Rassurés, nous nous sentons toutefois frustrés de n'avoir rien eu le temps de faire. Mais pas encore sortis d'affaire, nous activons de nouveau le pas, un même rire nerveux nous envahissant. Nous traversons un corridor avant de tourner pour nous retrouver dans un second.

— Es-tu certain que c'est par là ? demandé-je, car je me sens un peu égarée avec tous ces couloirs.

— J'ai l'impression que nous n'avons fait que tourner en rond ! rétorque-t-il en me montrant brièvement du doigt le cuisinier et ses deux commis en train de ressortir du garde-manger. Oups ! Je crois que l'on était en fin de compte tout à côté de la salle de réception, dit-il en riant.

Sa joie est contagieuse et je m'accroche à son bras en pénétrant dans la salle. Nous repérons aussitôt nos amis déjà installés à l'une des nombreuses tables rondes préparées pour les réjouissances. Les tables sont si larges que nous pouvons tous y tenir assis autour. Enfin, presque tous, car Charles et Clothilde ne sont pas avec nous. Ils se trouvent installés à la table des mariés, ça va de soi. Mais leur entourage est uniquement fait de leur famille et grande famille, ce qui n'a pas l'air de les enchanter tous les deux. Je vois Carole leur faire signe de venir, mais ils lui rétorquent discrètement d'attendre l'ouverture du bal pour se joindre à nous. Cédric m'aide à m'installer sur ma chaise et la repousse comme un gentleman. Je suis fière d'être sa petite amie.

— Eh bien, eh bien ! Vous avez de sacrées couleurs sur le visage tous les deux ! s'exclame alors Valérie comme si elle nous parlait d'un sujet quelconque, sans prendre la peine d'être plus discrète.

— Ouais, eh bien, cela ne risque pas de nous arriver ! marmonne Jérôme qui a l'air de ne plus supporter sa femme.

— C'est parce que l'on a couru pour ne pas être en retard, dis-je avec un semblant de sourire tout en papillonnant des yeux à l'adresse de Valérie qui, a priori, a également dû entendre *les doléances* de son mari.

Je remarque alors que ses lèvres sont tellement étirées en deux lignes parfaitement droites que j'ai l'impression qu'elle ne pourra plus jamais parler.

— Mais bien sûr ! s'étonne faussement Max. Vous avez couru… Avec le bruit que l'on vient d'entendre, votre discrétion vous précède les amis !

Puis, il ajoute dans un murmure à l'intention de Cédric :

— Les cuisines étaient-elles confortables au moins ?

À l'entente de cette phrase, je ne peux m'empêcher de rire à gorge déployée tandis que Cédric rougit comme jamais je ne m'y serais attendu de sa part. Je le trouve *affreusement* beau et j'ai envie de le lui dire. Mais Valérie ne décolère pas de la remarque de Jérôme. Ses lèvres ont beau rester bien droites, chose incroyable, elle arrive tout de même à s'exprimer !

C'était que folie d'imaginer que je n'entendrais plus jamais sa voix. Et quel timbre ! Une véritable tonalité de crécelle ! Toute notre table et certainement les trois qui nous entourent participent à son mécontentement. J'ai vraiment de la peine pour Jérôme.

— Tu ferais bien d'essayer un jour de la coincer dans les cuisines toi aussi, lui marmonne à l'oreille Vincent.

A priori, je comprends que tous sont au courant de nos déboires gastronomiques !

Jérôme se renfrogne quelques secondes avant de se relever de sa chaise comme si quelqu'un d'autre commandait son corps. Puis, toujours sans un mot, il se saisit de la main de Valérie et l'entraîne, je ne sais pas vraiment où. D'ailleurs, aucun de nous ne semble le savoir. Mais nous rions tous dès leur sortie de la salle.

— Tu crois que…, lâche Carole inquiète en caressant son ventre extraordinairement arrondi.

— J'espère bien pour lui ! rétorque Max sur ce sous-entendu que nous avons tous compris.

— Cela ne lui fera pas de mal, qu'il la décoince un peu !

s'exclame Vincent avant que nous nous observions tous d'un même regard écarquillé.

Puis, un fou rire général nous surprend. Les invités autour de nous nous épient afin de connaître le sujet qui nous anime. Mais rien ne transpire de notre table.

Ce qui est dit à notre table reste à notre table ! Enfin, en théorie !

Pourtant, Charles et Clothilde ont l'air d'avoir capté ce qui nous fait tant rire. Je sens qu'ils meurent d'envie de nous rejoindre. Surtout lorsque moins de quinze minutes plus tard, Jérôme et Valérie refont surface, leurs visages aussi rouges que s'ils venaient de courir un cinq cents mètres. Lorsqu'ils se réinstallent à nos côtés, nous pouvons voir leurs yeux briller d'une lueur que nous ne leur connaissions pas.

— Alors ? demande Max sans aucune gêne.

— Bien ! rétorque Jérôme.

— Seulement bien ? s'écrie Valérie, qui semble soudain vexée.

— Non. C'était parfait ! lui murmure Jérôme d'une voix toutefois assez haute pour que nous l'entendions tous.

Je le regarde et il en a même le torse bombé afin de se flatter lui-même pour son audace. Enfin, ici, je dirais même pour son exploit !

Valérie semble pour la première fois comblée en le fixant d'un regard amoureux. Instinctivement autour de notre table, chaque homme prend la main de sa conjointe et, tels Cédric et moi, échange un baiser chaste. Ce qui n'est pas le cas de Max et Annie. Mais une annonce au micro les décourage de poursuivre. Heureusement, car je me demande à quel moment ils se seraient arrêtés et surtout, jusqu'où ils auraient été capables de se donner en spectacle !

Le repas est bien amorcé et Clothilde suivie de près par Charles font ensemble le tour des tables.

— Tout se passe bien, ici ? nous demande Charles.

A priori, ce doit faire la dixième fois qu'il pose la question à chaque tour de table. Mais cela n'a pas l'air de le décourager. Bien au contraire, tant que Clothilde se trouve à ses côtés, Charles est capable de tout !

Cédric n'a pas lâché ma main de tout le repas. Peut-être quelques fois, pour couper sa viande, mais sinon, il la recherche sans arrêt. C'est délicieux de se sentir si aimée, désirée, pleine d'espoir pour le futur. Je profite de l'instant présent comme jamais.

Hier soir en me couchant, je n'ai pu m'empêcher de penser à toutes ces comédies romantiques dont j'ai fini par faire une overdose. Non pas que je n'aime plus ça, ce serait me mentir ! Mais j'ai l'impression que j'ai trouvé ma romance et mon âme sœur en Cédric.

Il est si…

Si…

Je crois qu'il n'existe aucun mot pour le décrire. Il me suffit de plonger mon regard dans ses beaux yeux bleus pour y voir le reflet de mon visage lui sourire et je suis heureuse.

C'est magique !

À la fin du repas, mais avant que la pièce montée ne soit découpée par les mariés, il est demandé à ces derniers d'ouvrir le bal.

— Prenez-en de la graine ! lâche Charles aux hommes de notre tablée en passant à nos côtés tout en tenant sa femme par la main.

C'est alors qu'il s'exécute dans une valse qui ravit autant Clothilde que sa mère. J'entends même cette dernière fanfaronner.

— Mon gendre est merveilleux, ne trouvez-vous pas ? lâche-t-elle à sa voisine de table avec les yeux brillants. Ma fille est bien chanceuse d'avoir épousé un tel homme !

Je ne suis pas toujours d'accord avec la mère de Clothilde, mais pour une fois, je trouve qu'elle a entièrement raison !

La valse se termine et le DJ demande aux invités de se joindre aux mariés restés sur la piste.

— Tu viens danser, me demande Cédric avec un regard gourmand.

— Oui, réponds-je surprise par son visage qui s'empourpre soudainement pour la seconde fois aujourd'hui.

Même si je n'en comprends pas le sens, mon cœur rate un battement. Je me dis qu'il est encore plus beau ainsi. J'ai l'impression qu'il ressemble à un petit garçon et je ne sais que penser de son attitude. Mais il me fait totalement craquer…

Il m'enlace sur la piste de danse et je me laisse emporter par les mouvements de son corps qui épouse parfaitement le mien. Nous dansons ainsi sur plusieurs morceaux. Nos mains s'entrelacent et se désenlacent continuellement avec discrétion, dans de doux effleurements. Je me sens à ma place contre lui. En sécurité et totalement heureuse. Je ne sais ce qu'il me faudrait pour l'être plus en cet instant. Je me sens comblée.

Soudain, je ressens que Cédric est nerveux. Son corps

s'est légèrement tendu, mais je le connais bien maintenant pour savoir que ce n'est pas dans son habitude.

— Tout va bien ? demandé-je inquiète.

— Hmm… Oui… Je…

Il n'arrive pas à parler et je reste soucieuse de son état soudain. C'est alors qu'il s'écarte légèrement de moi et me fixe du regard.

— Viens, finit-il tout simplement par me dire en me tendant sa main gauche.

Je la saisis et il m'attire dans son sillage dans la direction qu'il prend sans un mot. Je ne sais à quoi m'attendre. Je suis surprise de me retrouver dans des jardins magnifiques. La nuit a avalé le jour et la pénombre sous le clair de lune est fort agréable. J'ai l'impression d'être dans la scène d'un film romantique tant tout se prête à être parfait. Cédric escalade les trois petites marches d'une tonnelle embellie de fleurs et de lierre grimpant, et je le suis sans un mot, le cœur agité par une multitude d'émotions que je n'arrive pas à contenir. Il avance jusqu'au centre avant d'y arrêter son pas. Il se retourne vers moi, ma main toujours logée au creux de la sienne qui la recouvre entièrement. Je le vois chercher quelque chose dans sa poche droite. Mais il semble contrarié de ne rien y trouver. De sa main droite, il se saisit alors de ma main qu'il tient toujours dans son autre main. Je crois qu'il ne veut surtout pas que je me sauve. Ce changement accompli, il fouille ainsi plus facilement dans sa poche gauche. Il conserve quelque chose dans cette main qu'il dérobe à ma vue. Son regard reste sérieux tandis qu'il mordille soudain sa lèvre inférieure. Mon cœur rate un battement. Certainement deux. Au bout de quelques secondes, je ne suis plus capable de compter.

J'entends son souffle qui s'accélère et je vois un muscle qui tressaute sur sa mâchoire. Mon cœur s'affole ! Je crois rêver.

— Oh, mon Dieu ! dis-je en portant ma main droite à ma gorge tant je me sens émue.

Une myriade de papillons s'empare de mon ventre au moment même où il a posé un genou à terre tandis que sa seconde main se présente enfin à moi. Mes prunelles s'écarquillent au maximum en voyant qu'elle retient un petit étui cubique d'une couleur rouge et or. Il l'ouvre d'une seule main, je ne sais comment, mais je l'entends déglutir et son regard se marque d'une certaine inquiétude lorsqu'il s'exprime avec difficultés.

— Meredith et… *Ryan & Ryan*… Voulez-vous m'épouser ?

Je me jette dans ses bras en laissant mourir ma réponse sur ses lèvres.

Il m'embrasse longtemps.

Longuement et sans retenue.

Longuement et avec tout l'amour qu'il a pour moi.

Je me sens légère, tant que ma jambe se lève encore une fois. Je suis devenue une insatiable pin-up !

— Ne veux-tu pas la passer ? me demande-t-il d'un frôlement sur mes lèvres.

— Si ! réponds-je dans un murmure avant de lui tendre ma main.

— Elle te plaît !

— Oui ! Et c'est toi d'abord qui me plais ! m'exclamé-je totalement heureuse.

Nous avons envie de nous enfuir pour célébrer plus

intimement la nouvelle vie qui nous attend. Mais on ne peut pas faire ça à Clo et Charly ! Alors nous retournons, main dans la main, dans la salle de réception.

Et justement, les jeunes mariés nous tombent dessus aussitôt que nous apparaissons. Mais ils ne sont pas les seuls. Charles écarquille les yeux avec une question silencieuse adressée à Cédric tandis que Clo nous regarde en croisant les doigts qu'elle porte à la hauteur de son visage. Même si je reste surprise, il n'en est rien lorsque j'entends Max demander à Cédric :

— Alors ? A-t-elle dit *oui* ?

— Bien sûr qu'elle a dit *oui !* s'écrie aussitôt Annie en lui tapant d'un revers de main l'épaule.

Devant le silence de Cédric qui ne cesse de sourire tandis que moi, je me retrouve muette en comprenant qu'ils étaient tous au courant d'une certaine demande, je décide de jouer la carte de la déception. Je leur présente à tous une petite moue qu'ils déchiffrent tous de la même façon. Enfin, presque tous !

— *Pfff !* Tu parles ! Elle a dit *non !* tergiverse Valérie.

— Tu te trompes, Val ! Cette tête-là, ça veut dire *oui !* s'exclame Clothilde en m'attrapant entre ses bras.

Évidemment, je pavoise avec mon diamant accroché à la main.

— *Pfou !* Ne vas pas à la piscine avec ce caillou, ma belle, tu coulerais en un rien de temps ! s'exclame Vincent en m'attrapant par la taille tout en faisant un clin d'œil à Cédric.

Pourtant, je vois le regard de Cédric se marquer d'une petite jalousie. C'est bien la première fois et cela me plaît juste ce qu'il faut. Je sens que ma vie vient de prendre un beau tournant. Mes parents nous félicitent et ont hâte de nous voir devenir parents à notre tour.

La joie plane toujours dans la salle de réception, plus bruyante que jamais. Le dessert a été englouti rapidement tant il était délicieux. Je continue de danser et d'être heureuse toute la nuit jusqu'à cet instant où Patrick manque de s'évanouir, juste à cet instant où Carole dit le plus simplement du monde :

— Je crois que je viens de perdre les eaux…

47
Meredith

Cela me fait tout bizarre de tenir entre mes bras la petite fille de Carole et de Patrick. Elle est si mignonne ! Je ne peux m'empêcher de lancer un bref regard à Cédric qui me sourit follement. Que je l'aime, cet homme !

Lorsque nous rentrons chez nous, nous faisons à nouveau l'amour. C'est devenu notre nourriture principale et je dois dire que je ne suis pas près de me mettre au régime. Deux mois de plus s'écoulent ainsi, et je n'ai presque plus souvenir de ma vie passée.

Celle où je ne faisais que rêver d'avoir la jambe pin-up ! ; celle où j'étais à la recherche désespérément d'être aimée ; celle où mon corps ne semblait pas être encore né ni savoir me surprendre ; celle où Cédric n'avait pas encore marqué au fer rouge mon cœur.

Toutes ces vies sont désormais oubliées.

Cédric est affectueux, charmeur, amoureux, désireux de me faire toujours plaisir. Il est le miel de ma vie et je vais lui dire « oui » dans quelques heures…

Je me trouve dans la maison de campagne de mon beau-père, dans une chambre apprêtée par ma mère uniquement pour ma petite personne. Si je suis ici, c'est parce que Cédric et moi avons le souhait de nous unir dans la petite église du village voisin. J'avais beaucoup apprécié ce beau lieu saint lors de l'union de mes parents. Il y avait même un secret entre Dieu et moi. Ce jour-là, je me sentais si morose et si malheureuse que je me suis agenouillée discrètement en priant pour que Cédric revienne dans ma vie d'une quelconque façon, même si plus rien ne subsistait entre nous. Je préférais le voir plutôt que plus du tout.

Et je crois bien que Dieu a exaucé ma prière…

Si ma mère avait trouvé l'idée de toute beauté que je m'unisse au même endroit qu'elle, elle avait contesté en revanche, mon idée complètement folle de robes de mariée. Je la vois encore me dire : « Meredith ! Trois robes de mariée, n'y en aurait-il pas deux de trop ?

— Non, Mounette ! Je veux porter trois robes pour conjurer le sort. Ainsi, plus jamais je n'aurais à en mettre une… »

C'était ma réponse, et je la trouve toujours aussi vraie en regardant mes trois robes. Bien entendu, elles sont chacune bien différentes. Mais c'est ce que je voulais aussi pour ce grand jour.

— Aide-moi à me plonger dans celle-ci, Mounette !

— D'accord, ma fille.

Presque cinq minutes s'écoulent durant lesquelles je me débats, aux côtés de ma mère, dans les différents tissus et jupon qui confectionnent ma première robe. Encore une minute, le temps pour ma mère de finir d'attacher tous les boutons qui embellissent le dos de ma robe jusqu'à la descente de mes reins, et je devrais pouvoir respirer de nouveau normalement.

— Voilà, ma fille, me dit-elle d'une voix quelque peu chevrotante tandis que je me retourne vers elle pour lui faire front.

C'est alors que je la vois soudain ravaler ses larmes.

— Maman ? Ça ne va pas…

Je la sens incapable de me répondre tant elle est prise d'émotions, de bonnes il me semble. Mais elle étreint mes mains des siennes et j'ai envie de me blottir dans ses bras.

— Non, ma puce ! Je risque d'abîmer ta robe avec mes larmes, dit-elle en me retenant afin que je ne m'exécute pas.

— M'en fiche ! J'en ai deux autres ! lâché-je en serrant ma mère tout contre moi.

Nous rions à ma plaisanterie et je continue de m'apprêter.

Je reste seule quelques instants, le temps que ma mère aille chercher Boris qui doit me conduire jusqu'à l'autel. J'en suis ravie et honorée. Boris est certainement le seul père que j'ai connu et il est si gentil qu'il ne me serait pas venu à l'esprit d'être conduite jusqu'à mon bien-aimé par quelqu'un d'autre.

Pendant ces quelques minutes solitaires, aucun doute ne vient m'assaillir comme Clothilde, le jour de son mariage.

Aucune incertitude ne m'agite.

Seul mon cœur l'est.

Je suis pressée de porter le nom de l'homme qui me considère comme son égal. Même si depuis quelque temps, ma personnalité s'est éprouvée et a su se faire entendre, je suis aujourd'hui une femme comblée uniquement parce que l'homme qui occupe mes pensées et qui nourrit mes nuits m'aime avec un grand A.

J'entends ma mère et mon beau-père monter à l'étage et lorsque la porte s'ouvre, je les vois tous les deux plus aimants que jamais. Boris m'embrasse sur le front et me dit des mots gentils qui me vont droit au cœur, tandis que ma mère essaye d'attraper Naouchka et Poldak, leurs deux petits chiens dont ils ne se séparent jamais. Elle arrive à les faire ressortir de la pièce et se redresse pour me sourire.

— Tu es prête ! ajoute Boris en me tendant son bras.

Je lui réponds en lui présentant le mien. Mais il tend également son autre bras à ma mère qui a réussi en quelques secondes à faire redescendre les chiens qui ont filé dans le jardin. Boris n'a plus qu'à nous escorter ainsi, toutes les deux jusqu'à sa voiture.

Nous montons avec lui, et mon cœur n'a de cesse de rater un battement en songeant que je vais me marier.

Je vais me marier ! songé-je de nouveau avec l'envie folle de le hurler par la fenêtre que je n'ai pas osé baisser de peur que ma coiffure ne s'envole.

Quelques minutes plus tard, je traverse au bras de Boris, la nef centrale de la petite église de campagne que nous avons choisie pour nous unir. Elle est magnifiquement décorée et nos amis sont tous debout attendant ma venue. Carole tient contre elle son bébé et Valérie n'a jamais été aussi gracieuse. Mais surtout, ce qui est le plus important pour moi, c'est que Cédric m'attend au bout de cette allée entièrement fleurie, autant le long des bancs que sur le sol. Je ne quitte pas Cédric des yeux tout le temps que je marche vers lui.

Lui non plus, d'ailleurs.

Mon souffle se coupe au moment où Boris s'empare de ma main pour l'offrir à Cédric. Je me demande si je ne vais pas fondre ou exploser en milliards de poussières tant je me sens étourdie par les émotions qui me traversent. Cédric mordille sa lèvre inférieure et j'ai envie de le dévorer sur place. Mais il me faudra, autant que lui, prendre mon mal en patience…

— Je t'aime, me dit-il en articulant en silence.

Je l'imite et nous nous étreignons discrètement la main.

Je ne suis plus certaine d'entendre précisément ce que raconte le prêtre. Mais je n'ai aucun doute de ce que veut dire le regard de Cédric qu'il ne cesse de poser sur moi. Nos regards finissent par se river l'un à l'autre et ne se détachent plus jusqu'à ce que nous prononcions nos vœux.

Nous retournons ensemble au petit cottage de Boris dans la voiture de celui-ci qui nous conduit tel un chauffeur de Maître. À la seule différence près, que ma mère ne se trouve pas très loin de lui en étant assise sur la place avant passager.

À peine, arrivé-je dans la maison que je décide de me changer. Clothilde est heureuse de m'aider à me vêtir de ma seconde robe, moins classique, mais toujours d'un blanc immaculé. Lorsque je redescends, Cédric me dévore du regard.

Je sens que la réception, aussi intime soit-elle, en l'ayant voulue au sein du cottage, va me paraître bien longue. Mais en fin de compte, la journée s'écoule à une rapidité qui nous surprend tous les deux.

Nous abandonnons sans aucun scrupule notre famille et nos amis pour nous enfuir dans le petit hôtel du village où se trouve notre chambre pour notre nuit de noces. En passant le pas-de-porte de celle-ci dans les bras de mon époux, je remarque que la chambre a été préparée avec grand soin. Je laisse Cédric m'embrasser avant de l'interrompre.

— Tu m'accordes quelques minutes, dis-je aussitôt, d'un air totalement mystérieux.

— Hmm… hmm…, me répond-il en plissant un peu le regard, certainement surpris que je l'arrête ainsi dans son élan alors qu'il commençait tout juste à défaire les lacets de ma robe.

— Tu vas devoir être patient, mon amour…

— Ne sois pas trop longue où je viens te chercher ! geint-il alors que je me suis déjà enfermée dans la grande salle de bain de notre petite suite royale.

Au bout de cinq minutes, Cédric gémit d'une voix remplie d'impatience « C'est trop long ! » en accompagnant ses paroles de trois petits coups sur la porte close.

— Non ! N'entre pas ! Encore une demi-minute et je suis à toi.

Je l'entends à travers la porte murmurer assez fortement « Tu es déjà à moi… »

Je laisse échapper de ma bouche un petit rire nerveux tellement je me sens aimée par lui. Heureuse, je m'apprête à ressortir de la pièce le visage totalement empourpré par les émotions qui m'envahissent. J'entrouvre la porte sans bruit, puis m'éclaircis la gorge tant je suis saisie par l'audace monstre dont je fais preuve avec ma troisième robe de mariée.

— Je suis là…

Cédric qui me tournait le dos se retourne au son de ma voix. Son regard brille de mille éclats quand il se pose sur moi. Je le vois rougir et même déglutir. Il hésite à s'approcher de moi et j'ai peur d'avoir soudain fait une erreur.

— Ça ne te plaît pas !

— Si ça, ça ne me plaît pas, c'est que je suis totalement aveugle !

Je n'ai pas le temps de me remettre de ses paroles qu'il m'a déjà attrapée dans ses bras et m'embrasse ardemment. Il me soulève pour m'emporter sur le lit nuptial tout en m'embrassant la gorge de baisers bruyants.

— Hmm… Je me demande si je vais te retirer cette robe totalement indécente, bien que blanche comme il se doit ! Mais cette transparence qu'elle arbore, *humm*… ça me plaît bien, petite polissonne…

C'est ainsi que Cédric me fait l'amour, dans ma troisième robe de mariée qui m'a permis de conjurer le sort de l'adage : *jamais un et deux sans trois*.

C'est ainsi que *Ryan & Ryan* sont de nouveau libérés après que nous ayons trouvé que sans la robe, c'était toutefois mieux.

C'est ainsi que neuf mois plus tard je me retrouve le ventre arrondi et que j'accouche d'une adorable petite princesse que nous prénommons Antoinette.

C'est ainsi que moi, la fille qui rêvait d'avoir la jambe pin-up, qui rêvait d'être aimée et de vivre une romance digne des films que j'ai pu engloutir dans ma jeunesse si sage, je me trouve heureuse comme jamais au côté du père de mon enfant, qui n'a de cesse de m'aimer chaque jour que nous voyons naître et mourir jusqu'au prochain…

FIN

Chères Lectrices, Chers Lecteurs,

Je vous remercie d'avoir lu cette histoire. J'espère que vous venez de passer un agréable moment avec mes personnages.

Si tel est le cas, je ne vous remercierai jamais assez de prendre une petite minute pour laisser un commentaire sur Amazon. Ainsi, vous pourrez donner une plus grande visibilité à cette histoire et donner envie à d'autres lectrices et lecteurs de me lire. Sachez que vos commentaires sont cruciaux pour les auteurs indépendants dont je fais partie.

Je vous communique également mon e-mail lhattie.haniel@gmail.com, si vous aviez le souhait de me faire un retour de lecture plus personnel. Je vous répondrai avec grand plaisir !

Amicalement,

Lhattie Haniel

Retrouvez-moi sur :

Twitter
http://twitter.com/@LhattieH

Facebook
https://www.facebook.com/lhattie.haniel/

Mon blog **Le boudoir de Lhattie**
http://lhattie-haniel.blogspot.fr

Collections Lhattie HANIEL cahiers de notes d'antan
J'ai créé des Cahiers de Notes aux allures d'antan sous deux collections papier, *Regency* et *Sweet*, que vous trouverez sur Amazon

Résumés
Lady Rose & Miss Darcy, deux cœurs à prendre…
— *L'univers étendu d'Orgueil & Préjugés* —
Inspiré de l'œuvre de Jane Austen

Résumé

1817, comté du Berkshire — À vingt-deux ans, lady Rose, passionnée de promenades dans la nature et de littérature romantique, ne souhaite pas pour autant modifier sa vie pour convoler en justes noces. Désireuse de conserver sa liberté, elle repousse donc, sans exception, tout prétendant. Pourtant, lorsqu'elle rencontre inopinément lord John Cecil Scott, alors qu'elle se retrouve suspendue à la petite clôture d'un verger, l'arrogance et le manque de bienséance de ce séduisant voisin vont troubler profondément la jeune femme. Elle s'épanchera sur cette rencontre, avec un manque certain de franchise, auprès de son amie d'enfance, Miss Darcy. Cependant, cette proche parente des Darcy de Pemberley a, elle aussi, une chose qu'elle lui tait : son cœur bat en secret pour un jeune homme…

Pour que chaque jour compte, il était une fois…
— L'univers étendu du RMS Titanic —

Résumé

1911 — John Crawford et Lee Moore, deux jeunes hommes fortunés, décident de quitter les États-Unis pour se rendre en Angleterre. À bord du RMS Mauretania, Lee retrouve, par le plus grand des hasards, Lady Taylor accompagnée de sa fille, Lady Grace. Malheureusement pour lui, la froideur et le mépris que sa tante lui porte depuis sa plus tendre enfance n'ont pas faibli, tandis que sa jeune cousine n'a aucune idée des liens de cousinage qui les unissent. C'est ainsi que préférant fuir la compagnie déplaisante de ces dames, John et Lee, lors d'une sortie nocturne sur le pont-promenade, vont tomber sous le charme de Julia et Hattie Allen, deux sœurs de petite condition. Bien que décidés à leur faire la cour, les deux hommes perdront finalement leurs traces dès leur arrivée à Londres. Pourtant, John est décidé coûte que coûte à retrouver la belle Hattie. Mais c'est sans compter sur Lady Vivian, une Anglaise qui a jeté son dévolu sur lui et qui compte bien l'épouser, même contre son gré !

Un Accord Incongru !

Résumé

1810 — Miss Dolly Green était anéantie par la demande du vieux duc. Ce marché, bien qu'incroyablement culotté, était peut-être le seul moyen pour elle de survivre. Elle venait de perdre son petit domaine et n'avait plus que sa beauté pour elle. Elle n'avait donc plus les moyens de rêver. Le bel Anton ne serait plus, à jamais, qu'un souvenir qu'elle pourrait chérir en secret…

Violet Templeton, une lady chapardeuse

Résumé

1899 — Depuis sa plus tendre enfance, lady Violet a un petit défaut en plus de son caractère tempétueux : le chapardage ! En grandissant — bien que ne manquant de rien —, elle reste une véritable cleptomane qui ne peut s'empêcher de fouiner et de prendre tout objet qui lui tombe sous la main. Ce qui est bien pis, c'est qu'elle ne s'en rend compte qu'une fois son forfait *accompli* ! Et voilà que par deux fois, à dix ans d'intervalle, elle se fait attraper par le même homme en train de chaparder un objet chez lui ! Après un corps à corps surprenant pour leur âge, lord Edward lui susurre, d'une tonalité menaçante, ceci :

— Je vous laisse dix secondes, Milady, pour remettre en place ce que vous avez pris. Passé ce délai, il sera trop tard pour vous…

Le Mystérieux Secret de Jane Austen
— *Inspiré de la vie de la romancière Jane Austen* —
Biographie romancée

Résumé

1775, Steventon — Écoutez… Entendez-vous le tic-tac de l'horloge du grand salon qui se fait entendre ? Moi aussi je l'entends dans un bruit sourd avant que maman pousse un dernier cri sauvage qui couvre ce petit bruit. Silencieusement, je prends de l'air dans mes poumons, puis je crie. J'apparais enfin à la vie et l'on me nomme tout de suite Jane…

Message de l'auteur : Je n'ai pas la prétention d'avoir le fin talent de la très célèbre Jane Austen, mais il me tenait à cœur de vous raconter cette histoire poussée par mon admiration pour les écrits et par la vie de cette grande romancière anglaise. Au fil des pages, vous serez certainement saisie par les émotions en parcourant les premières années de sa vie et de celles de son écriture. Cependant, attendez-vous à être surpris par la mystérieuse romance qui s'est animée sous le sceau de ma plume. Il se pourrait même que vous ne vous en remettiez jamais ! Et si d'aventure, vous souhaitiez poursuivre cette lecture, il vous faudrait le faire sans soulever le moindre sourcil. Alors, peut-être qu'il vous sera dévoilé l'un des mystérieux secrets de Jane Austen : pourquoi ne fut elle fiancée qu'une seule nuit à Harris Bigg-Wither ? Et seule cette histoire saurait vous le dire…

Saint Mary's Bay
— *Les Jardins des Secrets* —
Volume 1

Résumé

1897 — Ambrosia, cadette de la famille des Keighley, mène une vie tranquille à Maison Beauchamp tout en n'aspirant qu'à faire des promenades dans la forêt et à chasser papillons et autres insectes comme son grand-père le lui a enseigné dès lors qu'elle sût marcher. Mais le décès de son petit frère Edgar va plonger sa famille dans le besoin, ce qui n'arrange en rien les affaires de son père, Sir Humphrey, joueur invétéré et dépensier notoire auprès des gourgandines. Afin de récupérer de quoi poursuivre son train de vie dispendieux, il concède dans les liens du mariage sa cadette, sans qu'elle puisse y redire quoi que ce soit. Pourtant, toute jeune femme devrait se sentir flattée d'être ainsi distinguée par un homme si fortuné. Oui, certes ! Si Lord Greggson, comte de Langford, n'était pas son aîné de plus de cinquante ans ! Seulement, voilà ! À seize ans, une jeune fille rêve plutôt de rencontrer le prince charmant…

Saint Mary's Bay
— *Les Jardins des Secrets* —
Volume 2

Résumé

1902 — Un départ précipité de l'Amérique pour l'Angleterre avait fini par faire basculer à nouveau le destin de la jeune veuve Greggson, alors qu'elle venait de rencontrer le beau Dorian Valentyne. De retour au manoir familial, Ambrosia y avait retrouvé sa sœur aînée Edwina, à l'homosexualité cachée et aux secrets inavoués, lui vouant toujours une très grande haine. Mais heureusement pour Ambrosia, elle y avait retrouvé aussi son adorable mère, son affectueux grand-père, de divertissantes harpies, toutes aristocrates, ainsi qu'une ribambelle de domestiques, sans oublier sa divertissante marraine qui l'avait accompagnée. Les mois s'écoulent alors plus ou moins agréablement, malgré son vague à l'âme, jusqu'au jour où un grand nombre d'invités est attendu au manoir pour une chasse à courre. Bien qu'Ambrosia soit nouvellement fiancée au jeune médecin du village qui ne songe qu'à mettre la main sur sa fortune, l'un des invités ne la laisse pourtant pas si indifférente que cela…

20 Secondes de Courage

Résumé

2016, Paris — Polina Leonidov et Vadim Volochenko sont deux enfants qui ont, malgré leurs jeunes âges, un incroyable coup de foudre alors qu'ils se disputent dans une cour de récréation. Les années s'écoulent voyant ainsi leur amour s'élever en secret, même si leurs trains de vie sont diamétralement opposés. Mis au parfum de leur idylle, Piotr Leonidov s'y oppose fermement et fait en sorte de séparer pour toujours sa fille aînée de ce jeune homme, qu'il juge de petit arriviste. Bien que l'époque des mariages arrangés soit révolue, il force Polina à se fiancer avec Mr. Levkine, un homme plus âgé qu'elle et fort aisé. Le cœur aussi brisé que sa belle, Vadim quitte la France avant leur union et coupe les ponts avec tout le monde, même avec ses propres parents. De retour après plusieurs années d'absence, Vadim apprend par sa mère que Polina, la seule femme qu'il a toujours aimée, n'a jamais épousé Mr. Levkine. Seulement, Vadim n'est plus libre, car il est *fermement* marié avec Moïsha…

Victoria Hall
— *Volume 1* —

Résumé

1894 — Retirées aux bras de leur mère dès leur plus jeune âge pour être enfermées au pensionnat Saint George à Londres par un père à l'infidélité aussi grande que l'était sa beauté, Rebecca et Sarah Wheeler n'eurent plus qu'à compter l'une sur l'autre au fil des ans. Puis, un accident familial les plongea plus encore dans leur tristesse tandis que leur père quittait l'Angleterre pour l'Australie sans un regard pour elles. Débarrassé ainsi de ses filles et de Victoria Hall, la demeure ancestrale de sa défunte épouse, Lord Wheeler n'avait plus qu'à profiter seul de son immense fortune. Mais de nouveaux drames changèrent la donne et, alors que la Grande Guerre se propageait plus encore dans le Monde, Rebecca et Sarah ressortirent du pensionnat pour se rendre en Australie, chercher leur héritage. Plus belles et plus vaillantes que jamais, elles étaient si proches de leur rêve qu'elles n'avaient plus qu'à l'empoigner. Mais sur cette nouvelle terre sauvage, une surprise de taille les attendait : un demi-frère et une nouvelle mère, mais également aussi l'amour et la mort si elles n'y prenaient pas garde…

Victoria Hall
— *Volume 2* —

Résumé

1917 — Si leur voyage en Australie n'avait pas trouvé écho à leur rêve, leur venue à Saint Mary's Bay avait au moins offert à Rebecca et Sarah une merveilleuse famille. Sarah paraissait se remettre peu à peu de la mauvaise nouvelle du front qui lui était parvenue et pour laquelle elle avait attenté à sa vie. Si cela semblait être son cas, celui de Rebecca en était tout autre. La jeune femme n'arrivait pas à oublier Charles Macquarie, le bel Australien qu'elle avait quitté sur le quai de Darwin. Le destin les avait frappées, chacune d'elles à sa façon, et l'espoir leur semblait aujourd'hui tout juste permis. Peut-être qu'un retour à Victoria Hall, la demeure de leurs ancêtres, leur permettrait de retrouver cette part de bonheur qu'elles aspiraient tant à avoir toutes les deux…

La fille qui rêve d'avoir la jambe pin-up !

Résumé

2018 — Jeune femme de 25 ans, Meredith n'arrive pas à trouver son équilibre dans sa vie amoureuse depuis qu'elle a vu, à l'âge de 10 ans, Anne Hathaway avoir la jambe pin-up. Elle rêve de ressentir un jour cet effet dans les bras d'un homme. Encore faudrait-il qu'elle puisse en garder un dans sa vie plus d'une semaine ! Alors entre son ex-copain, Leo, et ses deux voisins qu'elle reluque sans vergogne tant ils sont beaux ainsi que son futur petit ami qu'elle n'a pas encore trouvé, sa vie est quelque peu alambiquée. Qui plus est, bien qu'armée d'un BTS marketing, elle travaille comme simple assistante personnelle pour M. Bittoni. Aussi, est-elle passée maître depuis, dans la façon d'esquiver ses mains baladeuses… Et pour couronner le tout, sa colocataire et amie d'enfance, la belle Clothilde, l'agace effroyablement tant sa vie est parfaite ! Cependant, le coup de grâce lui est porté par le retour soudain de Cédric dans sa vie, un ami de Fac avec qui elle s'entend comme chien et chat, et qui enchaîne les conquêtes à la pelle. Surtout lorsque celui-ci décide de l'embrasser sans qu'elle s'y attende. Et pour ne rien arranger, sa mère, inquiète par les sautes d'humeur de sa fille, lui envoie une dizaine de textos par jour, que Meredith s'oblige à ignorer. De quoi être au bout de sa vie !

Berthe, 27 ans, 1m57, 50 kilos, rêve de rencontrer le Prince Charmant (au rayon patates-aubergines !)

Résumé

Berthe, 27 ans, 1m57, 50 kilos, véritable rousse, et ayant prénommée ses seins *Brad* et *Pitt*, rêvait il y a encore 6 mois de pouvoir afficher le statut "Mariée" sur son Facebook. Finalement, elle se retrouve avec celui de célibataire. 6 mois que Simon l'a quittée pour une blonde aux jambes interminables. 6 mois qu'elle se coltine une séance de psy par semaine pour s'en guérir. 6 mois qu'elle rêve de faire l'amour. Heureusement pour elle que deux étages au-dessus de son appartement habite sa meilleure amie Caroline, aux goûts sexuels éclectiques. Un soir avec Caroline, Berthe refait le monde. Ainsi *reboostée* par les paroles de son amie, elle décide de forcer le destin et de rencontrer l'homme qui lui fera oublier son ex. Mais comme elle travaille dans une maison de retraite, la probabilité d'y rencontrer l'élu est plutôt mince, même en priant la Fée bleue ! Berthe songe qu'elle pourrait alors rencontrer l'élu à la supérette du coin, au rayon patates-aubergines. Un soir après le travail, elle décide de voir si Cupidon a répondu à son appel…

Lord Bettany

Résumé

1827, Angleterre — Lord Bettany, riche héritier au tempérament fier et arrogant, a la chance de connaître le bonheur pour le perdre quelques mois plus tard. Malgré son veuvage et un nouveau-né sur les bras prénommé Gabriel, il reste inconditionnellement fermé au monde extérieur et, surtout, à toute attention féminine. Cependant, en grandissant, Gabriel a plus la tête sur les épaules qu'un adulte et une aisance du contact que son père n'aura jamais. Aussi, lorsque cet enfant accompagne ce dernier et sa grand-mère maternelle en voyage de plaisance à Bath, il n'a aucun mal à se lier d'amitié avec la belle Daphne rencontrée devant les Thermes. Mais si l'enfant imagine celle-ci pouvoir faire le bonheur de son père tout en se faisant une place dans son cœur telle la mère qu'il n'a jamais connue, lord Bettany est loin d'avoir le même jugement que sa descendance…

KEEP CALM & ne tombe pas amoureuse de ton boss

Résumé

(Elle est dans la lune la plupart du temps)
Ah, ma bonne dame ! Si l'on m'avait dit tout ce qui allait m'arriver avant mon premier poil pubien, je me demande si j'aurais pu choisir de ne pas naître ! Et ce n'est pas tant que mon père nous ait quittées, ma mère et moi, alors que nous n'étions pas encore sorties de la maternité. Non, non, mon géniteur n'était pas mort, pensez donc ! Il avait simplement décidé que l'on ne ferait pas partie de sa vie. Alors, comment croire à toutes ces histoires de princes charmants que ma chère mère me contait avant de mourir un mercredi ? Sérieux ! Un mercredi ! J'avais douze ans et l'on m'avait toujours assuré que le mercredi, c'était le jour des enfants ! Tu parles ! Ça aussi c'était un beau mensonge… Et puis grandir chez ma tante maternelle n'était pas ce qu'il y avait de mieux pour me prouver que le prince charmant existe. Eh oui, tata Jenny est lesbienne et moi, les foufounes, eh bien ce n'est pas mon truc ! Tiens, je me demande si j'ai bien fait de m'inscrire sur Tinder…

(Lui a de nombreux secrets)
Ma vie professionnelle comme ma vie personnelle sont réglées comme du papier à musique. Je maîtrise tout et rien ne peut me faire dévier de ma route, même cette rencontre faite dans l'ascenseur…

D'un simple signe je t'aime

Résumé

Et si la langue des signes et celle du cœur ne faisaient qu'un ?

Voilà une question à laquelle ne sauraient répondre Angélique et Ambre, deux amies célibataires. Si la première, peu sûre d'elle, passe son temps libre à dépenser plus d'argent qu'elle n'en gagne, la seconde, plus raisonnable, connaît parfaitement le coût de la vie à cause de son handicap, la surdité. Cependant, lorsque leur chemin croise la route de deux hommes, toutes leurs résolutions sur le célibat pourraient bien être mises à rude épreuve.

Entre humour et tendresse où affleure l'espoir, deux mondes vont s'entrecroiser à de nombreuses reprises, parfois même sous l'œil d'une drôle de licorne…

Le chat de Notting Hill

Résumé

Il peut s'en passer de toutes les couleurs à une semaine de Noël ! Surtout quand un chaton rouquin s'invite chez Tess et sème la zizanie dans sa vie, déjà bien agitée.

Les événements s'enchaînent et se bousculent : au boulot, à la maison, dans son cœur... Et voilà que débarquent deux grand-tantes aussi adorables que farfelues !

Dans cette délicieuse comédie romantique, le père Noël risque d'en perdre sa barbe ! Comment la gentille Tess trouvera-t-elle le bonheur tant mérité ? Faudra-t-il se fier à la magie de Noël et surtout à cet effronté de chat... qui pourrait bien être le messager du destin !

« Une délicieuse comédie romantique de Noël pour les amoureux des chats ! »

Femme Actuelle

À propos de l'auteur

Passionnée par la vie et peintre à ses heures perdues, Lhattie Haniel est une romancière française et créatrice de goodies littéraires, de collections de carnets de notes et de chroniques ainsi que de coloriages anti-stress (Mandalas pour adultes et coloriages pour la jeunesse). Sa plume est connue pour ses romances historiques à l'anglo-saxonne qui se situent souvent dans l'univers étendu de *Jane Austen*, mais également pour ses comédies romantiques légères et saupoudrées d'humour dans lesquelles beaucoup de ses lectrices se retrouvent. Sa dernière comédie romantique aux multiples intrigues « KEEP CALM & ne tombe pas amoureuse de ton boss » et son dernier feelgood « D'un simple signe je t'aime » abordant un handicap invisible, la surdité, ont déjà ravi des milliers de lectrices. Après plus d'une quinzaine de titres publiés, sa première romance de Noël, « Le chat de Notting Hill », vient tout juste de paraître dans la nouvelle collection « chats » des Éditions PRISMA. Une bien jolie histoire de Noël qui vous emmènera dans le quartier le plus bigarré et coloré de Notting Hill !

Lhattie Haniel vit en région parisienne avec son mari et sa petite chienne Scarlett qui tient son prénom de Mam'zelle Scarlett O'Hara !

Printed in Poland
by Amazon Fulfillment
Poland Sp. z o.o., Wrocław